# メガバンク絶体絶命

## 総務部長・二瓶正平

波 多 野　聖

幻冬舎文庫

# メガバンク絶体絶命

総務部長・二瓶正平

メガバンク絶体絶命

# 総務部長・二瓶正平　目次

# メガバンク絶体絶命　登場人物

## 東西帝都EFG銀行

**二《に》瓶《へい》正平《しょうへい》**
TEFG本店の総務部長。名京銀行出身で、「絶滅危惧種」と揶揄されている。

**桂《かつら》光義《みつよし》**
東西帝都EFG銀行の元頭取。投資顧問会社を設立。

**大浦《おおうら》光《みつ》雄《お》**
東西帝都EFG銀行頭取。ビジネスよりも政治に長けている。

**佐《さ》久《く》間《ま》均《ひとし》**
東西帝都EFG銀行副頭取。元最高裁長官の息子。

**弓川《ゆみかわ》咲《さき》子《こ》**
本店総務部。佐久間副頭取とは、十年近く不倫関係にある。

## 官僚・議員

**工《く》藤《どう》進《すすむ》**
金融庁長官。

## 二瓶と桂を取り巻く人々

**寺《てら》井《い》征《せい》司《じ》**
九州最大の地方銀行・筑洋銀行の頭取。桂の大学時代の親友。

**湯《ゆ》川《かわ》珠《たま》季《き》**
銀座のクラブ『環』のママ。桂とは深い仲。正平の昔の恋人。

**二《に》瓶《へい》舞《ま》衣《い》子《こ》**
正平の妻。パニック障害を患っている。

# 第一章　甘美な罠《わな》

秋も深まった十一月初め。

東京に木枯らし一号となる冷たい風が強く吹いた金曜の夜は更《ふ》け、日付が変わろうとしていた。

文京区、根津神社の裏手にひっそりと佇《たたず》む瀟洒《しょうしゃ》な五階建てマンション。そのすぐそばに、いつものように黒塗りのレクサスが停まっていた。エンジンをかけたまま、二時間近く待機している。

「今夜も午前さまか……」

内山作治《うちやまさくじ》はダッシュボードの時計を見て、ため息をついた。

東西帝都ＥＦＧ銀行（ＴＥＦＧ）役員専用車の運転手を務める内山は勤続二十五年のベテランだ。

仕事の不満や愚痴は口にせず、顔や態度に決して出さないことを矜持《きょうじ》としている。

今年の春に副頭取となった佐久間均《さくまひとし》が専務時代から運転手を担当、その付き合いは三年近くに及ぶ。

佐久間が副頭取に昇格すると聞いた日、全身から力が抜けた。

「まだあれに付き合わなきゃいけないのか……」

あれとはまさに今のこの状況のことだ。

役員付運転手という仕事にはプロとしての誇りと気概を持って取り組んで来た。

バブル崩壊後、減ったとはいえ、銀行役員の夜の接待は少なくない。接待する側、される側、役柄は変わりながら、年末などは週三、四回ということもある。

運転手は担当役員の接待が終わるのを料亭やクラブのそばで何時間でも待ち、酔い疲れて戻ってくる役員を自宅まで送り届ける。そして、朝七時半にはまた磨き上げた専用車で迎えに行くのだ。二十五年の間、内山は無遅刻無欠勤、一度たりとも不満を言わせたことはない。

接待があると睡眠時間は数時間に削られてしまう。それでも内山は、自分自身の大変さよりも役員の体調を気遣った。

(役員は接待を楽しんでいるのではない。接待は重要な職務だ)

役員に寄り添い慈《いつく》しむ気持ちで運転手としての役目を果たしてきた。

「しかし……」その内山が思うのだ。今の状況はやりきれない。

運転手はその業務の報告として運転日誌をつける。日誌の内容を改竄《かいざん》しろと指示した初めての人間が専務時代の佐久間だった。

内山が待つ佐久間は今、マンションの一室にいる。

そこに住んでいるのは、東西帝都ＥＦＧ銀行本店総務部に勤める弓川咲子《ゆみかわさきこ》三十五歳。佐久間とは十年近く不倫関係にあるが、驚くことに大手商社に勤務する夫がいる。佐久間は五年前の結婚披露宴に主賓として招待された。咲子の夫は二年前ロンドンに転勤となり、単身赴任している。

佐久間は週に二回、多いと週三回、咲子のマンションを訪ねていた。週末になるとゴルフと称して自宅を出る。その度、内山は運転手としてかり出されることになるのだ。

運転日誌には、彼が適当に口にする会社や役所の名前を記入させられた。

副頭取となって本当の接待の回数が増えた上にこの状況だ。情事を終えた佐久間を吉祥寺の自宅まで送り届け、板橋の自分のアパートに戻ると午前二時近くになる。

接待のために時間が削られるのは仕事として割り切れるが、こんな形で日々の時間が失われると、さすがに気力、体力が萎《な》えていく。

「英雄、色を好むだ！　内山くん、だから僕は出世出来たんだ！」

いけしゃあしゃあと後部座席で嘯《うそぶ》く佐久間に、ハンドルを握りながら苦い顔で黙っているしかなかった。

吝嗇家《りんしょくか》の佐久間は、大変な苦労をかけている内山に一本三千円のネクタイを盆暮れに「気持ち」と言って渡すだけだった。普通の役員は接待の場で貰《もら》った土産を運転手に譲ったりするのだが、佐久間はそんなことはしない。

咲子との情事にホテルを使わないのも、吝嗇ゆえだった。

時計の針が十二時を回った。

パトカーのサイレンが近づいて来る。

(事故でもあったのか?)

そんなことを思っている間に、二台のパトカーと救急車が佐久間のいるマンションの前に停まった。

五人の警察官と救急隊員が急いで中に入っていく。

その様子に驚いた内山はクルマを降り、エントランス前で様子をうかがった。野次馬が集まって来る。

十分ほどして警官たちが出て来た。

内山は仰天した。二人の警官に身体《からだ》を挟まれ、手錠を掛けられて佐久間が出て来たからだ。

その後ろに救急隊員に支えられた弓川咲子がいる。細面《ほそおもて》で男好きのする整った顔立ち、小柄ながら肉感的な姿態の女性だ。怪我《けが》を負ったのかタオルで左腕を押えている。

「ふ、副頭取……」

呆気《あっけ》に取られているうちに佐久間を乗せたパトカーは、サイレンを鳴らしながら走り去っていった。そして、咲子も救急車で行った。

（た、大変だ！　どうする？　どうすればいい？）

混乱する頭の中で、ある男の顔が浮かんだ。震える指で携帯の画面を押した。


丸の内に聳《そび》える三十五階建ての東西帝都ＥＦＧ銀行本店ビル。

このところ連日、不夜城のようにほとんどのフロアーに灯《とも》りが点っていた。日銀考査が来週から始まるためだ。リテール、法人、国際、市場《マーケット》部門の管理職は全員、終電まで残業を続けていた。

メガバンクであるＴＥＦＧ、その誕生の経緯からは日本経済の栄枯盛衰が見て取れる。

明治の御世《みよ》から日本の産業界に君臨し続ける帝都グループ。

その扇の要《かなめ》、帝都銀行は、外国為替専門の国策銀行という出自を持つ東西銀行とバブル崩壊後に合併、大小二つの都市銀行がひとつとなり、東西帝都銀行が生まれた。総合的大銀行の強みと外国為替の高い専門性を併せ持つ〝理想の銀行〟と評された。

そこには巨大銀行を創《つく》りたいという金融当局の思惑があった。

帝都銀行は元々、他の都市銀行に比べると積極性に欠け、〝お公家《くげ》さん集団〟と揶揄《やゆ》されていた。しかし、そんな行風が幸いし八〇年代のバブル期に過剰融資に走らずにいた。バブル崩壊後の不良債権額は他行に比べて圧倒的に少なく、東西帝都銀行は期せずして〝健全銀行〟となった。

その一方で他行の破綻《はたん》は相次ぎ、社会的混乱を招いた。「銀行は絶対潰《つぶ》れない」という戦後日本経済の神話はバブル崩壊によって消失したのだ。

金融当局は混乱を抑える必要性から、不良債権を抱えた〝問題銀行〟を〝健全銀行〟に吸収させるための指導を迫られた。

数ある都市銀行の中で〝問題銀行〟とされたのが、関西系の大栄銀行と中部圏を地盤とする名京銀行だった。当局はまずその二つを合併させ、ＥＦＧ銀行（Eternal Financial Group）を誕生させた後、東西帝都銀行にＥＦＧを吸収合併させた。

こうして誕生したのが日本最大のメガバンク、東西帝都ＥＦＧ銀行だったのだ。

大に小を、強に弱を呑《の》み込ませるという形で生まれた合併銀行の内部に誕生したのは……出身銀行によるヒエラルキーだ。

「帝都に非《あら》ずんば人に非ず」

ＴＥＦＧでは帝都銀行出身者が圧倒的支配を強めた。

ここで、大きな問題が起こる。

五兆円の超長期国債の購入直後に国債市場が暴落、ＴＥＦＧは巨額の損失を抱えたことで破綻寸前に追い込まれ、国有化の危機を迎えたのだ。

瀕死《ひんし》の状態となったメガバンクを巡って米国の巨大ヘッジ・ファンドが乗っ取りを画策、株の争奪戦に発展したが辛くも虎口《ここう》を脱した。

その危機回避に尽力したのが東西銀行出身で当時の専務、桂光義《かつらみつよし》だった。

桂はその後、頭取となったが、僅《わず》か一年でＴＥＦＧを去る。もともと為替ディーラーで相場師としての資質の強い彼は頭取の仕事に馴染《なじ》めず、相場に集中したいと退職、自らの投資顧問会社を設立したのだ。

専務時代の桂に協力してＴＥＦＧを乗っ取りから守った功労者が、総務部・部長代理の二《に》瓶正平《へいしょうへい》だった。

学生時代の友人からはヘイジと呼ばれている。瓶と平、ヘイの二乗でヘイジという意味だ。

ヘイジは名京銀行出身者で、ＴＥＦＧの中では〝最下層〟〝絶滅危惧種《きぐしゅ》〟などと揶揄されながら、したたかに生き抜き、今ではＴＥＦＧ本店の総務部長となっていた。

そのヘイジは日銀考査への準備に大忙しだった。

総務部長として本店の考査対応で総括的指揮をとる立場にある。各部門の考査担当責任者と頻繁に電話やメールでやり取りをしながら、様々なスケジュールを確認していくのだ。

(何度やっても、気が重いな)

名京、EFG、そしてTEFGとそれぞれの銀行で当局の検査や考査を嫌というほど経験してきているが……いい思い出など一つもない。ただただ大きな問題なく過ぎ去ってくれることを祈る気持ちだけだ。

銀行という組織は典型的な減点主義。何らかのマイナスがキャリアに記されると出世に響く。その意味で当局の検査での重大な指摘は致命傷になりかねない。だから皆、眦《まなじり》を決して対応準備をするのだ。

ヘイジもそんな銀行員のひとりではあるが、どこか達観して見える。それが魅力だと言う友人もいた。

「今日も終電か……」

バブル崩壊までは残業しても経費でタクシーの使えた銀行員だが、現在は自腹になっている。

「そろそろ切り上げるか」

終電まであと十五分だった。

その時、仕事用の携帯が鳴った。

「もしもし」

ヘイジはその電話で知らされた事実に驚愕《きょうがく》した。

◇

文京区にある東帝大学の近く、本郷七丁目の本富士《もとふじ》警察署にヘイジがタクシーで到着したのは午前一時前のことだった。

役員付運転手の内山が不安そうな様子で玄関前で待っていた。

「あぁ……二瓶部長」

「一体、何があったんです？」

内山は副頭取の佐久間が根津のマンションから手錠を掛けられて本富士署に連行されたと語った。

「なぜ副頭取がそんなところに？」

内山は難しい表情になって黙り、下を向いた。

それを見てヘイジは言った。

「内山さん。僕は総務部長です。当行の様々な問題を処理しなくてはならない立場にあります。秘密は絶対に守ります。あなたから聞いたなどと決して口外しません。ですから全《すべ》て話して下さい」

「二瓶部長のことは信頼しております。いつも下の者に気を配って下さる方ですし」

「このような時は早い段階で適切に動いておかないと取り返しがつかなくなる。ですから、正確な情報が必要なんです」

内山は大きく頷き、全てを話してくれた。

ヘイジはその内容に驚くと共に、話の中に自分の部下である弓川咲子の名前が出たことでズシンと重い気分になった。

個人情報保護の観点から行員のプライベートな情報は人事部で厳しく一元管理されているため、総務部の直属上司のヘイジでさえ彼女がどこに住んでいるかは知らなかった。

ヘイジの頭に行内での彼女の様子が浮かんだ。

仕事にむらがあり、気に入ったものは一応こなすが、そうでないものは雑に処理する。しばしば横柄《おうへい》な態度を取り、それを注意されると逆切れする。部内で問題行員とされている女性だった。

（偉そうな態度は、副頭取の愛人だということから来てたのか……）

色々と思い当たる点があった。

一方、副頭取の佐久間も評判の良い役員ではない。

帝都銀行出身で元最高裁長官の息子。毛並みの良さを珍重する行風によって出世した人物で、仕事で功績を上げたわけではない。〝帝都の伝統〟に属する典型的人物だった。

秘書室から計上されてくる出張費、交際費が他の役員より頭抜けて多いことはヘイジも知っていたが、その裏に弓川咲子を愛人にしていた事実があるとは思いもつかなかった。

「専務時代から弓川さんを連れて出張と称して熱海《あたみ》や伊豆《いず》に行ったり、海外へ連れていくこともありました。成田や羽田への送迎も全部、私がやっておりましたから」

内山が気の毒になった。

「よく、ずっと耐えてらっしゃいましたね」

「運転手として担当役員の秘密はどんなことであっても守る。それは当然ですから……」

ヘイジはやりきれない気持ちになった。佐久間が内山のそんな真面目《まじめ》さを利用し続けたことに憤りを覚えたが、今はそれどころではない。

「それにしても、何があったんでしょう？　手錠を掛けられていたのは副頭取だけで、弓川はそうではなかったんですね？」

「はい。彼女は怪我をしているようで、救急車に乗せられました。さっぱり訳が分からないんです」

その時だった。

玄関前にパトカーが停まり、中から弓川咲子が出て来た。警察官に付き添われてこちらに向かってくる。左腕をアームホルダーで吊《つ》っていた。

話しかけようとしたが警察官に遮られた。病院で手当てを受け、これから事情聴取されるのだという。

ヘイジと内山はその後ろ姿を見送った。

「関係者の方？」

後から来た警察官が声を掛けてきた。ヘイジは名刺を差し出した。

「東西帝都ＥＦＧ銀行、総務部長の二瓶と申します。当行副頭取の佐久間が連行されたと、こちらの運転手の方から連絡がありまして」

「暴行傷害で事件になりそうだから時間がかかるよ」

ヘイジと内山はその言葉に驚いた。

「女性の方が男に暴行されたと言ってるからね。簡単には済まない」

「女性って……先ほどの？」

「あぁ、病院で手当てをしてたから。左腕の骨にヒビが入る全治三ヵ月の怪我だ」

ヘイジは驚いたが、そこで気持ちを落ち着かせた。

「弁護士に連絡してもよろしいでしょうか？」

「どうぞご自由に」

そこからヘイジはプロの総務部長として動いた。

まずＴＥＦＧ専属で刑事事件なら二十四時間対応可能な弁護士の携帯に連絡し、すぐに来てくれるように頼んだ。

（そして……あの人だ）

もう一人、この状況で連絡すべき人間がいることを忘れていなかった。顧問で警察庁ＯＢの二階堂和夫《にかいどうかずお》だった。ヘイジが最も恐れるのはこの件がマスコミに洩《も》れることなのだ。

（東西帝都ＥＦＧ銀行の副頭取が女性への暴行傷害で捕まったなどと知れたら、大変なことになる）

情報は警察からマスコミに流れる。それを止める役割を二階堂に求めたのだ。

二階堂の携帯に連絡すると、真夜中にもかかわらずすぐに出てくれた。

事情を話すと、「十分後にこちらから連絡します」と言って電話が切られた。

きっかり十分後にヘイジの携帯が鳴った。

「全部押えました。所轄《しょかつ》からはどこにも洩れませんのでご安心下さい。警視庁記者クラブの方にも手を回しましたから、そちらも動くことはありません」

「ありがとうございました」

二階堂は無駄なことは一切言わず、それだけ伝えると電話を切った。ヘイジはひとまず胸を撫《な》で下ろした。それから一時間ほどして弁護士がやって来た。

そうして……朝になった。

先に姿を現したのは弓川咲子だった。整った顔つきの疲れたような表情が、どこかなまめかしく見える。

ヘイジの姿を見ると、不敵な笑みを浮かべた。

「弓川さん。一体何があったんだ？」

そう訊《たず》ねたヘイジに対する彼女の態度は驚くべきものだった。

「警察の方に全てお話ししました。ここで申し上げることは何もありません」

能面のような顔で言うのだ。

啞然《あぜん》としたが、重ねて訊ねた。

「僕は君の上司だ。ちゃんと話してくれ。そうでないと君を守ってやれない」

その言葉に咲子はキッと表情を作った。

「守る？　部長が守るのは私じゃなくて銀行の評判でしょう？」

「何を言ってる、何度も言うが僕は君の上司だ。君を守るのが僕の務めだ」

咲子は何とも冷ややかな視線を向けてきた。

「私は名京出身者風情《ふぜい》に上司風吹かされたり、とやかく言われたりするような人間じゃないんです。それに、帝都生え抜きの人間も、もう私には逆らえなくなるんですよ」

そう言ってヘイジを見据えた。

「き、君は一体……」

「佐久間副頭取にお聞きになって下さい。ＴＥＦＧには十二分に償って頂きます。そうでないと……後悔しますよ」

そして、隣にいる内山に目を移すと命令口調で言った。

「ウチまで送って。内山さん」

内山はヘイジを見た。ヘイジは黙って頷いた。咲子は貴婦人のように微笑んでから内山と共に出口に向かう。

その後ろ姿を見ながら思った。

（これはやっかいだぞ……）

一体何が起こったのか分からないが、般若《はんにゃ》と化した女の恐ろしさは男の誰もが知っている。

弓川咲子から何もかもを焼き尽くすような、途轍《とてつ》もなく強い意志を感じたのだ。

（きっととんでもないことを考えている）

日頃の態度から扱いが難しい女性だとは承知していたが、副頭取の長年の愛人であることが判明した上に警察沙汰《ざた》となった今、さらにその難しさは複雑さを帯びている。

あの女——ＴＥＦＧに宣戦布告したつもりか。

仮にも上司であるヘイジに対してこれ以上ない不遜《ふそん》な言葉を口にした。組織を敵に回す意志を明確に示したことに他ならない。

（何があったにせよ、大変なことが起きる）

ＴＥＦＧ自体が罠に掛けられたような気がした。

それにしても……タイミングが悪い。

週明けには日銀考査が始まる。

総務部長、二瓶正平のまさに正念場だ。

◇

東西帝都ＥＦＧ銀行の副頭取、佐久間均は警察の取調室で茫然《ぼうぜん》自失の状態にあった。

なにが起こったのか訳が分からず、警察に逮捕された恐怖と動揺で何も喋《しゃべ》れず、結果的に黙秘の形になっていた。

明け方近くに接見に訪れたＴＥＦＧ専属のベテラン弁護士は、憔悴《しょうすい》し小刻みに震えながら俯《うつむ》く佐久間に笑顔を見せ、落ち着いた様子でまず声を掛けた。

「佐久間副頭取、警察に逮捕されるときは誰もが初心者です。怖いし恐ろしい。動揺するのは当然です。決して恥ずかしいことではない。まずは『自分は初心者だ』と開き直って下さい」

弁護士の言葉を聞いて佐久間は「あぁ」と息を吐《つ》き、少しホッとして顔を上げた。「副頭取」と敬意を持って呼びかけられたことで日常を取り戻せたように感じた。「佐久間」と呼び捨てにされ続け、刑事から強い口調で質問攻めにされて氷のように固まった神経が溶けたかに思えたのだ。

「恥ずかしいことではない」という言葉が心を落ち着かせてくれた。

ベテランゆえの見事な接見術だった。

「先生、ありがとうございます。ご迷惑をおかけして申し訳ございません」

弁護士はその佐久間に微笑んだ。

「これが私の仕事です。何の遠慮も要りません。高いお金で雇われています。どうぞ私を遠慮なく存分に使って下さい」

プロフェッショナルの言葉に「ありがとうございます」と涙を流しながら頷いた。

それから弁護士は目の前に座って、真新しいノートと使い込まれたモンブランのボールペンを取り出した。ノートを開くとしばらく黙って佐久間を見つめた。

「副頭取、昨日、目が覚めた時のことを思い出して下さい。そして、それからのことを順番に教えて頂けませんか？」

事件についてではなく昨日の朝からのことを、と言われたために佐久間は冷静に記憶を辿《たど》っていくことが出来た。


昨日、吉祥寺の自宅の寝室で目を覚ましたのは、いつものように六時四十分だった。

前夜どんなに遅くてもその時間に目が覚めるのは銀行員としての習性だ。

妻の瑛子《えいこ》とは十年以上寝室を別にしている。

カーテンを開けると良い天気だが風が強かった。

佐久間がシャワーを浴び身支度を整えてダイニングルームに入ったのは七時十分、テーブルには妻の手による朝食の用意が整っている。

毎朝同じメニューの和食だ。

お粥《かゆ》に焼鮭《やきざけ》、蕨《わらび》のお浸しと佃煮《つくだに》に梅干し、そして味噌汁《みそしる》が並んでいる。

一緒に食事を摂《と》る妻に言った。

「日銀考査が始まるから、しばらく遅くなるよ」

「そうですか」

特に関心ないという様子だ。

佐久間の頭には朝から根津の弓川咲子のマンションの寝室が浮かんでいた。

妻と顔を合わせ、言葉を交わすのは朝食の時だけだ。長い間、冷え切った関係になっているが、この時間のみは維持されていた。

互いに離婚を言い出さないのは打算と世間体によるもの。仮面夫婦の典型だった。

二人の間に子供はない。

瑛子の楽しみは中国陶磁器の収集だ。古物商の免許を持ち、個人としては日本有数のコレクターであった。収集の資金は亡《な》くなった親の財産だった。

日本を代表する製薬会社、星野製薬の創業者の息子で政治家でもあった父が十年前に亡くなり、一人娘の瑛子が全財産を相続した。民自党の参議院議員で厚生大臣を三期務め、党派を超えた日中友好議員連盟の会長だった。母は瑛子が大学生の時、夫の選挙運動を手伝っている最中、心臓発作で急死した。

「政治家になる人は絶対に嫌」

瑛子は自分の結婚に関してそう言い続けた。母を政治に殺されたと思っていた瑛子は、最高裁長官の息子である銀行員と見合いし結婚した。

それが佐久間だ。

佐久間にとって結婚は打算でしかなく、瑛子も同じようなものだと思っている。世間という鏡に対して自分をどう綺麗《きれい》に映すか、そう考えている似た者同士だ。

二人の違いは金に対する意識だけだった。

佐久間は細かく、瑛子は鷹揚《おうよう》。

そうでありながら、コレクションに使う金が妻のものである以上、何も言えなかった。

瑛子は祖父の創業した星野製薬の最大株主で、毎年入って来る配当金は佐久間の年収を一《ひと》桁《けた》上回る。

朝食を食べ、ほうじ茶を飲み干すと、佐久間はいつも通り「ご馳走《ちそう》様」と言い、玄関に向かう。時計は七時三十分を指している。

先に玄関のドアを開け、待っている運転手の内山ににこやかに挨拶《あいさつ》をするのが、ＴＥＦＧ副頭取の妻として瑛子がこなす唯一《ゆいいつ》の日課だった。

「おはようございます。内山さん、今日もご苦労さま」

「奥さま、おはようございます」

周囲の人間への表面的気遣いを怠らないのは、政治家の家に育った娘に染《し》み付いた習性だろう。

「行ってらっしゃいませ」

瑛子は黒塗りのレクサスに深々と頭を下げて見送るのだ。

走り出したクルマの中で佐久間は経済紙に目を通す。

五日市街道から高速に入ると新聞に目をやったまま内山に命じた。

「今日は根津に寄るからね」

内山はハンドルを握ったまま頷いた。

八時過ぎ、丸の内のＴＥＦＧ本店駐車場にレクサスが滑り込む。佐久間は専用エレベーターで三十四階にある役員フロアーに向かう。

「おはようございます」

エレベーターが開くと秘書が待っていて深々と頭を下げる。それから副頭取室まで一緒に歩く。

「今日は十時から午前中一杯、日銀考査に関しての臨時役員会議になります」

予定を聞きながら副頭取室に入ると佐久間は言った。

「今夜は学生時代の友人で帝都自動車の専務と食事をするから、七時半に店の手配を頼む」

「承りました。どちらになさいますか？」

「帝都ホテルのイタリアンにしてくれ。個室を頼む」

「承知致しました。クルマのご用意は七時十五分でよろしいですね？」

「あぁ、それでいい」

その後、臨時役員会議に出席、昼食は頭取の指示で専務以上が会議室に残って食べることになった。日本橋の老舗《しにせ》の鰻重《うなじゅう》が用意されている。

昼食をとる前に頭取が告げた。

「新体制となって初めての日銀考査です。我々の新しい形を当局に示すものです。皆さんよろしくお願いしますよ」

東西帝都ＥＦＧ銀行頭取、大浦光雄《おおうらみつお》はそう言ってから吸い物に口をつけた。

前任の桂光義が僅か一年で辞した後、副頭取から昇格したのがこの男だ。

ビジネスよりも政治に長《た》けた人物で、頭取になることが決まるや役員を一新した。現在この場にいる人間は全て帝都銀行出身者だ。東西帝都ＥＦＧ銀行という名前を有しながら、東西、ＥＦＧ、どちらの銀行の出身者も専務以上にはいない。

「雨降って地固まるとはよく言ったものですね。超長期国債の購入から始まり、国有化の危機やオメガ・ファンドによる買収の危機など集中豪雨の連続の後、こうやって帝都によって全てがまとまった」

　そう佐久間が言った。

「この国はそういう風に出来ているということだよ。帝都は守られている。我々に不安はないということだね」

　頭取の大浦は箸《はし》を進めながら満足げに話した。

　誰一人として桂の功績など口にしない。

　自分勝手にサッサと辞めていった相場師としか思っていないのだ。

　昼食が終わると佐久間は副頭取室に戻った。秘書が運んで来た珈琲《コーヒー》を飲みながら携帯からメールを送る。

「帝都ホテル、プリマベーラ、七時半」

　弓川咲子へのメールだった。

　その後、専務から報告を受けたり、ＰＣのディスプレー上の稟議書《りんぎしょ》に電子署名をしたりしながら、夕刻を迎えた。

　七時十分。秘書がクルマの準備が出来たと部屋に入って来たので、地下の駐車場まで降りた。内山がレクサスのドアを開けて待っている。

日比谷にある帝都ホテルに出掛け、弓川咲子と二人きりで高級イタリアンを堪能《たんのう》した後、根津にある彼女のマンションに向かった。

それが九時過ぎだった。


「正確に思い出して頂けますか。マンションに着いたのは何時何分頃でした？」

弁護士は佐久間に訊ねた。

「九時半を回った頃だったと思います」

弁護士は頷き、ゆったりとした口調で念を押すように言った。

「副頭取、そこからのこと……プライベートに関わることですが、順を追って、きちんと教えて頂かなくてはなりません。このままでは立件されてしまいます」

立件という言葉にゴクリと唾《つば》を呑《の》み込んだ。そして、そこからのことを思い出した。

◇

佐久間たちを乗せたレクサスは、弓川咲子のマンションのエントランスを少し過ぎた街灯のない暗がりで停まった。

強い風で、根津神社の境内の黒々とした木々が大きく揺れていた。

いつものように咲子は先に一人で降りる。きっかり五分後に佐久間がクルマから出て部屋に向かうのだ。

三〇二号室の鍵《かぎ》は開いている。浴室から湯をためる音が響く。

築二十年の分譲マンションだが浴室は広く、湯船には二人でつかることが出来る。

リビングのソファーには佐久間用のバスローブとガウンが出してある。

佐久間は慣れた様子で上着を壁際《かべぎわ》のハンガーに掛け、ネクタイを外しはじめた。

「何か飲む？」

咲子はキッチンから声を掛けた。二人きりの時は敬語は使わない。

「あぁ、ビールをもらおうか。さっきの料理で何だか喉《のど》が渇いた」

缶ビールのロング缶と小振りのグラスを二つ、盆に載せて運ばれた。

ソファーの前のテーブルにそれを置くと、身体を引き寄せられた。

「もう……」

そのまま唇を重ねながら弓川咲子はソファーの上に佐久間と一緒に倒れ込んだ。

佐久間が貪《むさぼ》るように舌を絡《から》めてくる。

その身体を押し返して咲子は「お風呂……みてくるね」と言い、立ち上がった。

佐久間は缶ビールを開け、グラスに注ぐと一気に飲み干している。

「ねぇ、今日のお料理……メインは良かったけど、パスタは凝り過ぎてても一つと思わなかった？」

浴室の湯を止めて訊ねた。佐久間は咲子のグラスにビールを注いで手渡すと、自分のグラスにも注ぎながら言った。

「そうだな。あまりにも具の種類が多すぎた。パスタはシンプルな方が旨《うま》いな」

「そうよね。でもワインは白も赤も美味《おい》しかったなぁ……」

ビールを飲みながらそう返す。

佐久間はその言葉を聞いて満足そうに頷いている。レストランの支払いは十万を超えているだろうが、〝接待〟としている佐久間の懐《ふところ》は痛まない。

銀行がこれまで交際費として支出した金額は億を超えている。その半分以上は弓川咲子に費やされたものだ。

佐久間はそれでも偉そうな態度を崩さないのだから、銀行はいい面《つら》の皮だ。

「入ろうか？」

佐久間に言われて頷いた。

「先に入ってて……」

佐久間はその場で服を脱ぐとバスローブを持って浴室に向かった。

湯の中にはハーブオイルが入っている。

リラックスさせるラベンダーやレモングラス……などではなく性欲を亢進《こうしん》させるというサンダルウッドだ。


部長だった自分が初めて見た二十五歳の咲子は仕事の雑な問題行員に過ぎなかった。しかし、どこか妙に色気を感じさせた。

あれは……部の忘年会の後だった。

駅に向かう部の人間たちと別れ、取引先に貰ってとっておいたチケットで帰ろうと、タクシーを探していた時、偶然目に入ったのがひとり道の反対側を歩く弓川咲子だった。

「弓川くん」

「あ、部長」

声を掛けるともう一軒、行きませんかと言ってきた。

(今どきの子は積極的だなぁ……)

そう思いながら近くにある馴染みのオーセンティック・バーに連れて行った。雰囲気が良い割には安い店だ。

「やっぱり部長は違いますね。すっごく大人の雰囲気」

佐久間は嬉《うれ》しくなった。その後、意外なほど話が弾んだ。

「部長はモテるんでしょうねぇ……私、部長みたいな人と結婚したいなぁ」

「冗談でも嬉しいねぇ。あ、駄目だよ。これで査定は良くならないよ」

「わたし、仕事のことなんてどうでもいいんです。でもずっと思ってたんですよ。部長は素敵だなぁ、部長みたいな大人の男性と京都とか旅行できたらいいだろうなぁって」

その時、あることを思い出した。再来週の月曜日に大阪への出張がある。その前の土日を利用すれば……。

佐久間が冗談めかして提案してみると、咲子は弾《はじ》けたような笑顔をみせた。


京都旅行は奮発した。

一流のホテルに泊まり、名の知れた割烹《かっぽう》で京料理を食べた。ただし、咲子の往復の新幹線代については出張経費を流用した。

(こんなに相性の良い女がいるのか――)

肌を合せてみて驚いた。ピタリと身体が吸いついて来る。

日頃の仕事ぶりが信じられない床上手ぶりを彼女は発揮した。

それからは毎週のようにラブホテルを利用するようになり、佐久間は十代の頃でもなかったほどの回数を一晩で重ね、弓川咲子の身体の虜《とりこ》になった。

十年経《た》った今も変わらない。いや、それ以上に魅せられていた。咲子は妖艶《ようえん》さを増し、男を喜ばすテクニックにも磨きを掛けているのだ。年齢的に衰えの隠せない佐久間を何度も何度も奮い立たせる。

湯船にサンダルウッドを入れるなど、まるでオダリスク（高級娼婦《しょうふ》）のような振る舞いだと佐久間は思った。

（女というものは不思議だ。いや、人間は不思議だというべきなのか。取り組む物事の違いでこれほど得手不得手があるとは……）

佐久間はそこで随分長い時間、湯船で待たされていることに気がついた。

浴室の扉を開けてみた。誰かと電話をしているようだった。そんな時、声を上げることは出来ない。

そっと扉を閉めて再び湯船に浸かる。

咲子はリビングから電話をしていた。

「分かりました。じゃあ……これから。全てそれで、約束通りにして頂けるんですね……分かりました。じゃあ……」

咲子は電話を切ると、服を脱いで浴室に入ってきた。

「ごめんね。母から電話だったの」

シャワーで身体を流しながら言う。

「そうか……じゃあ、仕方ないな」

咲子が湯船に入るとざっと湯が溢《あふ》れた。

二人で抱き合い、ゆっくりと舌を絡め合った。

「ここで……いいかい？」

「ううん。今日はベッドでゆっくりしたい感じかな」

「……分かった」

互いの身体を洗いあった後、バスローブを羽織って寝室に向かった。

その時だった。

「あ、ごめん。母に言い忘れたことがあった。ちょっと電話するから先にベッドで待ってて」

そう言ってリビングに入っていったのだ。

佐久間は寝室のドアを開け、部屋の奥のダブルベッドの布団《ふとん》の中に身体を滑り込ませた。

眠気を感じ、うとうとし始めた時、サイレンの音で目が覚めた。ドアが開いて咲子が入って来た。何故《なぜ》だかきちんと服を着ている。

そこからの咲子の行動に佐久間は驚愕した。

突然、後ろ向きに倒れると、左の腕をベッドサイドの小卓の角に思いきり打ちつけたのだ。

「ウーッ」

「おい、大丈夫か？」

慌《あわ》てて飛び起き、抱き起こそうとした。

「苦しい！　胸が苦しい！」

佐久間はブラウスの胸の部分を力いっぱいはだけようとした。その勢いでボタンが飛んだ。

次の瞬間、咲子に蹴《け》り飛ばされた。

「キャー、やめて、助けて——」

その言葉に頭の中が真っ白になった。

「ど、どうしたんだ？」

その時、玄関の扉が開き、人が入って来る音が聞こえた。

弓川咲子が叫んだ。

「ここです。助けて！　殺される！」

寝室に入って来た警察官の姿を見て、佐久間は茫然と立ち尽くした。

ヘイジは、佐久間との接見を終えて出て来た弁護士に駆け寄った。弓川咲子をマンションまで送り届けた内山もヘイジの横にいる。

◇

「いかがでした？」

弁護士の顔が曇った。

「女性の方が、佐久間さんに襲われ怪我をしたと訴え、被害届に署名しています。佐久間さんは今、警察に事情を説明していますが、あまりに言い分が違うので本日中の釈放は難しいですね」

ヘイジは驚いた。

弁護士は弓川咲子の主張を話した。

かつて直属の上司だった佐久間に突然誘われ、ホテルで食事をした後、自宅まで送って貰った。自宅に着くと中に入れてくれと迫られ、元上司として無下には出来ないと中に入れた……。

「ちょっと待って下さい。二人は長年愛人関係にあって彼女のマンションを密会場所に使っていたんですよ！　そうですよね、内山さん？」

「その通りです。間違いありません！」

弁護士はそう言う二人を交互に見てから首を振った。

「それが、全く違うと言うんです」

佐久間は咲子の部屋に入ると、喉が渇いたとビールを要求した。飲んだらすぐに帰るというので仕方なく出した。すると突然、肉体関係を迫って来た。強姦《ごうかん》の恐怖を感じたので、機転を利《き》かせ、「言うことを聞きますから、先にシャワーを浴びて下さい」と浴室に入っている隙《すき》に警察に助けを求めた。その後、佐久間に襲われ怪我をしたが、間一髪のところで警察官に救われた……。

「なんですって」

ヘイジには納得できる話ではない。

「まずいんですよ。このままだと暴行傷害事件になる可能性があります。表沙汰にしないためには早めに示談に持って行く方が良いと思います」

明らかにこれは弓川咲子が仕掛けた罠だ。

(目的は一体なんだ？　金か？)

それ以外、考えられない。

弁護士は冷静に続けた。

「ただ、女性の証言にも不自然なところがあるので、警察も被害届を受理して事件とするのには慎重なんです」

そこに内山が口をはさんだ。

「弓川さんの話は出鱈目《でたらめ》だと、私が証言しましょうか？」

弁護士はため息を吐いた。

「ことの真実よりも、心配なのはマスコミに嗅《か》ぎつけられての報道です。公《おおやけ》にされたらまずいことになりますからね」

「それは大丈夫です。当行顧問の二階堂さんに、警察からの情報リークはないよう押えてもらい……」

そこまで言ったヘイジの頭にあの言葉が浮かんだ。

「ＴＥＦＧには十二分に償って頂きます。そうでないと……後悔しますよ」

弓川咲子がマスコミに自ら接触する可能性がある。

弁護士に訊ねた。

「示談にするとして……副頭取が自由になるのはいつ頃可能なんでしょうか？」

弁護士は腕時計に目をやる。

「今日が土曜日……月曜日の朝一番で申請して、午後には大丈夫でしょう」

ヘイジは考えた。

(日銀考査が始まるのは火曜日からだ。間に合うな)

ヘイジは言った。

「では、佐久間副頭取にその旨《むね》をお伝え頂けますか。先生、これから弓川咲子のもとにご同行願えませんか？　被害届を取り下げるよう説得したいんです」

「分かりました。そうしましょう」

弁護士とクルマに乗り込んだヘイジは佐久間と弓川咲子のふたりに対して心の底から怒りが湧《わ》いてくるのを感じた。

日銀考査を直前に控えて尋常でない緊張と忙しさを行員たちが強いられている最中、副頭取の地位にある者が痴情のもつれから刑事事件を起こすなど言語道断だ。さらに、被害者である弓川咲子の挑発とも挑戦ともとれる不遜な態度は許すことが出来ないものだ。ヘイジは唇を噛《か》み締めていた。

(だが……ここは我慢だ。表沙汰には絶対に出来ない)

我慢という言葉をヘイジは頭の中でずっと繰り返していた。

内山の運転する役員専用車で根津のマンションに着いた。

「内山さん、クルマで待っていて下さい」

「承知しました」

ヘイジは弁護士とエレベーターで上がり、三〇二号室のインターホンを押した。

咲子は在宅していた。

「二瓶だ。弁護士の先生も一緒にいる。話をしたいんだが?」

二人が来るのを待っていたかのようにあっさりと中に招き入れた。

「警察の現場検証があって。片手では後片付けが大変で……」

ヘイジと弁護士はダイニングテーブルに弓川咲子と差し向かいに座った。

「大変だったね? 腕は痛むかい?」

その言葉を無視して、咲子は弁護士に向かって言った。

「被害届を取り下げ、示談にするには条件があります。よろしいでしょうか?」

反射的に弁護士は手帳とペンを取り出す。呆気《あっけ》に取られるヘイジをよそに、彼女はとうとうと述べ出した。

「副頭取に念書を書いて頂きたいんです。一週間以内に一億円の示談金を私の口座に振り込む、と。それを確認次第、被害届は取り下げます。もし、期限内に履行されない場合、被害届はそのままに。そして、マスコミにこの件をお話しさせて頂きます」

ヘイジは目を剝《む》いた。驚愕と怒りが入り交じり、声が震えた。

「き、君は自分が言っていることが分かっているのか？」

上司に一瞥《いちべつ》もくれず弓川咲子はペンを走らせる弁護士に向かってさらに言った。

「念書にはこう付け加えて頂きたいんです。示談成立後、〝過去の関係〟の清算に関して適宜当方との話し合いに誠実に応じる、と。応じない場合には全てをマスコミに告白します」

ベテラン弁護士はそこで顔を上げた。

「なるほど、これは完全に〝裏の念書〟ということですね。強姦未遂、そして暴行傷害事件を揉《も》み潰す形を踏まえ、さらに佐久間副頭取との長年の愛人関係への報酬まで求めるということ」

咲子は頷いた。

「そうです。警察で話すのは面倒だったから」

「まずは一億。そして、そこからさらに金を要求するということですね。しかしね、弓川さん。これは立派な恐喝になりますよ。こちらがあなたを訴えることも出来る」

弓川咲子は弁護士の言葉に不敵な笑みを浮かべて言った。

「どうぞ、ご自由に」

メガバンク副頭取のスキャンダルは決して表沙汰にできないだろうという読みから来る余裕の笑みだった。

ヘイジは人間というものが分からなくなってきた。

「部長。二週間ほどお休みを頂きますね。あ、有休使いますから」

その弓川咲子を睨《にら》みつけた。彼女はさらに冷たい口調で続けた。

「日銀考査で大変な時に、ごめんなさいね。二瓶部長」

全て計算ずくでこの女は行動した。完全にＴＥＦＧを罠に嵌《は》めたのだとヘイジは思った。


日銀考査が始まった。

開始の際の経営陣と主任考査官との顔合わせには、ＴＥＦＧ全役員が揃《そろ》っていた。

副頭取の佐久間均も何事もなかったかのようにその場に立ち会った。

佐久間の頭の中には、ある数字だけが繰り返されていた。

「一億、一億……」

弓川咲子への示談金だ。これで保有する金融資産はほぼ全て失われる。

ただ、妻の瑛子に二瓶総務部長が「日銀考査の関係で大阪支店でトラブルが起き、急遽《きゅうきょ》出張してもらわなくてはならなくなった」と連絡してくれたお陰で夫婦間に問題は起きなかった。

ヘイジは日銀考査の対応に忙殺されていた。

(この日常を守るのにあんな取り繕いをしなければいけないとは……)

悔しくて仕方なかった。

佐久間均副頭取の幻の刑事事件を知っているのは、四万人の行員中、僅かに七人。

佐久間本人、弓川咲子、専属弁護士、顧問の二階堂、運転手の内山、そしてこの自分のみだ。頭取の大浦には報告していた。

二週間の日銀考査が終わった翌日、弓川咲子が総務部に復帰した。

「おはようございます。皆さん、大変でしたね」

妙に明るい声だったが、ヘイジは返事をせず、ＰＣのディスプレーから目を外すことさえしなかった。

# 第二章　相場師再始動

桂光義が前職場の総務部長、二瓶正平を自分のオフィスに迎え入れたのは日銀考査終了の翌週、十二月最初の金曜の夜だった。

東西帝都ＥＦＧ銀行本店から歩いて五分、丸の内仲通りに面したビルの五階にそれを構える。

フェニックス・アセット・マネジメント。

ＴＥＦＧの前頭取たる桂が設立した投資顧問会社だ。

米国オメガ・ファンドによる乗っ取りからＴＥＦＧを守った功労者として頭取に昇格した桂だったが、「頭取をやるのはＴＥＦＧの経営が安全圏に入るまで」と強く主張し続け、半年後に増資を成功させると辞意を表明した。増資においてはスピードが優先される。思うところはあったが、帝都グループへの第三者割当で賄《まかな》った。

その年の五月、「一ディーラーに戻る」という言葉を残して桂はＴＥＦＧを去った。同時に一連の騒動の区切りをつけるとして会長であった西郷洋輔《さいごうようすけ》も退いた。

桂はその後、自らの投資顧問会社の設立に動き、九月から営業を始めていた。

内外の機関投資家から運用の依頼が殺到したが、「小さく生んで大きく育てたい」と返答し、桂自身が信頼に足ると考える顧客を厳選しようと慎重に動いていた。

「客を選ぶというと偉そうに聞こえるかもしれないが、投資顧問の成功は顧客の質によるのが絶対的な事実だ。こちらの方針を十二分に理解してもらい、長期で預けてくれる先に絞る」

そう考える桂が選ぼうと考える客のほとんどは、海外の顧客だった。アメリカ、イギリス、そして中東諸国。投資や資産運用に歴史を持ち、優れた運用者に深い理解を示す個人投資家や機関投資家が多い国々だ。

厳選したとはいえ、入金予定の総額は一千億円を超えている。

運用スタッフは桂を含め六人のみ。

為替担当が桂ともう一人、株の運用が二人、債券運用に二人、桂以外は全員が三十代でコンピューターによる分析を行う数学や物理、そしてプログラミングの専門家だ。五人のうち三人は米国の博士号を持っている。

「勘と度胸で運用するのは俺一人で十分。ＩＴを使った情報分析と投資判断の結果の方が人間を上回る時代だ。最終的にはＡＩ《人工知能》による運用が世界を席巻するだろう」

桂はそう確信していた。

フェニックス・アセット・マネジメントのオフィスは狭くも広くもない百五十平米、その半分はサーバーで占められている。

ヘイジがオフィスのインターホンを押すと、アシスタントの女性に出迎えられた。そのままミーティングルームに案内されるとすぐに桂が現れた。

「二瓶君、久しぶりだな。よく来てくれた」

そう言って笑顔の桂は右手を差し出す。ヘイジは握手をしながら言った。

「申し訳ありませんでした。色々と忙しくて。目と鼻の先にいながら、なかなか伺えませんでした」

「本店総務部長の仕事がいかに大変かはよく分かっている。今日、君から電話を貰《もら》って嬉《うれ》しかったよ。何か旨《うま》いものでも食いに行こう」

「はい。ありがとうございます」

頭を下げてから申し訳ない気持ちになって言った。

「せっかく桂さんにこちらに来ないかとお誘い頂いたのに、お断りしてしまって。それで敷居が高かったのが本音なんです」

　桂は笑ってくれた。

「しょうがないさ。大組織を辞めるのは簡単なことじゃない。俺だって頭取になって初めて決断できたんだからな」

　そう語る桂が羨《うらや》ましかった。

「桂さんのようにどこへ行っても通用する能力があれば別ですが、僕なんかとてもとても……」

「いや、君には凄《すご》い能力がある。それが分かっているからこそ、誘ったんだ。まだ君を諦《あきら》めたわけじゃないぞ。もっと会社を大きくするからそうなったら必ず来てくれ」

　心からそう言ってくれているのが分かって胸が熱くなった。本心では桂の誘いに応じたかったのだ。

　しかし、それが出来なかった理由は妻、舞衣子《まいこ》の病気だった。

　舞衣子のパニック障害は長引いており、その後も発作を繰り返している。それだけではなく、過食と拒食を繰り返すようにもなっていた。病院で治療は受けているが一進一退の状態だ。そんな妻に銀行を辞めると言いだせば不安が募り、病状が悪化するのは目に見えている。

　そんな話は伏せて、ヘイジは桂の誘いを辞謝したのだった。

日銀考査で残業の連続となることから、舞衣子を横浜の実家に帰らせていた。やっとこの週末に迎えにゆける予定になっている。

弓川咲子の一件でつくづく銀行員であることが嫌になった。

(桂さんに従っていたら、こんな経験はしなくてすんだかもしれない……)

そんな風にも考えてしまう。組織にとって都合の悪いことは絶対に表沙汰《おもてざた》にしてはならない。徹底的に隠蔽《いんぺい》しなくてはならない。総務部長という立場はその為《ため》だけに存在しているかのように思えてしまうのだ。

当事者である咲子は平気な顔をして職場でのさばっている。相変わらず仕事は雑で、指摘されると露骨に不満な顔をしたり逆ギレしたりする。最近では同僚から注意を受けると、「二瓶部長はこれでいいと言ってました」「二瓶部長はそんなこと言いませんけど」などと虚偽の言葉を繰り返し、部長の急所を握っているとばかりの態度を露骨にする。そのせいで部の人間たちのヘイジに対する視線さえ、いささかおかしなものになってきていた。

「旨い肉をご馳走《ちそう》するよ。行こう！」

ヘイジの肩を、事情を知らない桂が叩《たた》いた。

桂とヘイジは銀座並木通り沿いのビル内にある鉄板焼きの名店、山全《やまぜん》のカウンター席に並んで座った。松阪のチャンピオン牛を毎年一頭買いすることで知られた店だ。

「銀座で高級鉄板焼き、ワクワクします」

「ここは凄いワインも揃《そろ》えているが、ハウスワインでいいよな？　味は保証するよ」

「はい。私はそもそも高級ワインの味なんて分からないですから」

そう言って笑い返した。

ワイングラスが何故《なぜ》か三つ用意されてきた。

妙に思っていたところ、隣に着物姿の女性が座った。

「お久しぶり……お元気？」

そう言ってヘイジの顔を覗《のぞ》き込む。

「珠季《たまき》！」

湯川《ゆかわ》珠季。高校時代の同級生でかつて恋人でもあった女性だ。

現在は銀座のクラブ『環《たまき》』のママで、桂光義と長く交際している。

「せっかくだからテレサも呼んだんだ。迷惑だったかな？」

「迷惑なんて失礼ね、桂ちゃんは」

桂は珠季のことをテレサと呼んでいる。カラオケの十八番がテレサ・テンであることから
そう呼ぶようになったと聞く。

元上司とかつての恋人に挟まれた格好で乾杯となった。

「何に乾杯しましょうか？　東西帝都ＥＦＧ銀行本店総務部長の二瓶さんの益々《ますます》の御出世にする？」

「やめてくれよ」

ヘイジは苦い顔をした。

「じゃあ、桂さんの健康に？」

「なんだか、お前は爺《じじい》だって言われてるみたいで嫌だな」

桂も渋い表情になり三人で笑った。

「では、三人の幸せに！」

「それがいい。乾杯！」

ヘイジは心の底から嬉しかった。嫌な思いをずっと抱えて鬱々《うつうつ》としていたのが晴れ渡るように思えた。

鉄板焼きはすこぶる美味《うま》かった。

京菜《きょうな》のサラダに清涼感を味わい、鮑《あわび》のステーキやフォアグラのソテーに感動し、箸《はし》休めで出た雲丹《うに》のフランでは舌が蕩《とろ》けるように思えた。メインの厚切りのヒレステーキと薄切りロース肉で牛肉の美味《おい》しさの違いを堪能《たんのう》した。

締めに選んだ梅とじゃこの焼飯《チャーハン》は大葉や炒《い》り胡麻《ごま》も入ったサッパリした味わいで、お替りまして大満足のうちに食事を終えた。

その後、桂はヘイジを連れて珠季の店『環』で飲むことになった。

水割りを作りながら珠季はヘイジに訊《たず》ねる。

「奥さまは如何《いかが》？　体調は良くなられた？」

「いやぁ……簡単にはいかない病気でね。実は一進一退なんだ。このひと月近く横浜の実家に帰してたんだけど、明後日《あさって》、迎えに行く。向こうのお母さんもウチのマンションに来てしばらく一緒にいることになる」

「そう……」

珠季は心配そうな顔をしている。

話を全て聞いて桂が口を開いた。

「総務の仕事は残業残業の連続だからな。家庭生活を保つのは大変な筈《はず》だよ」

ヘイジはその言葉に素直に頷《うなず》いた。

「ええ、銀行員なんて……嫌になります」

その時の表情を桂は見逃さなかった。

(この男……仕事で何か大きな問題を抱えているな)

きょう再会した時からずっと、これまで感じたことのない暗いものをまとっている気がしていたのだ。家庭問題のみならず、銀行でも大変な案件を預かっているのだろうと想像した。

「二瓶君、飲もう。何も考えず飲もう。今日は俺もそんな気分だ」

「あら？　桂ちゃん、相場で負けたの？」

「そうじゃないよ。男にはそんな気分の時があるんだ」

「困るのよねぇ。私のお金も桂ちゃんに預けてるんだから、運用に失敗されたら」

桂は頭を下げながら言った。

「お客様には勝てません。あれ？　ここでは俺が客だぞ！」

三人で笑い合った。

桂はこの時、ヘイジの抱えた暗い想いが自分に大きく関わって来ることになるとは夢にも思っていなかった。

◇

翌週もフェニックス・アセット・マネジメントを訪ねる者が続いた。

桂は月曜日の午後、大手証券会社、野坂証券常務をミーティングルームで迎えた。投資信託販売の責任者だ。

「単刀直入に申し上げます。ぜひ弊社で桂社長の運用されるファンドを投信として販売させて頂きたいんです。何卒《なにとぞ》お願い致します」

そう言って頭を下げる男に桂は返した。

「お預かりする予定の海外のお客様の資金で手一杯です。とてもそんな余裕はありません。申し訳ないですが……」

慇懃《いんぎん》に断る桂に対して常務は言った。

「桂社長が運用されるファンドであれば五千億、いや一兆円のファンドでも我々は売る自信があります。野坂の力を信じて下さい！」

「買い被《かぶ》って頂いては困ります。私にはそんな能力はとてもありませんから」

それを聞いて常務は言った。

「オメガ・ファンドに勝った伝説のディーラー、桂光義の名は誰もが知っています。今ならファンドは爆発的に売れます」

その言葉を耳にして、それまで笑顔をみせていた桂は真剣に訊ねた。

「ファンドは商品だとお考えですか？」

常務はキョトンとした表情になった。

「確かに証券会社や銀行にとって投資信託は金融商品として販売されるものだ。その通り、それが正解です。しかし」

そこから語気を強めた。

「私は長年金融商品の販売のあり方に疑問を感じていました。証券も銀行も、販売手数料さえ入ればいいと安易に考えている。顧客に次から次にファンドを入れ替えさせる回転商いを依然として続けている。収益を第一として、決して顧客の資産形成に貢献していない」

常務は表情を硬くした。桂は続けた。

「日本に長期投資が根付かないのは何故ですか？　長い歴史を有し、大きく育った投資信託がありますか？」

「そ、それは……」

「投資信託が本当の意味で根付いているアメリカやイギリスとは大違いです。顧客を啓蒙せず、回転売買の対象としてしか見てこなかった日本の金融機関にこそ責任がある」

少々言い過ぎたかと思い、矛先を変えた。

「いや、金融機関だけではない。日本人そのものに問題があるというべきでしょう。目先の金に弱く、長期投資というビジョンを持てない。株や為替、債券を短期売買の対象としてしか見られない日本人の特性がそうさせて来たのだ、というのが実際のところでしょう」

「では桂社長はご自身をどうお考えなんですか？　ディーラーとしてやってこられたことについて」

桂はきっぱりと言い切った。

「私は相場と戦ってきた。それ以上でも以下でもない。秒単位での切った張ったを何十年もやってきた。為替、株、債券なんでもござれ。正真正銘の相場師です」

「その相場師がファンドを運用されている。そういうことですね？」

桂は頷いた。

「しかし、最終目的を長期でのリターンに置いています。それを理解して頂ける顧客だけから資金をお預かりしています」

「我々もしっかり理解します。それを顧客に伝えるのが私たちの仕事です」

苦笑を返した。

「顧客と話すのは高い販売手数料を取れる販売時だけで、売った後ではなさらないでしょう？」

常務は何ともいえぬといった目で桂を見ている。つい、諭すような口調になった。

「先日、私の叔母が……もう八十を超えている叔母から、相談したいことがあるから来てくれと言われて家を訪ねたんです。そこで見せられたのが一ダース以上ある金融商品の運用報告書でした。証券会社や銀行の担当者から『必ず儲《もう》かる良い商品だから』と言われ購入したのだという。調べてみて唖然《あぜん》としました。全部がハイリスク商品で老人に持たせるべきものではない。顧客のことなど全く考えていないことが歴然としました」

常務は食い下がる。

「我々は変わります。その為の商品として桂社長の運用するファンドを扱いたいんです」

よく言うよと思った。

「無理です。短期的ビジネスが染《し》み付いている証券会社や銀行窓販《まどはん》に、顧客の長期利益だけを考えた投資信託の営業など絶対に無理です」

「そんなことはありません！　お約束します」

「では、次の条件なら運用をお引き受けしましょう。販売手数料はゼロ、販売から五年間はクローズドで解約は受けつけない。それで、私の考える真の長期投資に賛同して下さる顧客にだけ買って頂くということなら」

「そ、それは……」

桂は笑った。

「無理でしょう？　残念ながらわが国には健全な投資信託が育つ土壌はない。その認識が私にある限り、投資信託の仕事をお引き受けすることはありません。どうぞお引き取り下さい」

野坂証券の常務を玄関まで見送ってから、桂は珈琲《コーヒー》を飲みにオフィスを出た。ビルの一階にアメリカのコーヒーチェーン店が入っている。

マグカップに珈琲を入れてもらい、ガラス越しに仲通りに面した席に座ってゆっくりと味わった。

（あのくらいは言っておかないとな……）

先ほどのやり取りを思い出しながら、日本という国の将来がどうなるのかを考えた。銀行にいた時にはこんな時間は持てなかった。

桂は日本最大のメガバンクの頭取になりながら、たった一年で自分勝手に辞めたことに自責の念を持ってもいた。自分自身の手で銀行を改革し、日本経済の活性化に向けた核とする可能性を放棄したのだ。

何故、俺はこの道を選んだ？

一ディーラーとして全うしたいという強い気持ちはあったが――。

（それよりあの空気が嫌だったのではなかったか……）

ＴＥＦＧを支配する帝都の空気……それを頭取になってさらに感じるようになった。外様《とざま》大名が幕府の将軍職に就いてしまったような、そんな感覚に苛《さいな》まれた。

頭取となってもディーリングルームの席を手離さず、ディールを指揮してみたがどうにも身が入らない。それ以外の様々なことが鳥もちのように身体《からだ》に絡《から》みついて来ていたからだ。

それは単に頭取という特別な仕事に関わることだけではなかった。帝都グループの持つ無形の力、その上に座る銀行のトップになって初めて分かる圧力のようなものだった。

（それが俺には澱《よど》みのように思われ、苦しく嫌なものに感じられた）

目の前の仲通りを行く人々はどこまでも爽《さわ》やかで穏やかだ。

これからの自分を思うと、爽快《そうかい》な気持ちではいられなかった。自分は逃げたのだと感じていたからだ。帝都という存在に真の戦いを挑まずに逃走した。

その帝都グループを含め日本の産業界全体が内向きになり、世界から置いていかれているように桂には思えてしかたがない。

「俺はこれから闘わなくてはならない。日本のために闘う義務がある」

珈琲を飲み干すとオフィスに向かった。

◇

桂光義がオフィスに戻るとすぐに次の来客があった。

九州最大の地方銀行である筑洋《ちくよう》銀行の頭取、寺井《てらい》征司《せいじ》だ。

東京商工大学の同じゼミで学んだ親友だった。二人ともジャズ好きということから学生時代は授業そっちのけで吉祥寺のジャズ喫茶に入り浸り、中古レコード店回りも共にした。

寺井は福岡出身で卒業後は九州の地銀の筆頭、筑豊《ちくほう》銀行に就職、筑豊銀行はその後合併を重ねて九州のほぼ半分を統合し、筑洋銀行と名前を変えていた。

合併の際に類《たぐい》まれな能力を発揮した寺井は、その功績で頭取にまで上り詰めていた。

朝、突然電話を受けて、オフィスで会うことにした。

久しぶりに見る友は貫禄《かんろく》がつき、地方の雄とされる銀行のトップの雰囲気を醸《かも》し出していた。

「元気そうだな。筑洋銀行頭取としての押し出しが利《き》いてるぞ」

そう言う桂に寺井は笑い返した。

「日本最大のメガバンクの頭取だったお前に言われると、嫌味にしか聞こえないなぁ」

「いや本当だ。俺は頭取の器ではなかったが、お前はピタリとはまっている。見ただけで、すぐに分かるよ」

寺井は小さく頷いた。

「ＴＥＦＧトップの立場をあっさり捨てて一ディーラーに戻ると聞いた時、お前らしいとは思った。学生の時からどこか達観したところがあったからな」

「ただの馬鹿《ばか》だよ。本当はあの地位に留《とど》まって立派な仕事をするべきだったんだけど、どうにも性に合わなかった。我儘《わがまま》だけどな」

「あそこまで行って我儘を通せるのは、日本のサラリーマンの中でお前ぐらいのものだ。馬鹿とは言わないが変わり者ではあるよ」

そう言われて考えた。

サラリーマンは人間が本来有する自我を抑えて生きている。

働くうちに、組織という器の中に自分を入れ込んでものを考えるようになる。自分たちのいる世界が金魚鉢であるか海であるかが中で泳ぐ魚に分からないように、どんな人間も組織で生きていくうちに組織そのものが生きる世界であり宇宙になる。

しかし、桂は違った。

金融市場《マーケット》という世界で戦うことを生業《なりわい》としてきたからだと自認している。

相場は組織を背負って張るものではない。常に自分と市場との一対一の勝負だ。いかに大きな組織であろうと、相場の世界では何の役にも立たない。頼れるのは自分だけだ。

「俺はこの世界に長く居過ぎているのかもしれない。だが俺はここでしか生きられない」

生きるとは環境が人間を作ることで、人間が世界を創《つく》れるわけではない。人間はどこまでも小さな存在だと桂は思うのだ。

「お前はお前であり続けている。それは本当に凄いことだと思うよ。確かに俺は頭取になったが、ある意味、組織の中の既定路線だった。だがお前は全く違う形で頭取になり、その地位をあっさり捨てた。お前自身であり続けるために。羨ましいよ」

桂がその寺井の言葉を引きとった。

「まぁ、相場というものを仕事で知ったか知らないかの違いだけだよ。いつの間にか特殊な世界に呑《の》み込まれ、たまたまその中で身につけた能力が、大変な状況の時に役立ったんだ。状況に左右されていただけで、他のサラリーマンと本当のところは何も変わらないさ」

「お前の言う通りかもしれんな。俺も頭取にはなったが別に出世したとは思っていない。ただ状況が俺をこうさせているだけで、自分の力ではないような気がする。だから、地位に対して誇りを感じるとか偉くなったなどという気持ちはさらさらないんだ」

それを聞いて嬉しくなった。

「お互い大学時代には、年をとってこんな風になるとは思わなかったな。吉祥寺のジャズ喫茶でアルバート・アイラーとか、うるさい音楽ばかり聴いてたのに」

寺井が笑った。

「そうだよな。何故か親子《おやこ》丼《どん》がメニューにあるジャズ喫茶、婆《ばあ》さん一人でやってた店……あの親子丼、妙に美味かったよな。懐《なつ》かしいな。まだあるのかなぁ？」

　桂は首を振った。

「とっくになくなったよ。東京に本当のジャズ喫茶はもう数えるほどしかない」

　寺井は悲し気な目をした。

「そうか……七〇年代後半のジャズ喫茶黄金時代なんてものを知るのは年寄りだけか」

「あぁ、キース・ジャレットのソロ・ピアノが流行《はや》って、女の子たちがジャズ喫茶に押し寄せリクエストしていたなんて、遠い遠い昔の話ということだ」

「そういうことなんだな」

　話が一段落したところで桂は訊ねた。

「ところでお前の突然の上京、一体何だ？　役所絡みか？」

「ご明察の通り。金融庁に呼び出された」

「悪い話か？」

「いや、良いも悪いも……」

　十二月に入り、金融庁の幹部たちは来年度の金融行政の方針を連日討議していた。

　現内閣から構造改革の目玉となるような〝金融再々編〟の画《え》を描くよう求められていたか

らだ。

官房長官から「思い切ったアイディアを」と再三言われている金融庁長官は、幹部たちに発破をかけていた。

「金融庁の力を再び見せつける。そのくらいの覚悟で方針を考えて欲しい」

長官の言葉に幹部たちは奮い立った。

前長官、五条健司《ごじょうけんじ》を巡る一連の問題に庁内では誰も触れようとはしない。

東西帝都ＥＦＧ銀行の超長期国債の購入、破綻《はたん》危機から国有化の検討、そして米国オメガ・ファンドによるＴＥＦＧ乗っ取り騒動。一連の動きに絡んでいた五条が自殺したことで、全ては封印された形となっていた。

官僚たちはもう一度、金融行政によって自分たちの存在意義を見せつけようとする気概に燃えているのだ。日本の銀行の最終形を創り上げようと、連日の討議には熱が入っていた。

その中で出たのが「スーパー・リージョナル・バンク構想」だった。

「地域の垣根を超えて活動する巨大地方銀行の創設」と構想には記されている。

そこには、北海道・東北で一つ、関東・甲信越で一つ、東海・北陸で一つ、関西で一つ、中国・四国で一つ、そして、九州・沖縄で一つ、計六つのスーパー・リージョナル・バンクを創り出すことが明記されていた。

「少子高齢化の中、地方分散のままでは医療や福祉を十分に行っていくことが難しくなる。二〇五〇年に八千三百万人に人口が減少した時、日本には広域を支える力のある地方金融機関の存在が不可欠だ」

国家の構造問題を冷静に考え、地方色・郷土色を踏まえながら力のある広域金融を地域経済の主役とすると策定したのだ。

「そのスーパー・リージョナル・バンク構想、略称をSRBプランと言うのだが、その先導者として筑洋銀行に積極的に動いて欲しいというんだ」

「九州の地銀をまとめ上げ、一つの銀行にするということか。現実的にはどうなんだ？」

寺井は首を振った。

「東京から見ると九州は一つに見えるかもしれないが……それぞれ全く違う地域性、県民性を持っている。そう簡単にはいかないよ。しかし、少子高齢化が深刻なのは間違いない。かつての繁華街がシャッター街と化しているし、空き家も多い。平均年齢が七十五歳を超えている町や村も少なくない。これまでの地域規模では解決しない問題が山積しているのは事実だ。金融の統合によって全てを解決できるかどうかは疑問だがな」

その言葉に同意した。

「だが、方向性としては金融庁の言うことは間違っていないと俺には思えるが」

「その通りだ。それで、桂。お前に意見を聞きたいと思ってここへ来たんだ」

そう言って寺井は桂をまっすぐに見た。桂は力強く切り出した。

「俺はチャレンジすべきだと思う。日本の将来を考えれば、地方金融は大きな枠組みを作っておくべきだ。お前がそれを九州で作り、こんなことがＳＲＢには可能だと見本を示せば日本の金融のあり方も変わるさ」

「そうか……そう思うか」

こうして金融庁が構想するＳＲＢプランは、六地域の代表地銀のキーマンを通じて動き出すことになる。

◇

年が明けた一月十日、桂光義はアメリカに向かった。

資金を預けたいという潜在顧客とまず会い、運用方針の説明をする為だった。

ボストンからアメリカに入った桂は東海岸を襲った強烈な寒波に震えた。

(最高気温が摂氏でマイナスの真冬日。雪でなかったのがせめてもの救いだな)

空港の外に出ると寒さで耳がちぎれそうに思えた。

空港からボストンの市街地までは近く便がいいが、寒波の影響による交通渋滞でホテルに着くのに一時間以上かかった。

チェックインを済ませ旅装を解いていると、携帯電話が鳴った。

「ハロー、マイク。極寒のボストンへ、ようこそ!」

外国人は桂をマイクと呼ぶ。

本名であるミツヨシが外国人に発音しづらいため、海外ではファーストネームをマイクとしていたのだ。

電話の相手は東西銀行時代の同僚、トム・ステイラーだった。

東西銀行ニューヨーク支店でドル・ポンド為替ディーラーのヘッドをしていた男で同い年。桂と似たファイター型ディーラーで馬が合い、現在も事あるごとに相場観をやり取りする仲だった。

故郷のボストンで投資会社を経営している。

「トム、早速電話をくれてありがとう。それにしても寒いな。驚いたよ」

「温暖化の影響だな。去年の夏は途轍《とてつ》もなく暑かったのが冬になるとこれだ。この先どうなるのか恐ろしくなるよ」

「あぁ、世界経済と同じだな」

「おっとマイク。そういう話は今晩、家で夕食をとりながらゆっくり聞かせてくれないか？　ところで時差ボケ《ジェット・ラグ》は大丈夫かい？」

「東京からアメリカ東海岸へのフライトが一番きついのはご承知の通り。だから今回は機内で眠らないようにした」

「ウチでたっぷり食べて飲んで、その後ぐっすり眠ればいい」

「ありがとう。そうさせて貰うよ」

夕方、トムはレンジ・ローバーを運転してホテルまで迎えに来てくれた。桂を乗せて市街地を抜けるとニューイングランドの森が目の前に広がる。

「古き良きアメリカの風景だな」

トムが「イエス」と応《こた》える。

「アメリカの原風景のような場所だよ。ここに生まれたことを誇りに思う」

十年ほど前の休暇でボストンを訪れた時、独立戦争の古戦場をトムの家族と共に見て回ったことを思い出した。

トムの二人の娘はそれぞれ結婚し、幸せな家庭を築いている。

森の中を十五分ほど走るとトムの自宅に着いた。

為替ディーラーとして成功し、大きな資産を築いた人物にしては質素な住まいだ。桂はそんなトム・ステイラーを伝統的なWASPだと思っている。

WASP。ホワイト・アングロサクソン・プロテスタント。彼らの先祖は英国からやって来た新教徒たちで、アメリカの基礎を創り上げた存在だ。

勤勉で質素倹約を尊び、洗練と寛容を備え、謙虚で利己主義を嫌う。アメリカという国を偉大な存在にしたのは彼らの素養に因《よ》るところが大きいと桂は考えている。

しかし、そのアメリカでも市場原理主義の拡大で社会全体に強欲がはびこり、格差の広がりと共に寛容さが失われ、様々な階層の間での対立が鮮明になっている。

トムのような存在は少数派になってしまったのかもしれないと、桂は悲しく思っていた。

クルマから降りると、トムの妻メアリーが出迎えてくれた。

「マイク！」

メアリーとハグをした。

アメリカの母そのものだと桂は思う。

「メアリー、元気そうで何より！」

「マイクも……。まだ独りなの？」

「あぁ、僕は結婚に向いていない人間だから」

メアリーはキッと睨むような目をした。

「駄目よ。そんなのはあなたの思い込み。ちゃんと新しい伴侶《はんりょ》を得て幸せになりなさい」

桂の脳裏に珠季の顔が浮かんだが、微笑《ほほえ》みを返しただけで何も答えなかった。

メアリーはターシャ・テューダーに憧《あこが》れ、長年庭づくりに勤《いそ》しんでいた。ステイラー邸は
メアリーが丹精を込めた草木や花々に囲まれている。

「あぁ。前回お邪魔した時より、庭がずっと自然に感じる」

家の周りを見回してメアリーに言った。

「ありがとう。私にとって最高の褒め言葉だわ。さぁ、入って。あなたのために腕を振るったのよ」

家の中に入るやいなや良い匂《にお》いがした。

「あぁ、美味しそうな匂い……ディナーが楽しみだ！」

心の底からそう言った。

メアリーに促されてダイニングルームのテーブルに座った。

トムに勧められビールを飲んでいるうちにメアリーが得意とするオーブン料理が運ばれて来た。

「熱いうちにどんどん召し上がって」

ほうれん草のキッシュや挽肉《ひきにく》とマッシュポテトのグラタン、そしてロブスターロールと山盛りのサラダが運ばれて来た。

トムがビンテージのカリフォルニア・ワインを抜栓し、桂のグラスに注ぐ。

「旨い。これは素晴らしいワインだな」

「あぁ、君が来るからとっておきを開けたんだ。旨くないと困る」

そう言って笑う。

「さぁ、これも召し上がって」

メアリーがニューイングランド風クラムチャウダーを深いスープ皿に入れてサーブしてくれた。

「寒い日に最高のクラムチャウダーだ！」

メアリーは微笑みながらエプロンを外し、自らもテーブルについた。

三人で改めて乾杯し、桂は夫妻に招待の礼を言った。そして持参した土産を手渡す。

トムにはアメリカでも人気の日本のウィスキーと薩摩《さつま》切子《きりこ》のロック・グラス。メアリーには西陣織のマフラーと同じく薩摩切子の一輪挿しだ。

二人は桂の気持ちのこもった品を心より喜んでくれた。

料理に舌鼓《したつづみ》を打ちながら、ステイラー家の子供たちのことやメアリーのガーデニング、メジャーリーグでの日本人選手の活躍など食事時に相応《ふさわ》しい話題を選んだ。アメリカでの最初の夜の時間は楽しく過ぎていった。

食事を終えた三人は、赤々と薪《まき》が燃える暖炉のあるリビングに移った。

桂とトムはバーボンのロックを、メアリーは食後酒のグラッパを手にしている。

桂は居ずまいを正して訊ねた。

「こうやって温かくもてなされているとアメリカやアメリカ人に心から敬愛の念を感じる。ただ……最近のアメリカを外から見ていると、どうにも不安を感じてしまうんだ。あなたたちのような良心と良識に満ちあふれたアメリカ人は今のアメリカをどう見ているのか、それを率直に聞きたいんだが」

その言葉に二人とも真剣な顔つきになった。

「私もアメリカの変化には驚いている。大統領が公《おおやけ》に言ってはならないような不寛容な発言を口にする時代がくるなど思いもしなかった。これも格差の成せるわざかもしれない。アメリカ人は誰もが幼い頃から成功を夢み、望み、努力を怠らなかった。それこそがアメリカンドリームであり、この国の原動力だった。でも、今はどれだけ頑張っても夢を実現できない99％の一人が自分自身だと考える若者が多い。国や社会そのものに失望しているんだ。その責任は私たちにもあると思っている」

トムの言葉にメアリーが目を伏せた。

「子供たちは自分たちの世代よりも豊かな人生を送れないかもしれない。そう感じるアメリカ人が多くなっているのは事実ね。それが社会全体に閉塞感《へいそくかん》をもたらしている。だから宗教や人種の違いにたやすく憎悪《ぞうお》を掻《か》き立てられるし、それを扇動する政治家も後を絶たないのだと思うわ」

桂は二人の考えるアメリカの今について話を聞けて嬉しかった。本来、政治や人種、宗教などの話題は避けるのがエチケットだが、彼らなら率直に答えてくれると思ったからだ。

やがて、話題は経済に移った。

「経済の話は私は分からないから……」

メアリーはそう言いおいて、キッチンに向かった。

しばらくすると、ブルーベリーパイと珈琲と共に戻ってきた。桂はデザートも堪能した。

気付けば、夜も更けていた。

「そろそろ」と桂は暇乞《いとまご》いをし、呼んでくれたタクシーに乗り込んだ。

「ありがとう、トム、メアリー。本当にいい時間を過ごさせて貰った」

「マイク、じゃあ、明日オフィスで」

「よろしく頼む。メアリー、本当にありがとう。お元気で」

「こちらこそ。素敵なプレゼントをありがとう。マイク、早く再婚なさいよ」

桂はウインクをして微笑むだけだった。

二人は笑顔で手を振り、見送ってくれた。

ニューイングランドの森が続く夜道を車に揺られながら、二人との話を思い出していた。

「どんなことになっても、希望だけは……失ってはいけないと思う」

メアリーのその言葉と表情が心に残っていた。

◇

桂光義は翌朝、ボストンの金融街にあるトム・ステイラーのオフィスを訪ねた。

彼の投資会社では、厳選したファンドを個人投資家に斡旋《あっせん》するアドバイザーをビジネスとしている。

ごく普通の人々に、優れたファンドへの投資機会を持って貰いたい。

少数の富裕層に特化すればもっと効率良く収益も高い筈だが、敢《あ》えてトムはそれに背を向け、市井《しせい》の人々へ良質のファンドを紹介することを旨《むね》としていた。

桂はそんなトムの姿勢を心から尊敬している。

「仕事を始めて十年、顧客の投資家たちは運用成績に満足しているが、会社としては去年ようやく黒字になった。まぁ、慈善事業だな」

そう言って、さわやかに笑うのだ。

そのトムが桂の運用するファンドを扱わせて欲しいと言う。

「君の為替のディール力は私が一番よく知っている。ぜひ君の運用するカレンシー・ファンドを扱わせてくれ。一千万ドルくらいの規模からじっくりと育てていくことになるが、承知してくれるかい？」

「勿論《もちろん》だよ。君に選ばれるのは本当に光栄なことだ」

「ありがとう。マイク」

ファンドに関しての事務的なやり取りをした後で、桂は話題を変えた。

「ところで君は以前、HBS（ハーバード・ビジネス・スクール）でビイングウエル銀行頭取のケビン・スチュワートと同窓だったと言っていたな？」

「あぁ、ケビンとは今でも時折、電話で話す仲だよ」

ビイングウエル銀行は全米に五千を超える支店を持ち、中小企業向け融資や住宅ローンの残高ではアメリカ最大の銀行である。ロスアンゼルスに本店を置く。

資金の借り手は千差万別。借り手と徹底的に話し合い、融資の判断を行う。要件の検討だけに留まる機械的な融資は一切しない。

桂は筑洋銀行頭取の寺井征司が目指すべきSRB（スーパー・リージョナル・バンク）の手本がここにあると見ている。人や事業をちゃんと見ない日本の銀行の融資のあり方に、ずっと疑問を感じていたのだ。

トムにその話をし、ケビン・スチュワートに寺井を紹介してほしいと頼んだ。

「お安い御用だ。どうだい、ミスター寺井の前に君がケビンと一度、会ってみたら？」

「願ってもない話だ。実は今日ボストンの運用会社を回った後でニューヨークに移動して潜在顧客と会う。明後日には西海岸に飛ぶ。もし、明後日以降でスチュワート氏と予定が合うようだったらお願いしたい」

「分かった。では、後ほど連絡するよ」

別れ際《ぎわ》、それまでずっと優秀な金融マンの顔と態度を見せていたトムが急に表情を曇らせた。言い淀《よど》んでいるのが桂には分かった。

「どうした？　何かあったのか？」

トムは静かに語りはじめた。

「実は……メアリーに癌《がん》が見つかったんだ。膵臓《すいぞう》癌だ」

言葉を失った。

「昨夜《ゆうべ》はあんなに元気だったじゃないか？　よく食べていたし、ワインも。それに食後酒まで飲んでいた」

トムは首を振りながら言った。

「一昨日《おととい》まで検査入院していたんだが、マイクが来るから楽しませなきゃと頑張ってたんだ。途中何度も席を立っただろ？　実はトイレで……もどしていたんだ。顔色の悪さを隠すのに慣れない化粧までして」

それは気になっていた。それまで化粧っ気を感じることのなかったメアリーにしては珍しいと思っていたのだ。

目頭が熱くなった。

「これからどうするんだ？」

「今週末から治療入院になる。手術か放射線治療か……まだどうなるか医者の結論は出ていない」

「どちらにしても助かるんだよな？」

「医者は難しいと言っている。だが、メアリーは徹底的に戦うという。どんなに苦しくとも生きる希望がある限り戦い続けると」

昨夜のメアリーの言葉を思い出した。

「希望だけは……失ってはいけないと思う」

涙が出そうになった。

「……そういうことだったのか」

トムを見詰めて呟《つぶや》いていた。

「強い女性だな、メアリーは」

「あぁ、途轍もなく強いよ」

「娘さんたちには？」

「まだ知らせていない。メアリーが治療の方向が決まったら自分から伝えると言うんだ」

「そうか……」

トムはそこで再びビジネスマンの顔に戻った。

「マイク、心配を掛けてすまない。我々は希望を失わない。君にもそうして欲しいんだ」

「分かった。快復を祈っている」

固く握手をして別れた。


桂はボストンの大手資産運用会社を回った後でニューヨークへのシャトル便に乗り込み、

昼過ぎにはラガーディア空港に着いた。

タクシーでマンハッタンへ向かう途中もずっと、メアリーのことが頭を離れなかった。

（メアリーは生きるために徹底的に戦うという。そのエネルギーはどこに由来している？

それは人間の誰もが持つ根源的なものなのか？　俺にはそう思えない。自身のためというより、夫や子供たち、家族という存在との関係を維持しようとするエネルギーなのではないか）

桂には家族がない。成人し仕事を持つ娘はいるが、彼女が幼い頃に離婚し、別れて暮らした為に家族という意識は薄い。

そこでトムについて考えた。

優秀な為替ディーラーだったが、四十代で引退した後は同じ金融とはいえ血の通う仕事を選んでいる。未《いま》だに相場の世界で戦う桂とは全く違う世界に生きている。

（トムと俺は違う……それは家族という存在を持つ者と持たない、いや、持てない者との違いなのだろうか？　孤独や死を恐れては相場に没入することは出来ない。究極の自己中心を貫かないと相場の世界では生きられないと思ってきた）

タクシーはいつの間にかマンハッタンに入っていた。

（こういう冷たさこそが俺自身なんだ。トムとは全く違う。家族というものをちゃんと考え

られる人間とは違うんだ）

自分をそう納得させるしかないと思った。

タクシーは摩天楼の間を抜けていく。

「ほぉ！」

久しぶりに見るマンハッタンに新たな建物が沢山できていることに驚いた。

桂を乗せたタクシーは五番街のミッドタウンを走っていた。信号が赤になり停止する。

「あれはどこのビルなの？」

前方に見える巨大なガラス張りのビルを指さして運転手に訊ねた。

「確か中国のビルだよ」

桂が目を凝らすと上海《シャンハイ》にある中国投資銀行の米国子会社、ＣＩＣ（China Investment Co., Ltd.）のビルと分かった。ＣＩＣはニューヨーク証券取引所にも上場している。

ビルから出て来た男の姿が目に留まった。だが信号が青になりタクシーは走り出し、男の姿は視界から消えた。

「まさかな……」

桂は呟いた後、笑った。

自死したはずの五条健司を見たような気がしたのだ。

# 第三章　官僚たちの野望

一月、成人の日の夕方。

ヘイジは自宅でくつろいでいた。

妻の舞衣子が病院から戻り、義母と三人の2DKでの生活が再び始まった。一ヵ月以上が過ぎたがここまで大事は起きていない。

舞衣子と義母は買い物に出ていた。

ヘイジはこの一ヵ月を思い出した。

狭い部屋ながらも皆で年末年始を過ごせたし、ヘイジも包丁をふるってお節《せち》料理を作った。

舞衣子はそんな様子を喜び、発作も起こさず穏やかに暮らしていた。

銀行が大晦日《おおみそか》を休業日にしたことが大きいとヘイジは思った。

(若い頃は除夜の鐘を聴く頃まで仕事だったことを思うとありがたい)

年末年始を家族で過ごす大切さが身にしみて分かった。

じていた。

弓川咲子の事件があってから、家族で一緒に過ごせる時間をこれまで以上にありがたく感じていた。

サラリーマンには二種類いる。

家庭に職場での感情を持ち込んでしまう者と持ち込むまいと努力する者。

前者は仕事人間に多く、ヘイジも以前はそうだった。しかし、それを意識して変えるようにした。仕事や組織を忘れることなど出来ない。嫌なこととなると特にそうだ。だがそれを家庭では考えまいとする努力が重要なのだと、近頃は思うようになっていた。

（それが家族への思いやりだ。そして家族を愛《いと》おしく思う気持が自分自身をも支えてくれる）

職場での感情を持ち込まないことが、サラリーマンが真っ当な家庭人でいられる術《すべ》だと思える。咲子の存在がヘイジにとってそれほど重く嫌なものだからだ。

しかし、状況は変わろうとしていた。

今月発表される定期人事異動で、弓川咲子が動くことが決まったのだ。

（自分の視界から消えてくれることは有難いが、移った先で一体何をしでかすやら……）

咲子を監視下に置いておいた方がいいとプロ意識から考えていた。その為《ため》に自分の感情を殺し、異動候補のリストからは外していた。だが、今回どういった理由か人事部から彼女を異動させることになったと連絡があったのだ。異動先は明日分かることになっていた。

ヘイジはマンションのベランダに出た。

寒さはそれほど感じない。風もなく穏やかな冬の夕暮だ。視界の先にはショッピングモールに向かうクルマの列が見える。いつもの休日の風景だった。

「変わらない日常のありがたさ……変わらずにあって欲しいもんだ」

思わず、そう呟いていた。


翌日、出勤すると朝一番で人事部長から呼ばれた。

防音応接室に共に入る。人事に関する打ち合わせがなされる部屋だ。

腰を掛けると総務部の異動人員のペーパーを見せられた。

ほとんどが予想された通りの内容だったが、意外な部署へ移る者が一人いた。

弓川咲子、当人だ。

「企画管理部に、ですか？」

「あぁ、部長からのご指名だ」

(企画管理部長は佐久間副頭取の子飼い。どう考えても副頭取の意向による人事だ)

しかし何故、佐久間がそんな指示を出したのかは全く読めない。

人事部長は言った。

「弓川くんの業務能力には疑問がある。精鋭が揃《そろ》うセクションで飼い殺しになるのは目に見えているんだが、どうしても欲しいというんだ。異存はないね？」

釈然としなかったが、よろしくお願いしますと応じるしかなかった。

弓川咲子をめぐる事件は人事部長でさえ知らない。

午後四時に人事異動は発令された。

ヘイジは部長として異動となる部内の人間一人一人を応接室に呼んだ。

最後は咲子だった。

「おめでとう。当行の中枢《ちゆうすう》セクションだ。先方からのたっての指名だそうだ。ぜひ新たな職場で君の能力を活《い》かして欲しい」

咲子は片方の口角を上げ、皮肉めいた口調で答えた。

「私のどんな能力が活かせるんですか？」

ヘイジは口を噤《つぐ》んだ。

「私の能力……部長にそれが何だか分かります？」

そんな態度を目にして、本音で話すことにした。

「企画管理部長は副頭取の息の掛かった人間だ。君が佐久間さんに指示したんだろ？」

咲子はヘイジをじっと見ている。その目の奥は暗く深い沼を思わせる。

「いいえ。全然知らなかった」

惚《とぼ》けたように言うと足を組み、両手を上に挙げて伸びをした。上司の前で見せる仕草ではない。

「なんにせよ良かったじゃないですか、部長。鬱陶《うっとう》しい女がいなくなって」

そう言って余裕たっぷりに笑った。

「僕は君を出すつもりはなかった。君をずっと監視すべきだと思っていたからね」

「それはそれは、どうもお世話さま。でも、これでお役御免ですね」

はらわたが煮えくり返るが、怒りの感情に任せず、静かに言い放った。

「いいか、この銀行がいつまでも君の言いなりになると思うなよ。僕はずっと君を見張っているからな」

咲子は不敵な笑顔を見せて言った。

「部長……そんな良い子にならないで私のように上手《うま》く上を使ったらいいじゃないですかぁ。部長だって秘密を握ってるんだから」

「お前と一緒にするなッ！」

語気を荒らげた。その様子を見ても微動だにせず彼女は言った。

「一緒にするな？　私と部長はどう違うんですか？　どちらもこの東西帝都ＥＦＧ銀行の闇《やみ》に生きる者じゃないですか？　私は私のため、部長は銀行の体裁のため、二人とも事実を公《おおやけ》にしないまま生きている」

ヘイジは答えなかった。

「私はこの事実を利用させて貰《もら》う。いいように使わせて貰います」

「絶対にそんなことはさせない。これ以上悪事を働こうとするならば、僕には自分の身を滅ぼしても君を葬《ほうむ》る覚悟がある」

咲子は高笑いをした。

「よく言いますねぇ。あぁ、名京出身なのに本店の部長になれた希少生物だからそんな風に考えちゃうのかなぁ。でもね、部長。誰もあなたのことをエリートだなんて思ってませんから。帝都の中ではどこまでいっても絶滅危惧種《きぐしゅ》の名京出身者、そのレッテルは絶対に剥《は》がせないんですからね」

そう言うと立ち上がった。

「お世話になりました。これで失礼致します」

一礼して出て行こうとする弓川咲子にヘイジは訊《たず》ねた。

「一つだけ教えてくれ。なぜ企画管理部なんだ？」

咲子はゆっくりと振り返ってから言った。

「だって二階と違って、三十三階は眺めが良いじゃないですかぁ。それでは！」

勝手に区切りをつけると出て行った。

その背後に佐久間副頭取の姿が見えるように思え、新たな怒りが込み上げてきた。神聖な人事がスキャンダルを握られた副頭取によって侵されている。銀行にとって何より大切なものを踏みにじる佐久間を許せないと思った。

怒りに震えながらも冷静になろうと努めた。初めて弓川咲子を見た時から今までの記憶を辿《たど》り、思い出す限りの出来事を頭に浮かべた。

（あの女の地頭《じあたま》が良いのは事実だ。気が向いた仕事は一応はちゃんとやる。佐久間副頭取の件は極めて計画的で緻密《ちみつ》に行われている）

当局の評価や世間体を恐れて揉《も》み消しに動くことを計算に入れ、被害者を装《よそお》いながら組織を脅し続ける。シンプルだがこれほど効果的な手法はない。

かつての総会屋の手口を、女性行員がたった一人で行っているのだ。

（幹部とスキャンダルを起こしさえすれば、一介の女性行員であっても、こんなに簡単に組織を動かすことが出来るのか）

改めてその恐ろしさにゾッとしながらも、早急に対策を練らなくてはならないと思った。

（この銀行の中枢に入りこんで、一体、何をやるつもりなんだ）

企画管理部はＴＥＦＧの頭脳と呼べるセクションだ。収益のあり方を予測し、将来の方向性を決め、銀行の命運を左右する経営判断を行う。

咲子が企画管理部を選んだ意図が分からなかった。

だが分からないのはその弓川咲子本人だったのだ。

「企画管理部？」

「そう、そこへ異動させろと佐久間に言いなさい」

「そこで何をするんですか？」

「追って知らせます」

咲子へのこの電話が今回の異動を招いたのだ。

◇

桂光義はニューヨークでコンサルタントと打ち合わせを重ねていた。

「ミスター桂の人気は本当に高いです。世界最大級の銀行の頭取を辞めてでも運用の世界に生きようとする人物には、誰もが尊敬の念を持ちます。このウェイティング・リストにある二十億ドル近い資金、直ちに全額引き受けて頂きたいところなのですが」

「まず実績を積み上げるべき時期だと思っています。とりあえず十億ドル（約一千億円）を一年維持して、その結果でさらに資金を組み込むかを考えます。長期で資金を任せて貰える先だけを厳選する方針を貫いて下さい」

「それは十二分に承知しています。そして、そのような真の投資家が多いのがこのアメリカという国です、お陰で良いファンドが育つ。長年この仕事をして分かりました。ファンドは顧客が育てるものだということを」

桂はコンサルタントの言葉に頷《うなず》いた。

ウォールストリートのビルを出て、タクシーを拾った。クルマはアップタウンに向けて走り出す。

途中、ミッドタウンの中国投資銀行の前を通った。昨日、五条健司の気配を感じた場所だ。

命を懸けて闘った金融庁長官、五条健司……その出自は謎《なぞ》に満ちている。エリート官僚でありながら闇をまとい、金融庁長官として東西帝都ＥＦＧ銀行を翻弄《ほんろう》し続けた。

インサイダー情報を利用してアメリカ最大のヘッジ・ファンドにのし上がり、ＴＥＦＧ買収を仕掛けたオメガ・ファンドと裏で繋《つな》がっていたともいわれている。

（最後は焼身自殺したことになっている。だが、奴《やつ》は本当に死んだのか？　殺しても死ぬような男ではなかった。自殺の必然性はあったものの、それを偽装かもしれないと思うのは奴がまだ生きているという感覚があるからだ）

桂は自分の直感を信じていた。

（いや、もう終わったことだ。区切りをつけるために、日本に戻ったら五条の墓参に行くことにしようか）

クルマは北上を続け、セントラルパークの緑が見えてきたかと思うとメトロポリタン美術館の前で止まった。

お気に入りの場所だ。明日、西海岸に発《た》つ前に観《み》ておきたい作品が沢山ある。

広大な美術館の中でまず訪れたのは日本美術の展示室だった。

尾形光琳《おがたこうりん》の「燕子花図《かきつばたず》」が静かに鑑賞できる。日本の美術展では人が多すぎてゆったりと観ることは出来ない。海外でこその贅沢《ぜいたく》な楽しみ方だ。

そして桂にはもう一つ、その展示室に気に入っているものがある。

現代美術家のイサム・ノグチが制作した「蹲《つくばい》」だ。賽《さい》の河原のように白い石を敷いた床の上に置かれている。

水はこんこんと静かに溢《あふ》れ、磨き上げられた鏡のような蹲の水平面を満たしながら側面へと流れ落ちる。悠久の時を感じさせるこのオブジェは、確かな存在感を放っているのだ。

小一時間を日本美術の展示室で過ごした後、桂は目当ての洋画を観に移動した。

スイス出身の画家、アルノルト・ベックリンの『死の島』だった。

海なのか湖なのか分からない、ほの暗い水面に浮かぶ巨石で出来た小島。そこには密に繁《しげ》る糸杉がオブジェのように群生している。手こぎの小さな船がその島に近づいている。こぎ手は船尾で船を操舵《そうだ》しており、白い衣で覆《おお》われすっくと立つ人物の姿が船上にある。その人物の前には、白い棺《ひつぎ》のようなものが描かれているのだ。

静謐《せいひつ》さが支配するその絵に惹《ひ》き寄せられる。

それは死というものに自分が惹かれている証拠だと思っている。

(これほど静かな世界に行けるのだとしたら、死は忌《い》むべきものではない)

常人には耐えられないであろう緊張状態を何十年も続けて生きている男の極北の思考なのだろうか。この絵の前ではこれまで様々なことを考えて来た。だが、今回はメアリーのことが思われて仕方がない。

(死と敢然と戦う強靭《きょうじん》な意志。他者を凄《すさ》まじいまでに思いやるその姿勢。死をどこまでも否定し続けることがエネルギーの核であるようなメアリーがこの絵を見たら、何を思うだろう

か)

船上の死神のような人物が、白い棺に入れたメアリーの亡骸《なきがら》を運んでいる場面を想像した。櫂《かい》のきしむ音、船が水を切る音が聞こえ、糸杉の匂《にお》いが流れて来るのを感じた。

(誰もがいずれ死ぬ。しかし、誰も自分の死を見ることは出来ない。常に見るのは他人の死なのだ)

桂は「死の島」を凝視し続けていた。

絵を観ながら、それまでとは異なる感覚に襲われた。

その小島は氷山の一角で、海の底に向かって死や闇が広大に続いている。

(あの男の背後にあったもの……それはどこにでも存在し続けている。闇は世界のあらゆる場所、あらゆる時代に存在する)

空想は、昨日、五条健司の気を体感したことと結びついていた。

(あの男が生きているかどうかは謎だ。だが、奴に似た闇が存在し続けていることは事実のように思える)

桂はそこで『死の島』の前から去った。

次に向かったのは現代美術を展示しているフロアーだった。

メトロポリタン美術館の中では落ち着ける一角になっている。同じニューヨークには現代美術の殿堂であるＭｏＭＡがあるため、こちらを訪れる人は限られるからだ。

ゆったりと観て回っていると、新しいコーナーが出来ていた。

大規模な作品の寄贈を受けたために、新規の展示がなされていたのだ。

その美術品の出どころを見て驚いた。

シュナイダー財団となっている。

(ヘレン・シュナイダーの収集品か……)

オメガ・ファンドの総帥《そうすい》、ヘレン・シュナイダーはインサイダー取引によって収監され、司法取引によって莫大《ばくだい》な罰金と社会貢献の義務を課せられた。

(その貢献のひとつがこれというわけか……)

作品群を見て回った。多くが著名な現代作家の作品だったが、はっきりと共通する要素がある。

(異様なエネルギーを感じるな。ヘレン・シュナイダーの持つ執念のような)

自分の偏見かと思ったが、歩みを進めるとその感覚を確信するようになった。

展示の最後となるマーク・ロスコの作品に出会った時にドキリとした。

恐ろしいほどの静けさなのだ。

この画家の特徴的なモチーフである輪郭のぼやけた門のようなフォルムが、黒と灰色で描かれている。桂はそれを抽象画における『死の島』だと受け取った。

そしてそこに、ヘレン・シュナイダーの死への憧憬《しょうけい》を見て取ったのだ。

(ヘレンもまた死に魅入られた人間だ。死によってエネルギーを得る死神のような女なのかもしれない)

ロスコの前に立ち続けた。

◇

一月最後の月曜日の夕刻。

東西帝都ＥＦＧ銀行頭取の大浦光雄と副頭取の佐久間均は、金融庁長官の工藤進《くどうすすむ》から個人的に一席設けたいと連絡を受けた。

大浦と共に驚いた。極めて異例のことだからだ。

「金融庁長官が〝個人的〟に、ですか。どう考えても尋常な話ではないですね」

頭取室で話を聞かされた佐久間は正直にそう言った。

「あぁ、その通りだ。霞《かすみ》が関《せき》の〝個人的〟という言葉ほど怖《おそ》ろしいものはない。一体、どんな話が出て来るのやら」

大浦は言い終えて佐久間の顔を苦々しい表情で見た。

ドキリとした。

（まさか……）

自らのスキャンダルが持ち出されるのではないかと思った。

（それは、あり得ない。だが、弓川咲子が金融庁に情報を流していたとしたら……）

嫌な汗が背中に流れた。

そんな佐久間の心中を知ってか知らずか、大浦は言った。

「ともあれ、君もご指名だ。今週の金曜、赤坂の料亭、分最上《わけもがみ》。鬼が出るか蛇が出るか、行ってみようじゃないか」

黙って頷いた。

それからというもの、眠れぬ夜が続いた。

弓川咲子の信じがたい虚言によって警察に捕まり、全ての揉み消しに一億の金を遣った。

コツコツ貯《た》めてきた金融資産のほとんど全てが消えてしまった。

妻の瑛子が気づいていないのは幸いだが、気持ちの落ち込みは尋常ではなく、げっそりと痩《や》せてしまった。

頭取の大浦は、佐久間に対して「無かったこと。知らなかったこととする」と一言口にしただけでそれ以降は何も言わない。

（狸《たぬき》の大浦頭取。これを材料に俺を縛りつけ、どこまでもいいように使うつもりだ）

愛人に裏切られ、大事な金融資産を失い、希望さえ失った佐久間はＴＥＦＧを辞めようかと真剣に考えた。

しかし、正月に妻の瑛子がポツリと言ったことがその意志すらも奪い去った。

「もしあなたが頭取になったら、私が大きな屋敷を作って差し上げますね。歴代の帝都の頭取が誰一人持てなかった広大なお屋敷を」

うっとりとそう言うのだ。そんな姿を見るのは初めてだった。

佐久間は妻のこの言葉でがんじがらめになっているのだ。

（もし、金融庁が知っていたら）

それを思うと何も考えられなくなる。

そして、金曜の夜を迎えた。

赤坂の分最上は政治家が利用することで有名な料亭で、黒塀に囲まれた佇《たたず》まいは当地でも別格とされている。

大浦と佐久間は一番奥の座敷に案内された。

「お連れさまがいらっしゃいました」

仲居が座敷の入口の引き戸を開け、二人で中に入った。

金融庁長官の工藤進が下座《しもざ》で座布団《ざぶとん》を外して待っている。

それを見た大浦がすかさず言った。

「長官、何をなさっておいでです！　どうぞ、どうぞ上座《かみざ》に！」

慌《あわ》てた調子でそう言う頭取に、工藤は手を振りながら言った。

「今日はややこしいことなしでやりましょう。どうぞ、どうぞそちらへ」

そんな言葉を真に受けてはいけないことを百も承知の大浦は上座を固辞し、仲居に命じて用意されている膳《ぜん》の配置を改めさせた。

「じゃあ……しょうがないですね」

工藤は改めて上座に座る。

「本日のご配慮、痛み入ります」

下座に坐した大浦と佐久間は深々と頭を下げた。

「どうぞ頭をお上げ下さい。さっきも申し上げた通り、本日は堅苦しいこと抜きでやりましょう」

そうして酒のやり取りになった。

それぞれ盃《さかずき》を空けたところで工藤が佐久間を見て言った。

「あれっ？　佐久間さん、お痩せになりました？　前回、お目にかかった時より随分スリムになられた気がしますが？」

佐久間はドキリとした。

「い、いえ……あっ、確かに今年になってから、早朝に散歩するようになりまして。その効果が出ているのかもしれません」

口から出任せだったが、その言葉に工藤がニッコリと微笑《ほほえ》んだ。

「そうですか。ウォーキングは健康に良いようですね。年齢がいってからジョギングなど始めると身体《からだ》のあちこちに支障が出るようですから。そうかぁ、私も歩くようにしようかなぁ……」

ホッと胸を撫《な》で下ろしながらも、油断はできないと気を引き締めた。

懐石料理が運ばれて来た。

八寸を口に運んでいる時に工藤が言った。

「実は今回、このような席を設けさせて頂いたのは、言葉は悪いですが、御行《おんこう》と当庁の手打ちをさせて頂きたいと思いましてね」

二人は箸《はし》を止めた。

「それは五条前長官の当行へのなさりように対しての遺憾のお言葉ということでしょう

か？」

「その通りです。前長官の独断専行、庁内での専横ともいうべき行動によって御行には多大なご迷惑をおかけした。個人として陳謝をさせて頂きたい。ただ、役所としてそれを公に表明することは出来ません。その点をご容赦、ご承知おき願いたいのです」

そう言って頭を下げた。

額面通りに受け取ってはいない。単なるパフォーマンスの可能性が高い。役人が「個人として」などという言葉を使う時こそ要注意なのだ。

「どうかお手をお上げ下さい。工藤長官のお気持ちはこの大浦、東西帝都ＥＦＧ銀行を代表して頂戴いたします。御庁に対して遺恨など、一切ございません。どうぞ、この言葉を当行の総意であると受け取って頂き、今後もご指導を賜われれば幸いに存じます」

教科書通りの言葉を使った。

「大浦頭取にそのように仰《おつしや》って頂き、私も気持ちが軽くなりました。本当に申し訳ありませんでした」

そう言ってもう一度頭を下げる。

そこからまた盃のやり取りが行われ、他行幹部の人事についてなど、当たり障《さわ》りのない会話が続いた。工藤は酒が強く、そのペースに合わせている佐久間もかなり酒量が進んでいった。

刺身、煮物、椀物《わんもの》と続き、松阪牛の石焼きとなった。

焼けた石が各々《おのおの》の前に置かれ、そこで牛肉を熱して食べるのだ。

それぞれが牛肉を石の上に置いた時だった。

「実は……酔った勢いで申し上げますが、困ったことがありましてね」

工藤の言葉に佐久間は心臓が止まりそうになった。

（き、来たか）

スキャンダルを持ち出された時にどう対応するかを決めてこの席に臨んでいた。自分なりには潔《いさぎよ》い態度だと思っている。

（全ては不徳の致すところ。ご当局のお裁きの通りに身を処す所存です）

その台詞《せりふ》だけが頭の中で繰り返された。

頭取の大浦も、そのような場合には佐久間を一刀両断にするつもりでいるだろう。

だが、工藤はこれ以上ないような笑顔を作ってから告げたのだった。

「現政権から大変強い要望がございましてね。それを実現して貰いたいという」

「はぁ……」

どうやら自分の話ではないと分かった佐久間は安堵《あんど》し、気抜けした。

「この話……実は私の夢、大ぼらから始まったものなんです。それで困ったことと申し上げたのです。取り敢《あ》えずひとりの男の夢としてお聞き下さい」

石の上に置いた牛肉を転がすようにして焼くと、ポン酢のタレにつけて口に運んだ。工藤は遠いところを見るような目をした。

「この夢、実現したいなぁ」

そこまで言って口を閉じた。

下手な相槌《あいづち》は打てないと大浦も佐久間も黙っていた。

「アッ！　お二人とも、肉から煙が出てますよ。どうぞ、早く召し上がって」

そう言われて二人で慌てて肉を石からつまみ上げ、口に入れた。味はしない。

「実は、官房長官に私が申し上げたことが発端なんですよ。私の夢、大ぼらですがと前置きをしましてね」

大浦が訊ねた。

「どのようなお話を官房長官にされたのですか？」

「名づけて『スーパー・メガバンク構想』です」

「スーパー・メガバンク？」

「そうです。私は日本にはまだまだ銀行が多すぎると思っています。特に地銀の数が多い。

そこでまずスーパー・リージョナル・バンクを創《つく》りたいのです。そう申し上げたのです。すると非常に乗り気になられて構造改革の目玉にしたいと、ただ」

「ただ？」

「私の夢はそれだけではありません。私が考えるのは……」

佐久間は工藤の構想に驚愕《きょうがく》した。

◇

ロスアンゼルスにあるビイングウエル銀行本店で、桂光義は頭取のケビン・スチュワートと語り合っていた。

「日本にスーパー・リージョナル・バンクを？」

「そうです。そこであなたに色々とご指導を頂きたいのです」

かつての同僚トム・ステイラーの友人であるスチュワートは想像以上に気さくな人物で、米国最大級の銀行の頭取とは思えないほど腰が低い。

「こうしてミスター桂とお話しできるとは夢にも思っていませんでした。トムから電話を受けた時は小躍りしたぐらいです。伝説の為替ディーラーとお会いできるのですから」

そんなお世辞も決して嫌味に聞こえない。

（ここにも古き良きＷＡＳＰの伝統を保つアメリカ人がいる）

トムに対するのと同じ敬愛の念を目の前の男にも持った。

筑洋銀行頭取の寺井征司から聞かされた金融庁のスーパー・リージョナル・バンク――ＳＲＢ構想。

その成否は、銀行のあるべき姿が本当に実現出来るかどうかに懸っていると考えた。その手本となるのがビイングウエルであると思っていたのだ。

「ミスター・スチュワート、私は……」

桂が話しかけたところでスチュワートは言った。

「どうぞ、ケビンと呼んで下さい。トムの友人であるあなたです。私もマイクと呼ばせて頂いてよろしいですか？」

笑顔で頷いた。

「勿論《もちろん》です。では、ケビン。ビイングウエル銀行がここまで成功できたのは、私が考えるに……他の大手商業銀行とは違う顧客への対応があったからです。御行は、アニュアルレポートにもあるように、顧客をマスで捉《とら》えず一人一人の違いを重視し、徹底的に顧客と話し合って融資を実現するということを第一義とされている」

「私は銀行業というものはシンプルなものだという考えを持っています。人が人に金を貸す、つまり、信用を供与する仕事です。信用するかどうかは相手を人間として知ることから始まる。書類や数字、担保価値だけで融資要件を満たすかどうかを判断するのは失礼だと思うのです。人は人と話して初めてどのような人間かが分かる。その為の時間や手間を惜しんではいけない。それを徹底させたのです」

桂にその言葉は刺さった。

「耳が痛い。率直に申し上げて、日本の銀行は完全に要件主義に陥っています。担保価値だけを見て、その人間や事業の価値を見ようとしないし、価値を見る能力も養おうとしない。私はＴＥＦＧの頭取となった時にそれを是正しようとしました。しかし、現場から『綺麗《きれい》ごとだ』『手間暇掛けても意味がない』と一蹴《いっしゅう》されました。私自身、融資の現場は若い頃にほんの数年しか経験せず為替ディーラーという特殊な仕事に就きましたから、強く反論することが出来なかった。その点を深く反省しているのです」

スチュワートは少し厳しい顔になった。

「マイク。私もあなたと同じ境遇にいたんですよ。周りからは綺麗ごとを言うなと反発された。あなたと違って融資一筋の人間でしたから、あなたより少し長く辛抱が出来たのだと思います。実は子供の頃から古き良きアメリカ映画が好きでしてね。特にフランク・キャプラの映画を愛してるんです」

桂はそれを聞いて笑みを浮かべた。

「私も好きです。『素晴らしき哉《かな》、人生!』や『スミス都へ行く』は何度も観ています」

スチュワートも嬉《うれ》しそうな顔になって続けた。

「私はアメリカ人の原点をあの映画の世界、つまり、どこまでも人間を信じる世界に置きたいと思っています。それは金融でも同じです」

「まさに『素晴らしき哉、人生!』がそうですね。貧しいながらも誠実な人たちにローンを行う金融業の主人公の物語ですからね」

スチュワートはまさにそこだというジェスチャーをしてから言った。

「今あなたが言われた言葉、〝誠実〟なんです。我々が顧客と接する上で最も大事にするのは。顧客の誠実さ、そして我々自身の誠実さ。その二つが相俟《あいま》って信用が生まれ、融資を通じて新たな世界が創造される。事業が生まれ、住宅を手にすることが出来て、経済が拡《ひろ》がる。人に対する誠実な態度、それが原点だと思うのです」

大きく心を動かされるのを感じた。

「『言うは易《やす》く行うは難し』が本当のところだ。だがそれを、あなたはみごとに成し遂げられた」

スチュワートは「ありがとう」と返した。

「徹底しました。それがリーダーにとって最も大事な態度ですから。そして、我々の正しさを証明する事件が起きた」

ピンと来た。

「サブプライム・ローン問題ですね？」

「そうです。リーマン・ショックの発端となったサブプライム・ローン。あれこそ要件主義のなれの果てでした。格付け機関の〝優良〟という印だけで、とんでもない債権の売買が横行した。一方、我々は借り手と対面し、話し合わなければ融資には応じない姿勢を続け、サブプライム・ローンには一切触れなかった。結果としてその事実が我々に自信を与えました」

「ケビン、お訊ねしたいのはあなたの理想とする融資担当者の資質です」

スチュワートは毅然《きぜん》と答えた。

「人間は金目当てに働く機械ではない。私はそう考えています。『自分が誠実に正しい仕事をしている』という気持ちが、生き生きと働くエネルギーの源となる。私もまさか大銀行で働く大勢の人間の体質をここまで変えられるとは思わなかった」

深く考えさせられる。

「アメリカという国の強さがそこにありますね。強欲資本主義の権化《ごんげ》のような投資銀行や商業銀行がある中で、御行のような存在も大きくなれる。清濁併せ呑《の》む広さが経済にある。それが自由の価値なのかもしれませんね」

スチュワートは笑顔で答えた。

「その通りです。経済は自由と一体化して成長する。経済が自由を作るとも言いかえられます」

その後、桂はスチュワートと様々な話をし、最後に筑洋銀行の寺井に是非会って貰いたいと依頼した。

「喜んでミスター寺井に面会させて頂きます。日本にスーパー・リージョナル・バンクが出来る時、それが我々と理念を共有する存在であれば心強い。出来る限り情報やノウハウを開示します」

こうして桂はビイングウエル銀行を後にした。

(アメリカという国には、ヘレン・シュナイダーのようなとびきりの悪《ワル》もいれば、ケビン・スチュワートのような快男子もいる。不寛容な空気が立ち込めてはいるが、それを晴らす存在もあるのだ。そして……)

アメリカという国の凄さを知らしめられる人間に桂は出会っていた。

◇

二日前。桂は東海岸のニューヨークから西海岸、サンディエゴの空港に降り立った。

氷点下のニューヨークから六時間のフライトの後に着いたサンディエゴでは皆、Tシャツ姿なのに驚く。

左手に抱えているコートの重みをズシリと感じながらため息をついた。

（この国は広い。そして大きく深い）

サンディエゴは初めて訪れる街だった。

タクシーでホテルまで走る時に見えた港に多くの艦船が停泊していて、軍港なのだと知った。

桂が当地に住むその男から手紙を受け取ったのは一ヵ月前だった。

電子メールが当たり前の時代に手紙で連絡して来たその人物とは、アメリカ最大の個人投資家、ジャック・シーザーだ。

イタリア移民として貧しい境遇から身を起こし、巨大外食チェーンを四十代で創り上げた後にこれを売却、手にした巨額の資金で幾度となく派手な相場を張り一世を風靡《ふうび》した。

だが六十代となった九〇年代以降は表に出ることがなくなった。

金融市場が大きく動く度に、「シーザー・マネーが動いた」と取り沙汰《ざた》されるが、事実かどうかは分からない。八十歳となる今では、日本円にして数兆円の資産を持つと噂《うわさ》されている。

サンディエゴの広大な敷地にある壮麗な邸宅はシャングリラと呼ばれ、桃源郷に暮らす謎の人物とされているのだ。

ジャック・シーザーとサインされた手紙を受け取った時は悪戯《いたずら》かと思ったが、文面から書いたのは特別な体験を経た人間に違いなく、本物だと確信した。

(書いたのは紛れもなく相場師だ。相場の本質を知っている)

手紙には、日本最大の銀行の頭取を辞めて一ディーラーに戻った愉快な男と語りたいとあった。

承諾の返事を書くと、秘書から会談の日時と場所を記した電子メールが届いた。

桂はホテルにチェックインを済ませ、徒歩で向かった。ホテルからほど近いオフィスビルが指定の場所だったからだ。

時刻は午後五時十五分前だ。

冬物のスーツでは暑くて辛《つら》いのではないかと思ったが、西海岸特有の気候で夕刻からぐっと気温が下がった。

涼しい風に吹かれて、しばらく歩く。

指定された住所のビルの前に立った時には騙《だま》されたのかと思った。それほど古くみすぼらしい建物だったからだ。

(本当にここか?)

半信半疑で玄関ドア横のインターフォンのボタンを押し、名前を告げた。開錠され建物の中に入ると暗く長い廊下になっていた。フィルム・ノワールの世界に入り込んでしまったかのように思った。

廊下の途中に年代物のエレベーターがあり、それで三階まで上った。

(三〇四……ここか)

ノックすると、中からドアが開いた。

「ミスター桂でいらっしゃいますね」

また驚いた。

昔々のハリウッド女優のような美しい女性がそこにいたからだ。髪形や化粧の仕方、タイトなビジネス・スーツ。今の時代のスタイルではない。

(タイム・スリップでもしたのか……)

室内も一九二〇年代のようなのだ。

呆気《あっけ》に取られている桂に女性がニッコリと微笑んだ。

「ミスター・シーザーがお待ちです」

女性はそう言って磨《す》りガラスをはめ込んだドアの向こうにある部屋に案内してくれた。

古いアメリカ映画に出て来る私立探偵の事務所そのものだった。

窓際《まどぎわ》に大きな机が置いてあり、痩せぎすの老人がスーツ姿で座っている。

老人は桂の姿を見ると立ち上がった。

「サンディエゴにようこそ。ミスター桂」

そう言って右手を差し出す。

長めの銀髪をオールバックに整えた長身の人物で老鶴《ろうかく》を思わせた。

(これがジャック・シーザー)

伝説の老人を見つめながら握手をした。

「初めてお目に掛ります。桂光義です」

「ジャック・シーザーだ。よく来てくれた」

(何だ、この握力は！　老人のそれじゃないぞ)

「飲み物は何がいいかな？」

シーザーが涼しい顔で椅子《いす》に腰を下ろして、訊ねた。

「炭酸の入ったお水を頂けますか？」

それを聞いてシーザーは笑った。

「まるで欧州人のようだね。ペリエかい？　それともサンペレグリノ？」

「どちらでも結構です」

桂の前には氷の入ったグラスとペリエの大きなボトルが置かれ、シーザーにはクラッシュ・アイスが詰まったロンググラスとペプシ・コーラ、そしてメーカーズ・マークのミント・ジュレップのボトルが置かれた。

シーザーはグラスにコーラとミント・ジュレップを交互に注ぎながら桂に訊ねた。

「サンディエゴは初めてかね？」

「はい。極寒の東海岸から空港に着いた時はびっくりしました。天国ですね」

シーザーは一口飲んでから笑った。

「そうそう天国だよ。でも住み慣れると飽きるものだ。シャングリラなどと人が呼ぶ私の棲《す》み処《か》もそう……。だから気分転換ができる隠れ家を全米に作ってあるんだ」

「ここもそうなんですね？」

部屋を見回しながら言った。

「ああ。ダシール・ハメットやレイモンド・チャンドラーの世界が好きでね。このビルはそれを再現している。二十世紀の初めに建てられた安っぽい煉瓦《れんが》造りのビル、その中にある貧乏探偵事務所」

「そして、美しい秘書？」

「プライベート・テーマパークだ。まぁ、私の人生そのものがテーマパークだがね」

そしてウインクした。

その顔がとてもキュートだなと桂は思った。

「ミスター・シーザー。私などに興味を持って下さったうえ、丁寧なお手紙まで頂戴《ちょうだい》して恐縮です。伝説の投資家にこうやってお会いできるとは夢にも思っていませんでした」

「私の方こそ、伝説の為替ディーラーに来て貰って感謝している。ありがとう」

シーザーの言葉に頭が下がる。

「文面を読むまでは、ジャック・シーザーの手紙かどうか疑いました」

シーザーは笑った。

「そうだろうね。なにせ私は幻の存在だそうだから」

「お手紙の中に出て来たあの言葉でこれは本物だと思いました」

シーザーの目が光る。

「やはり、君も経験しているのだな？」

身を乗り出すようにして訊ねてきた。

「はい。君もあの音を聴いたか。お手紙にはそうありました。自らの血の気が引く音のことですね。相場の世界で死の淵《ふち》を覗いた人間だけに聞こえる、地獄の門が開く音」

シーザーは大きく頷いた。

「あの音を聴いたものと話がしたくなったのだよ。既にこの国からはいなくなった。日本最大の銀行の頭取を辞めてまで相場の世界に戻る男がいると知って、ひょっとしたらと思ったのだ。やはりそうだったか。まことに愉快だ」

グラスにまたコーラとミント・ジュレップを交互に注ぐとごくりと飲んだ。

「二十代の頃、まだディーラーになって間もない頃に聴きました。あれで私の神経はどうにかなって、相場の異常な緊張を空気のように感じるきっかけになったのかもしれません」

シーザーはその言葉を聞いて嬉しそうな顔をした。

「空気のように感じるのではなく、まさに相場は生きるために必要な空気になった。そうだろう？」

「この話はこれまで誰にもしたことがありません。自分以外にあの音を聴いた人間がいたとすれば、きっと生きてはいないと思っていたからです」

桂の言葉に重ねるようにシーザーは言った。

「聴いた者はおかしくなるか、その場で死んでしまうか。運良く生き残れたとしてもこの世界から離れてしまうだろうね」

「ええ。だが、あなたも私もそのまま相場から離れなかった。私はどこまでも組織に属するディーラーとしてでしたが、あなたはやがてアメリカ最大の資産家となられた」

シーザーは小さく頭を振った。

「それは立場の違いから来る結果だ。君はきっと日本的な日本人なのだろう。私は随分と日本人について勉強した。だから分かる。君は侍、さぶらうものとして組織の中でのみ役割を果たすことを生きがいとした」

「恐らく、そうです。私が日本的な日本人であることは間違いありません」

そう言ってから桂は訊ねた。

「ミスター・シーザー、あなたは投資家ではなく相場師だったのですね？　あの音を聴いた経験にこだわるというのでしたら、そういうことになる」

「私は相場師だ。そして、相場師として、生きるには身を隠すしかなかった。巨大で複雑になりすぎた市場を相手にするために、それが最善の策だったのだ」

「分かる気がします。投資家ではなく相場師として生きることの難しさは、それを知る者にしか分かりません」

シーザーは満足げな表情で言った。

「投資は頭脳でやるもの、相場は魂でやるものだ。投資は賢者のものであり、相場は愚者に与えられる。その違いが分かる人間は……もはや、いないだろう」

「確かに」と応じた。

「君に会えて本当に良かった。久しぶりに心から愉快な気持ちだ」

「私もあなたにお会い出来て、愚か者として生き切る決意が出来ました」

それは桂の紛れもない本心だった。

# 第四章　銀行葬の魔女

日本に戻った桂光義は早速、筑洋銀行頭取の寺井征司に電話を掛けた。

「ビイングウエル銀行のトップ、ケビン・スチュワートと話をつけておいた。スーパー・リージョナル・バンクの手本となる銀行の総帥《そうすい》だ。喜んで筑洋銀行に自分たちのあり方を開示すると言ってくれた」

寺井は声を弾ませた。

「ありがたい！　よし、じゃあ、俺自身をトレーニー（訓練生）として預ってくれと伝えてくれるか？」

「頭取のお前が？　本当に行くのか？」

寺井は興奮気味に言った。

「あぁ、二週間から三週間は大丈夫だ。腰を据えてじっくりとビイングウエルのあり方を見たいんだ」

寺井の本気が伝わってきた。

「分かった。トップがそのぐらいでないと、ＳＲＢなどこの国に創《つく》れないからな。お前の意向を伝える。その後のことはそちらで進めてくれ」

「分かった。桂、本当にありがとう」

「ところで、九南銀行との合併はどうなっている？」

九州の北半分を押える筑洋銀行と南半分を押える九南銀行、その二つが合併することで九州でのＳＲＢが成立するのだ。

「工藤長官が強い調子で、九南銀行に対して当行との合併を促している。というより、実際には圧力を掛けているんだ。だが、俺はそれでは九南は動かんとみている」

寺井はそう言い切った。

「それは何故《なぜ》だ？　やはり独特の気質からか？」

桂の問いに、寺井はそうだと答えた。

「九州各藩は昔から独立独歩の意識が強かった。特に南はそうだ。とりわけ中央に対しては今でも対抗意識を持っている」

「だとして、お前に策があるのか？」

あると寺井は言った。

「お前からのビイングウエル銀行の話。これは使えると思った。だから、俺自身がアメリカに行ってこの目で見て知る必要がある。恐らくそれが切り札になる」

その言葉はよく理解できなかったが、寺井は続けた。

「俺がやれると思っているのは、九南銀行の頭取、瀬戸口英雄《せとぐちひでお》の性格を知っているからだ」

「瀬戸口、名前は知ってはいるが、どんな男なんだ？」

寺井は語気を強めた。

「小さく鳴らせば小さく鳴る。大きく鳴らせば大きく鳴る」

桂は笑った。

「それは西郷隆盛《さいごうたかもり》を評した言葉じゃないか」

ああ、と寺井は言った。

「瀬戸口は西郷南洲《なんしゅう》の信奉者だ。それも強烈な信奉ぶりだ。九州の地銀トップの集まりなどでも西郷の話を出す。彼の名前の英雄も親が西郷のような英雄になるようにと命名したのだと公言している」

「それで、瀬戸口は西郷のような大器なのか？」

その言葉に寺井が笑った。

「いや、そこまでは言えない。頭取として慎重な経営姿勢を貫いている。だが……」

「だが？」

「あの男は西郷になりたがっている。江戸幕府を倒し明治維新を推進した西郷のような人物に、いつかなりたいと願っている。それだけは分かる」

桂はしばらく考えてから言った。

「そうか、中央に対抗するという気概でＳＲＢを創ろうと持って行けばいいのか？」

「その通りだ。日本にこれまで無かった巨大地銀を九州に創る。そして、ビイングウエル銀行のような優れた経営を行う。そう持って行けばあの男は動く」

寺井の言葉に桂は嬉《うれ》しくなった。

「筑洋銀行と九南銀行は〝合併〟ではなく、〝同盟〟とするわけだな」

「そうだ。その結果出来るＳＲＢで日本をリードする。そんな風に話を持って行く。早速アメリカ行きをスケジューリングする。桂、よろしく頼むぞ！」

電話を終えてから桂は考えた。

「新しい構想へ、大きな構想へと旧友は動き出した。俺もいよいよ動き出すべきだな」

何故かメアリー・ステイラーの顔が浮かんだ。彼女の言葉を思い出していた。

「マイク、早く結婚なさい。良い人がいるのは私には分かるわよ」

桂はその日、午前中でオフィスを出た。

午後一時前の東京駅、桂光義はスーパービュー踊り子号のグリーン車の座席で湯川珠季を待っていた。

「日本に着いて旨《うま》い魚が食べたくなった。温泉にも入りたいし、明日から伊豆に一泊しないか？」

成田空港に着くや否《いな》や珠季にそう電話で誘った。

「嬉しい！　一日ぐらいお店は由美《ゆみ》ちゃんに任せても大丈夫だし、喜んでお伴するわ」

桂は冷やしたヴーヴ・クリコのロゼを保冷剤でくるんで持って来ていた。プラスチック製のシャンパングラスも持参している。

すぐに珠季は現れた。

グレーのハイネックセーターに白いシルクのタイトパンツ、ロロ・ピアーナのベージュのコートを羽織っている。

「お待たせ。アメリカ出張、お疲れ様でした。帰るたびに温泉に連れてってくれるんなら、毎月出張して頂きたいわ」

「特別だぞ、今回は。区切りをつけて次に進む意味があるんだからな」

珠季はその言葉を真剣に受けとった。長年の付合いから桂の気持ちが分かるのだ。だが敢《あ》えて珠季は軽い調子を装《よそお》った。

「もう齢《とし》なんだから……次に進むなんて考えないで隠居すればいいのに。私が食べさせてあげるから」

桂は苦い顔をして言った。

「年寄り扱いするなよ。アメリカでエネルギーをチャージして来たんだからな」

それを聞いて珠季は艶然《えんぜん》と微笑《ほほえ》んだ。

「あぁら、じゃあ、今夜が楽しみ」

「ばか、精神的な意味でだ」

二人で笑った。

珠季が持って来た包みを開く。

銀座の老舗《しにせ》フルーツパーラーのサンドイッチだった。

「ハムとアボカド、それにフルーツサンドイッチを買って来たの。桂ちゃんがシャンパンを用意すると言ってたから」

さすが珠季だと思った。

「昼の列車の旅にはシャンパンが合うと聞いたからな。それに旨いサンドイッチがあれば最高だ。夜は金目鯛《きんめだい》が待ってるしな」

「楽しみね」

伊豆までの列車の旅は快適だった。熱海を過ぎると車窓に大きく海が広がる。

「それにしても、アメリカによっぽど桂ちゃんを刺激する人がいたのね」

珠季の言葉に「ああ」と答えた。

「あの国はやはり大きい。銀行を辞めて自由に動けるようになって、改めて色んなことを知る機会が出来た。まだまだ人生を終われないよ」

海を見ながらそう言った。

「変な感じ。あれだけ仕事人間で、絶対に相場から離れなかった桂ちゃんがこうやって平日に休んでるなんて、考えられないわ」

笑い返した。

「だから特別だと言ったろ。今回だけだ。またすぐに相場にどっぷりと浸《つ》かる。それが桂光義という人生だ」

珠季は海を見ながら言った。

「桂光義という人生っていう言い方が良いわね。桂光義という男じゃなくて」

桂という男はつくづく不思議な男だ。相場というものと切っても切れない関係にあるくせに、個人的な財産は相場で増やそうとせず、全《すべ》て預金で置いているという。それについて以前訊《たず》ねるとこう言った。

「相場の神様に失礼だと思うんだ。自分が与えられた力を自分の利殖に使ったりするのは。いや、こんな風に考えるのは俺ぐらいだと思うが、何にせよ俺は仕事として相場と闘う。そうでなければ嫌なんだ」

そういった面も桂らしいと珠季は思っている。

列車は伊東駅に時間通りに着いた。駅からは送迎のバンでホテルに向かった。

小さなホテルだが設備と料理は最高といわれている宿だ。各部屋に海の見える露天風呂《ぶろ》が完備されている。

「あぁ、日の高いうちから海を見ながら温泉に入れるなんて」

二人で露天風呂につかると、珠季が声をあげた。

「極楽極楽ってやつだな」

珠季は笑った。

「嫌ねぇ……おじいちゃんみたい」

「だって、おじいちゃんだぜ……もう」

そう言う桂の首に珠季は腕を回した。

「本当に、おじいちゃんかしら……」

そう言って唇を合わせる。

波の打ち寄せる音が大きく小さく聞こえて来る。

「桂ちゃんにはずっとついて行ってあげるわ。これからもずっと」

桂は何も言わず小さく頷く。

珠季は心の底から幸せを感じた。

◇

総務部から弓川咲子がいなくなったことで、ヘイジは多忙ながらも穏やかな気持ちで日々を過ごせていた。

妻の舞衣子の病状が落ち着いていることも心を軽やかにしている。

総務部の仕事というのは他のセクションとの打ち合わせや折衝が多く、ヘイジは巨大な東西帝都EFG銀行本店内を一日中飛び回っている。

その日も朝一番から三つの部を回り、午後一時を過ぎてようやく昼食にありつけた。

五つある定食の中から豚肉の生姜《しょうが》焼きを選んで席についた。まず味噌汁《みそしる》を一口飲み、さぁ食べようとした時、後ろの席から険のある小声が聞こえて来た。

「何なんですか、一体、あの女」

「まぁまぁ、そう言うなよ。俺だって大変なんだから……」

　ヘイジがそっと振り返ると、企画管理部第一課の課長と課長補佐だった。

（弓川咲子が配属された課の人間だ）

　隠れるようにして顔を戻した。

　二人はヘイジに全く気づかない様子で話を続けた。

「何であんなに仕事が雑で気分屋のバッテンが、ウチの部に配属されて来たんですかぁ？」

　課長補佐は声を抑えながらも語気を荒らげる。

　バッテンとは人事評価で×が付けられるという意味で、それが付くとその後は決して評価は上がらず、日の当たるセクションに異動することは決してない。

　企画管理部はエリート集団でバッテンの付いた者などいない。しかし、バッテンを凌駕《りょうが》するものが厳然と存在する。それが情実だ。

　課長が言った。

「無理が通れば道理が引っ込むというやつだ。お互い宮仕えの身だ。しばらく辛抱しよう」

　そう言うと天ぷらうどんを啜《すす》った。

　課長補佐の方は面白くなさそうにカツカツと音をさせてカレーライスを口に入れている。

ヘイジは聞き耳を立てながら豚肉の生姜焼きをゆっくりと嚙《か》みはじめた。

「でも、総務で飼い殺しにされてたような奴《やつ》が、なんでよりによってウチなんですか？」

ドキリとしたが、二人はヘイジには気がついていない。

「課長の立場からじゃ、分からないよ。部長も上から押し付けられたらしい」

「直属のライン？　常務からということですか？」

「いや、常務や専務より上らしい」

課長補佐は驚いている。

「とすると、副頭取ですか？」

「大きな声では言えないが……どうやら副頭取のコレらしい……」

（そこまで知られているのか……）

ヘイジは背中を小さくしながら、後ろの二人の話を聞いていた。

「やる気なくしちゃいますね。そんな情実人事が天下のＴＥＦＧで行われているかと思うと。あの女に下手なことを言ったりすると、副頭取にチクられるということですかぁ？」

「知らないよ……そこまでは。でもな、完全に副頭取の金玉を握っているって噂だ。触らぬ神に祟《たた》りなし。出来るだけどうでもいいような仕事しかさせないから。そうやって、我々はやり過ごすしかないよ」

「課長はいいんですか？　企画管理部は仮にもこの銀行の頭脳ですよ。重要な仕事のために優秀な人間しか配置されていないのに」

「まぁ、そう言うな。組織では色んなことが起こるんだ。清濁併せ呑《の》むという言葉があるだろう？　大きな組織になればなるほど色んな事情を抱えてしまう。綺麗《きれい》ごとだけではいかないんだ。君も偉くなりたかったら、そういうことが分からないと駄目だぞ。優秀なだけでは偉くなれない」

　課長補佐はしばらく考えてから言った。

「そうか。考えようによっては、我々が佐久間副頭取の金玉を握っているとも言えますね。お荷物を抱えているということは、恩を売っているとも言いかえられる」

「そうそう。それが銀行員として偉くなっていく人間の思考だ。我々は我々の立場を有利にするようにあの女を使えばいいんだ」

「ところで佐久間副頭取はまだこれからも長いんですか？　ここだけの話、あまり実力があるようには見えないんですが？」

　課長補佐は少し元気になった様子で課長に訊ねた。

「まぁ、毛並みだけの人だからな。副頭取で上がりだよ。だから我々もそれまで上手《うま》くお荷物を利用させて貰《もら》うことを考えよう」

「そうですね。そう考えると何だか気持ちが前向きになりました」

二人は食べ終えると席を立った。

ずっと耳を傾けていたヘイジはまだ半分も食べていなかった。

例の事件のことが漏れていないことにはホッとした。だがまた弓川咲子を巡る疑問が頭をもたげてきた。

(何故、あの女は企画管理部を選んだのだ?)

ヘイジはふと前を見て驚いた。

当人が食堂に入って来たからだ。

向こうも気がついたようで、余裕たっぷりの笑みを見せた。ヘイジは反射的に睨《にら》み返していた。

咲子はサンドイッチをトレーに載せてヘイジの方へやって来た。

「ご無沙汰《ぶさた》してます。二瓶部長。ご一緒してよろしい?」

何も応《こた》えなかったが、咲子は前の席に腰掛けた。

ヘイジは無視するように食事を続けた。

「相変わらず総務は毎日、低能率の残業ですかぁ?」

その言葉を聞かなかった風に言った。

「サンドイッチねぇ……仕事をしていないから腹が減らないのかな？」

元上司の皮肉にふんと鼻を鳴らしてから答えた。

「今晩、ワインの会でフレンチのフルコースなんですよ。ディナーを美味《おい》しく頂くために昼は軽くしようと思って」

そう言って玉子サンドを摘《つ》まんで口に入れる。

「なるほど。お金が有り余っての贅沢三昧《ぜいたくざんまい》か。羨《うらや》ましい限りだね」

ヘイジの言葉に咲子は笑った。

「贅沢？　フレンチなんて贅沢だと思っていないわ。私にとっては単なる日常ですもの」

「じゃあ、銀行なんてケチケチした業界からサッサとおさらばしたらどうだい？　もっと素晴らしい日常が待っているんじゃないのか？」

それを聞いてへえという表情を弓川咲子はした。

「名京上がりもたまにはいいこと言いますね。確かにおっしゃる通り」

そう言って小馬鹿にしたような笑い顔を作った。

「じゃあ、とっとと辞めてくれ。その方がお互いのためだ」

押し殺した声で言った、すると弓川咲子は凍ったような目をした。

「辞めるもんですか。まだ何も返してもらっていないもの」

その言葉に堪忍袋《かんにん》の緒が切れた。

「よくそんなことが言えるな！　あれだけ……」

金を取っておきながらと言いかけたところでヘイジは我に返った。咲子は余裕たっぷりに笑った。

「駄目ですよぉ、二瓶部長。皆に知れたらこの銀行は吹き飛んでしまいますよぉ。慎重にご慎重にぃ……」

ヘイジは歯ぎしりした。

咲子は次にハムサンドを摘まんだ。

「佐久間さんが頭取になったら、ここのサンドイッチをもっと美味しくして貰おっと。そしたら私もみんなから感謝されるでしょう？」

ただ黙って咲子を睨みつけた。

その時、総務の女性部員が血相を変えて食堂に入って来た。

ヘイジを見つけ走り寄って来る。

「どうした？」

部下はヘイジに耳打ちした。

ヘイジの驚愕《きょうがく》ぶりを、弓川咲子は氷の笑顔で眺めていた。

◇

東西帝都EFG銀行頭取大浦光雄はその日、同じグループの帝都化学、帝都製紙、帝都インキの三社長と平日ゴルフを楽しんでいた。

多摩にある名門コースだ。

三金会《さんきんかい》と呼ばれる帝都グループ企業トップの集まりの中でも、ゴルフの名手として知られる大浦はハンデ十三、八十を切ることもしばしばある。

他の三人の中では帝都化学の社長が大浦のライバルとされる腕前で、その日、二人はベスグロを競っていた。十六番ホールで追いつかれ、十七番のミドルホール第二打をグリーンそばのバンカーに入れてしまった。

(ちッ!)

近づくとエッジの顎《あご》の部分にボールはあった。ピンまでの距離は下りで十メートル。

帝都化学の社長は第三打でグリーンオンさせ、ピンまで二メートルにつけていた。

「難しいが、ここが勝負の分かれ目だ」

バンカーから優しいタッチでボールを上げ、静かにグリーンに落とさないとあっという間にグリーンオーバーになる。

極めて繊細な感覚を要求されるショットとなった。

精神を集中させた。

クラブを振り下ろし、砂と共にボールがふわりと上がった時だった。

胸から背中にかけて激痛が走った。それも尋常な痛みではない。

「……！　……！」

声が出ない。


大浦は意識を失いドクターヘリで救急搬送されたが、心肺停止の状態だった。病院に到着して一時間後に死亡が確認された。急性心筋梗塞《しんきんこうそく》だった。

大浦頭取がゴルフ場で倒れたとの報告を会議中に知った副頭取の佐久間均は搬送された八王子の病院に急行するクルマの中で、彼の死去の連絡を受けた。

ある光景が佐久間の脳裏に浮かんだ。弓川咲子との一件の報告を受けた大浦から引導を渡された場面だ。

「君が起こしたことは闇《やみ》に葬《ほうむ》る。申し訳ないが、君には来年の株主総会で降りて貰う。帝都にとってスキャンダルは怖い。どこでどう洩《も》れるか……洩れたら最後だ。それを考えるとすぐにでも辞表を出して欲しいが、そうなれば妙な憶測を呼ぶ。だから来年までこのまま何事もなかったように居て貰う。君には次の頭取を託そうと考えていたが、残念だ」

佐久間はその言葉にうな垂れた。

その状況が今日、一変したのだ。

「これで、俺が頭取だ」

頭取が在任中に死去した場合、副頭取の即時頭取昇格が内規で定められている。

小さく呟《つぶや》いてみた。

「東西帝都ＥＦＧ銀行頭取佐久間均……」

何度も呟いているうちに笑みがこぼれた。

「ついてる……俺はついてる！」

弓川咲子の一件で一億の金融資産を失い、銀行も来年でお払い箱となる。とことん落ち込んでいた気持ちが嘘《うそ》のように晴れた。

運転手の内山作治は、後部座席から突然大きな声を掛けられた。

「内山くん、大出世だ！　明日から君は頭取担当だ！」

佐久間が何を言っているのか分からなかったが、少し考えて事情が呑み込めた。

「大浦頭取がお亡くなりに？」

佐久間が喜色満面で頷いた。

目の前が暗くなった。

あの事件以来、弓川咲子のマンションに車を向けることはなくなった。夜の接待もそれまでの半分以下に減ったため、内山は苛酷《かこく》な長時間勤務から解放されていた。

（やっと人並みの生活に戻れたのに……）

ルームミラー越しに見る佐久間の顔は以前の生気に満ちた表情に戻っている。

「佐久間頭取」

ハンドルを握りながらそう呟いてみた。するとズンと心が沈み込んでゆくのを感じるのだった。


ヘイジは秘書室長と共に真っ先に大浦頭取が搬送された病院に駆けつけた。

霊安室に安置されている遺体と対面し合掌すると、秘書室長にまず全役員に知らせるよう告げた。

間もなく差し回した役員専用車で大浦の遺族、夫人と娘が到着した。懇《ねんご》ろにお悔みを述べてからヘイジは夫人に大浦家の宗旨を訊ねた。

「佐久間副頭取との相談を経てからの決定となりますが、ご葬儀は銀行葬になると思います。東西帝都ＥＦＧ銀行のトップのご葬儀です。ご家族としてのご意向もおありになろうとは存じますが、ご理解頂きますよう、お願い申し上げます」

夫人は涙を流しながらも気丈に承知の旨《むね》を伝え、「よろしくお願い致します」と言った。

日本最大のメガバンク、東西帝都ＥＦＧ銀行頭取の葬儀——それは巨大なプロジェクトになる。

総務部長二瓶正平にとっても一世一代の大仕事だ。

大浦家の宗旨で東京最大の寺は三田の導天寺《どうてんじ》だ。ヘイジはすぐ寺に連絡を入れ、最大規模の葬儀がいつなら可能かを確認した。

そこへ副頭取の佐久間が現れた。

ヘイジは驚いた。

（トップになると思うと、こうも人間は活気に満ちるものなのか……）

佐久間は見違えるように生き生きとしており、背後には力強いオーラすら感じさせるのだ。

銀行葬の件を伝えると佐久間は了承して言った。

「明日の朝一番で緊急の役員会を招集する。内容は……内規通りの人事事項だ」

ヘイジはそれが佐久間の頭取昇格であることを理解している。

「承知致しました。広報室長には今日のところは頭取の死去と通夜《つや》・葬儀について、明日の午後に新頭取の人事をメディアに伝えるよう申しておきます」

そう言いながら重くやるせない気持ちになっていた。

(この男が頭取になる。女性問題を起こした人物がトップに立つ。本当に我が銀行は大丈夫なのか)

そのヘイジに佐久間は意外なことを告げた。

「マスコミには『副頭取の佐久間均が頭取に昇格』と今日のうちに伝えるようにしてくれ。金融庁長官、財務省事務次官、そして三金会の主要メンバーには私が直接電話を入れてご逝去を知らせる。その後、マスコミに伝えるよう手配してくれ」

それを踏まえてヘイジは訊ねた。

「前頭取の桂さんにもお電話なさいますか?」

佐久間は手をひらひらさせながら言った。

「君に頼むよ」

そして、足早に霊安室に向かった。

ヘイジは佐久間の後ろ姿を見ながら思った。

(自分が頭取になることを一秒でも早く既成事実にしてしまいたい。こういう時、人間の心理とはそのように働くものなのか)

妙な感心をしながらも、壮大な銀行葬を取り仕切る自分を思って武者震いを覚えた。

桂の携帯に電話を掛けた。

桂はすぐに出た。

「どうした？　二瓶君」

「突然の訃報《ふほう》なんですが、大浦頭取がお亡くなりになりまして」

桂は驚いている。

「大浦さんが……事故か？」

「いえ、ゴルフの最中に心筋梗塞で」

「……そうか。お気の毒に」

銀行葬について桂と打ち合わせる必要があった。

「銀行葬となれば、前頭取として何もしないわけにはいかないな」

その際に自分の身はヘイジに預けると聞いてから訊ねられた。

「ところで、次の頭取は誰になるんだ？　俺は昔から内規に疎《うと》くて。臨時取締役会で決めるんだっけ？」

「いえ、内規では副頭取が自動的に昇格するようになっています」

桂は少し黙ってから言った。

「佐久間か……金に汚いし仕事のセンスもない。毛並みの良さだけが売りの男だが、運はあったということだな」

ヘイジは何も言わなかった。だが、そこで改めて思った。

(これで、弓川咲子の事件を知るのは行員四万人中、僅《わず》かに六人となったわけだ。弓川と副頭取、いや次期頭取の佐久間。専属弁護士、顧問の二階堂、運転手の内山、そして俺……)

この状況がどのような意味を持つのか。それを考えると気が重くなった。

そんなヘイジの胸の裡《うち》を知らない桂は訊ねた。

「ご遺体はご自宅に戻られるんだな?」

ヘイジは我に返った。

「はい。そのご予定です」

「じゃあ、まず今夜、ご自宅に弔問にうかがう。二瓶君、大変だが、ひとつ頑張りどころだと思ってやってくれよ」

きりりとそう言って桂は電話を切った。

◇

東西帝都EFG銀行頭取、大浦光雄の銀行葬は、近年の経済界にはない大規模なものとなった。

最寄り駅から導天寺に向かう行員による長い会葬の列が続く。

広大な堂内には抹香の香りがたち込め、十人の僧侶《そうりょ》による読経《どきょう》が行われていた。

数千本の百合《ゆり》の花で作られた祭壇には、既に荼毘《だび》に付された大浦の遺骨と立派な遺影、授かった勲章などが飾られている。

葬儀委員長の佐久間均はモーニングを着用して遺族のそばに着席している。

ヘイジは厳かな中にも機敏に立ち廻っていた。大物が揃《そろ》う特別会葬席への目配りに余念がない。焼香の順番に手違いがあってはならないからだ。

式はつつがなく進んでいる。佐久間による弔辞が読み上げられ、その後、前頭取の弔辞となった。

(流石《さすが》だな)

桂の話を聞きながらヘイジは思った。

佐久間のそれよりも遥かに故人への想《おも》いのこもった内容で、ハンカチで目頭を押える人が続出した。その後、各界の大物による弔辞が続き、弔電が紹介され、式は終了に近づいていった。

長い会葬の列もいつしか途切れた……と思ったところに和装の女性が一人現れた。

ドキリとした。弓川咲子だったからだ。

(最後の最後に、また厄介な女が現れた)

ヘイジと目を合わせたが無表情で焼香を済ませて帰っていった。

式の一切が終わると、ヘイジは精進落としの会場が設定してある近くのホテルに急いだ。政官財の主要メンバーが揃うため、ホテルの最も大きな宴会場に三百を超える席を用意したのだった。

受付からは予想以上に人が集まっていると連絡を受けている。

(銀行葬を行う我々にとって、本番はこっちだからな)

気合を入れ直してホテルの玄関をくぐった。

控室には既に多くの客が座っていた。

ふと目をやると桂が金融庁長官の工藤進と話し込んでいた。ヘイジは近づいて二人に頭を下げると事務方の待つ方へ急いだ。

ヘイジの姿を認めた桂は小さく頷いてから工藤との話を続けた。

「私はもうＴＥＦＧの人間ではありませんが、本日の銀行葬に出て改めてＴＥＦＧの大きさを知りました。大浦さんのご逝去は残念です」

工藤も桂の言葉に大いに納得するという表情をした。

「同感です。ＴＥＦＧさんはメガバンクの中でも別格です。この場にも日本のほとんどの銀行や大企業のトップが参集している。桂さんとはまた別の意味で実力派だった大浦さんには、本庁としても大いに期待をしていました。日本の金融を本当の意味で強くするためにお力を貸して頂く筈《はず》だったのですが」

工藤は残念ですと言って少しの間目を閉じた。

桂は工藤に訊ねた。

「長官は金融をさらに強くする、とおっしゃいましたが、スーパー・リージョナル・バンクを指していらっしゃるのでしょうか？」

工藤はパチリと目を開けて言った。

「そうですね。まず、それを実現しないといけない」

その時、長官は別のメガバンクの頭取から声をかけられた。桂は長官の言葉には含みがあるように感じたが、ひとまず彼から離れた。

そこへ近づいて来たのが筑洋銀行頭取の寺井征司だった。

「お忙しい中、遠いところよくおいで頂きました」

型通りに挨拶《あいさつ》をした。

その桂に寺井は微笑んで言った。

「お前の弔辞は見事だったな。故人の人柄を偲《しの》ばせつつ生前の業績を讃《たた》える。泣いてる人も多かったぞ」

小さく手を振る。

「ここだけの話、昨日の晩、慌《あわ》てて作ったんだ。大浦さんのことは本当に残念だ。俺が自分勝手に辞めたりしなかったら、こんなことにはならなかったかもしれないと思うと申し訳なくもある」

旧友はそれは違うよと言った。

「人には運命というものがある。それは誰にも変えられない。これが、大浦さんの運命だったんだよ」

桂はありがとうと頷いてから訊ねた。

「来週からじゃなかったか、アメリカ行きは？」

「お前のお陰でビイングウエル銀行で三週間もトレーニーを出来ることになった。ロスアンゼルスの本店で二週間、残り一週間で主要都市の店を見て回る」

「かなりハードだな。改めて、頭取が一トレーニーとして勉強することに敬意を表するよ。いい加減な大学生だったお前からは想像もつかない」

寺井は笑って言った。

「その言葉はそのままお前に返すよ。ともあれ、日本初のＳＲＢ創設に向けての第一歩だ」

「それで、九南銀行との合併はうまく行きそうか？」

寺井は顔を動かし、桂にあちらを見ろと促した。

壁際《かべぎわ》にポツンと小柄で童顔の男が立っていた。

「あれが九南銀行の瀬戸口だ」

「へぇ。意外だな。もっと大柄の人物を想像していた」

寺井は言った。

「なぁ、桂。瀬戸口との話の進み方次第ではお前に助けを乞《こ》うかもしれない。ＴＥＦＧ銀行の元頭取がＳＲＢをどう考えるか。今後の銀行業界へのお前の見識は瀬戸口も聞きたかろうと思うんだ」

「俺は今や一ディーラーだが、お前のためには出来る限りのことをするよ」

「ありがとう」

その時、会場の準備が整いましたとホテルの進行係が現れた。

桂は寺井と別れ、会場に向かった。


精進落としの席は、遺族・親族、政界関係者、官公庁関係者、ＴＥＦＧ関係者、銀行関係者、帝都グループ関係者、一般企業、その他関係者と分けられている。

桂の席は佐久間の隣に用意されていた。

席に着くと桂は佐久間に言った。

「お疲れ様。立派な銀行葬だった。ＴＥＦＧの威光をいかんなく示せたね」

「桂さんにお褒め頂き、ありがたい限りです」

佐久間は頭を下げ、慇懃《いんぎん》に礼を述べた。

その目をまっすぐ見て続けた。

「これからのＴＥＦＧを引っ張っていく苦労は並大抵ではないが、よろしく頼む」

佐久間は頷いて言った。

「桂さんはじめ、諸先輩のご指導を頂戴しながら、職務に邁進《まいしん》する覚悟です」

まるで台詞《せりふ》を暗唱しているかのようだ。

(こいつ、緊張が解けていないのか……)

桂は苦笑して、その後は周りの役員たちと共に故人を偲んだ。

ヘイジはその日一番緊張する時を迎えていた。

三々五々やって来るＶＩＰを序列通りに着席させなくてはならない。

総務部や秘書室総動員で万全の誘導態勢を取っているが、難しい判断はヘイジ自身が行っていた。

この日のために会葬予定者の顔写真入りファイルを作り、ほぼ頭に入れている。

「二瓶部長、あちらのお二人はどちらにお座り頂きましょう？」

総務の女性がヘイジに訊ねて来る。

「帝都地所と帝都製紙の社長だな。帝都グループの席の……手前の上座に背の高い方を、そして、ひとつ席をあけて、もうひと方を」

そんな風に細かく差配していくのだった。

余裕を持って用意したはずの三百席の九割近くが埋まった。

(最後まで残るトップがほとんどだった)

改めて日本最大のメガバンクの実力を感じた。

ヘイジがその他関係者席に何気なく目をやった時だった。

（嘘だろ……）

そこに弓川咲子が座っていたのだ。

すぐさま飛んでいって耳元で叱責《しっせき》した。

「この場は一般行員のためのものじゃない。すぐに席を立ちたまえ！」

彼女は一瞥《いちべつ》もくれず、静かに前を向いたまま言った。

「私が特別な存在だということを忘れたんですか？　あの方に確認して下さい」

ヘイジはその視線の先を見た。

佐久間均が凍ったような表情でこちらを見ていた。

◇

翌日、佐久間均から頭取室に呼ばれた。執務用の大机に向かっている新頭取の前にヘイジは立った。

「昨日はご苦労だった。本当によくやってくれた。会葬された諸先輩方からも褒められたよ。『これぞ世界に冠たるメガバンクの銀行葬だ』と言う人もいた……が……」

佐久間の言わんとすることが分かった。

「弓川咲子ですね」

佐久間は頷いた。

「誠に申し訳ありませんでした。受付の行員の中でも彼女の存在に気がついたものはいないようでした」

「そうか……それなら仕方ないが」


佐久間均は大浦の訃報を聞き、自分に大きな運が回って来たと思った。失われた生気が急速に戻ってきたし、無限の可能性を得たように感じられた。

しかし、精進落としの会場で弓川咲子を見てその気持が一変した。

黒い喪服姿の弓川咲子にメデューサを見たように魅入られている自分に気がついたのだ。

（一億も金をむしり取られたというのに、何故こんな気持ちになっている？）

佐久間は想像した。死体のように横たわる自分の上に喪服の咲子が馬乗りになり、顔をいやというほど平手で何度も打つ……咲子に凌辱《りょうじょく》されながら歓喜の声をあげる己の姿を想像していたのだ。自分自身も気がつかなかった、心の奥底に棲《す》む奴隷《どれい》願望が開花した瞬間だった。

日本最大のメガバンクのトップに君臨することで、究極の力を得られると感じた。それは現代における王の権力といってもいい。すると反作用とも呼べる化学反応が起こったのだ。それが隷属への憧《あこが》れだった。

文字通り黒い魔物たる弓川咲子が現れた時にその反応は起こった。恐怖の元凶である女だが、その身体《からだ》に溺《おぼ》れた年月は長い。喪服の弓川咲子を見つめながら、新たな性的関係を求めている自分に震撼《しんかん》した。

そんなことを微塵《みじん》も知らないヘイジが言った。

「頭取。大浦前頭取がお亡くなりになって、弓川咲子の事件を知る者は、弁護士、顧問の二階堂さん、運転手の内山さん、そして私しか残っていません。でも、そのことが私には怖《おそ》ろしいんです」

その言葉で我に返った。

「どういう意味だね？」

「我々は事件を闇に葬りました。代償は頭取が払われた。しかしこの事実を利用してあの女はこれからも銀行を喰い物にしようとするでしょう。こんなことを私が申し上げるのもおこがましいですが、頭取には今後は毅然《きぜん》とあの女と厳しく対峙《たいじ》して頂きたいのです。いざとなれば我々はあの女を恐喝で訴えることが出来るのですから」

間髪を入れず佐久間は言った。

「そうすれば、日本最大のメガバンクの頭取のスキャンダルが明るみに出る。私は世間の笑いものになって全てを失う。君はそれで良いかもしれないが、私はどうなる？」

身も蓋《ふた》もない新頭取の言葉に黙るしかなかった。

沈黙が続いた後でヘイジは訊ねた。

「弓川咲子を企画管理部に異動させたのは頭取のご命令ですね？」

佐久間は黙っていた。

「あの女は何を狙《ねら》っているんですか？　当行の中枢部《ちゅうすうぶ》に入り込んで一体何をするつもりなんですか？」

佐久間はイライラした調子で返した。

「分からんよ。でも、あの女に何が出来る？　事務能力さえ無いんだから何も出来はしないよ。眺めの良いところで仕事がしたいと言っていたんだ。それぐらいいいじゃないか、叶《かな》えてやっても」

「本当にそれだけで済むのなら良いですが、嫌な予感がします。昨日の彼女の姿はまるで魔女のように見えました」

あぁという表情を佐久間はしている。

「魔女ね……そうかもしれないな。日本最大のメガバンクに巣食う魔女か」

ヘイジはその佐久間に軽蔑《けいべつ》の視線を送って言った。

「お願いがあります。私を子会社に出して頂けませんか？」

新頭取は呆気《あっけ》に取られたような顔をしてから、笑った。

「何だい？　言うだけ言っておいて敵前逃亡は駄目だよ。君にはずっと一緒にいてもらうよ」

「嫌なんです。事件を闇に葬った自分が、そしてそれをさせたＴＥＦＧが……。昨日、弓川咲子の姿を見て改めてそれに気がつきました」

ヘイジは強い口調でそう返した。

その言葉に驚いたような様子で佐久間が言った。

「二瓶君。悪いようにはしない。昨日の銀行葬の仕切りを見ても君の能力は大したものだ。君には出世して貰う。私が頭取でいるうちに役員にする。約束するよ。だからこのまま全てを封印しておいてくれ」

佐久間が頭を下げた。

「頭取。あの女はこれからも要求をし続けますよ。それがどんな結果を招くか……我々は究極のコンプライアンス違反をしているんですよ！」

佐久間は黙った。そして、呟くように言った。

「二瓶君。僕の父親は法曹として最高の地位である最高裁の長官にまでなった。だがね、家族は本当に経済的に苦労したんだ。貧乏法学者としての時期が長かったからね。僕は、法というやつを恨んだよ。父が究めようとしている法律という存在を。現実の家族が貧しい暮らしを強いられているのに理想を追い続ける彼が愚かに見えたものだ。だが、そんな父の一念が通じて法曹界で彼は昇りつめた。僕は毛並みが良いとか言われているけど、貧乏生活が長かったんだよ。途中、お袋は病気で死んでしまったしね。だから大学も絶対に法学部は選ばなかった。経済学部を選んだ結果、金融の世界に入った」

そこでしばらく沈黙した。

「帝都銀行の中では父親の肩書のお陰で、大した実力もないのに役員にまでなれた。その帝都銀行がメガバンクとなり、僕はひょんなことから頭取になった。これは……一体、どういった事態なんだろうね？」

ヘイジはただ黙っていた。

「今、ひょんなことと言ったよね？　そのひょんなことの前に僕はコンプライアンス違反、君が言うように究極のコンプライアンス違反をした。つまり、法を破ったのだ。僕の後ろ楯《だて》となっていた法を破ったんだ」

ヘイジはその佐久間を見つめて言った。

「もう遅いのかもしれません。総務部長として、銀行にとってのマイナスは闇に葬るのが正しいと思って行動してしまった。その時点で既に道を間違えていた。全て私が悪いのです」

佐久間は椅子《いす》から立ち上がって、俯《うつむ》くヘイジの肩を叩いた。

「毒を食らわば皿までだ。とことん付き合ってくれよ。昔ね、ある先輩に言われたことがあったんだ」

ヘイジは顔を上げた。

「その先輩はエースだった直属上司の失敗の責任を押し付けられて泥を被《かぶ》った。彼は黙って帝都銀行のエースを守った」

「どうなったのですか、その方は？」

佐久間は頷いてから言った。

「辞めたよ。でもね、辞める時にこう言ったんだ。『佐久間、泥の味っていうのも悪くないもんだぞ。帝都銀行のような大組織の泥の味は』とね」

頭取専用車、メルセデスSクラスの運転手となった内山作治は、佐久間が駐車場に降りて来るのを待っていた。秘書室から知らされた時間通りに佐久間は降りて来た。自宅に送るよう指示されている。

ドアを開けると佐久間は乗り込み、運転席に戻った内山がハンドルを握るとこう言った。

「君は泥の味を知っているか？」

内山は驚いて答えた。

「どういう意味でしょうか？　私には……」

「そうか……出してくれ」

メルセデスは地下駐車場から表に出た。

お堀端から佐久間の帰宅ルートとなる首都高速の霞が関入口に向かおうとした時だった。

「内山くん、根津に向かってくれるか」

驚愕のため急ブレーキを踏み、振り返って声の主を見た。

「泥の味……蜜《みつ》の味」

佐久間は妖《あや》しい笑みを浮かべつつ、そう呟いていた。

# 第五章　SRB

六月、梅雨入りした日の夕刻、桂光義は有楽町の老舗《しにせ》フランス料理店に向かっていた。幸い雨は降っていない。

丸の内仲通りに面したビルの地下へ階段を降りて行くと、立派な樫《かし》のドアが目に入る。

扉を開くと馴染《なじ》みのマネージャーが笑顔で近づいて来た。

「桂さま。いつもありがとうございます。こちらでございます」

そう言われ個室に案内された。

ゆったりと四人で食事出来るその部屋のダイニングテーブルには、上座に二席、下座に一席のディナー・セッティングがなされていた。奥の壁にはブラマンクの絵が飾ってある。

予定時刻の十分前だった。

筑洋銀行の寺井征司から電話があったのは五月の末だった。

寺井はアメリカのビイングウエル銀行に三週間、トレーニーとして受け入れられ、スーパー・リージョナル・バンクの理念を学んで日本に戻っていた。

「百聞は一見に如《し》かずだ。桂、本当に行って良かったよ！」

寺井は興奮気味に語った。

「ケビン・スチュワートはちゃんと君にレクチャーしてくれたか？」

「ケビン自身が最初の丸二日間、付きっきりになってくれた。最終日も総括の話し合いに二時間も取ってくれた。本当に素晴らしい男だよ。セッティングしてくれたお前には大感謝だ」

桂はケビンを紹介してくれた友人のトム・ステイラーとその妻、メアリーのことを思い出していた。放射線治療を続けるメアリーの具合は一進一退だと連絡を受けている。

「アメリカの懐《ふところ》の深さを感じただろう？」

寺井にそう言った。

「あぁ、銀行とはなんたるかを改めて教えられた。ウォール・ストリートの強欲資本主義、利益至上主義とは一線を画す〝人間主義〟とも呼ぶべき経営哲学に感動したよ。大学の時にマイルス・デイビスの復活アルバムを聴いたのに匹敵する感動だった！」

桂は寺井らしいと笑った。

「『ザ・マン・ウィズ・ザ・ホーン』だな。お前と吉祥寺のジャズ喫茶のでかいスピーカーの前に座って聴いたのが昨日のことのようだ」

寺井も笑った。

「桂、俺はやるぞ。必ずSRBを九州に創《つく》ってみせる。そして、ビイングウェル銀行のように世界に冠たる銀行にしてみせる」

嬉《うれ》しくなったが冷静に言った。

「そのための九南銀行との合併はどうだ？　いつ頃、動くつもりだ？　感動が新鮮なうちに九南の瀬戸口と会ったらどうだ？　お前の今の勢いをもってすれば、心を動かされると思うぞ」

「俺もそう考えていたんだ。下手にこの体験を小綺麗《こぎれい》にまとめて伝えるより、気持ちが最高潮の今、正面からぶつかった方がいいと思っている」

それがいいと答えた。

「それで、いつ瀬戸口に会いに行くんだ？」

「一人で乗り込んで行くのも良いが……やはり、ここは冷静な目で意見を言ってくれる第三者がいた方がいいと思うんだ」

桂もその意見には賛成だった。

「六月に東京に出張するそうだ。その時を狙《ねら》って、桂を紹介するという名目で三人で会うのはどうだろう？」

そして、その当日を迎えたのだ。

レストランのマネージャーが寺井を連れて戻って来た。

「ありがとう。いい店だな。さすが元ＴＥＦＧ頭取だ」

桂は笑った。

「お世辞はいいよ。ここは本格フレンチの老舗で、量もたっぷり出るし、本当に美味《うま》い。近頃のフレンチは日本の懐石料理を真似《まね》てちょこちょこ料理を出すのが多いが、本当に美味いと感じる店はあまりない。お前から瀬戸口頭取は健啖家《けんたんか》だと聞いてたからな」

寺井は桂の配慮に感謝すると言った。

「それにしても桂は相変わらず食うのが好きだなぁ。お前の大食いには大学時代、正直呆《あき》れていたんだ」

その言葉で思い出した。

「大学の近くに大正軒ってラーメン屋があっただろ？」

「あった！　普通のラーメンでも凄《すご》い量のところだったな」

「俺はあそこで一度、大盛を頼んだことがあったんだ。洗面器のようなどでかい丼《どんぶり》が出て来て、やたらとモヤシがのってるなぁと思ったらそれが盛り上がった麺《めん》だったんだよ」

「ハハハ！　その話は初耳だな」

「あぁ、それをたいらげた自分の食欲がさすがに恥ずかしかったからな」

二人で笑った。

そこへ瀬戸口が入って来た。

共に立ちあがり、頭を下げる。

「瀬戸口頭取、お忙しい中、ご足労頂きありがとうございます。こちらが元ＴＥＦＧ頭取で同級生の桂光義くんです」

寺井がそう言って桂を紹介した。

「先日は東西帝都ＥＦＧ銀行頭取、大浦光雄の銀行葬においで頂き、誠にありがとうございました。元頭取としてＴＥＦＧ一同になり替わり、御礼申し上げます」

深く頭を下げる桂に瀬戸口は声をかけた。

「行き届いたご挨拶《あいさつ》、痛み入ります。本日はお招き頂き、ありがとうございます」

独特のイントネーションがあり、余計なことは何も言わなそうだ。

三人が席に着くとマネージャーがやって来た。桂はシャンパンを用意させた。

「では、末永いお付き合いに。乾杯！」

桂の音頭《おんど》で飲んだ後で瀬戸口が桂に語った。

「実は大学の時、御尊父のゼミが第一志望だったのです」

桂は微笑《ほほえ》んで言った。

「瀬戸口さんは東帝大法学部でしたか？」

「はい。御尊父、桂光則《みつのり》教授の授業はアカデミズムの誉れでした。今でも思い出す度に背筋が伸びます。私は劣等生でしたので、残念ながらゼミには入れませんでした」

苦笑いをして言った。

「父も生意気ですね。ゼミ生を選抜していたとは」

「法学部の学生たちは皆、こぞって桂ゼミに入りたがっていました。競争率は十倍を超えておりました」

桂はふと五条健司を思い出した。父のゼミの中でも特に優秀であったという五条……あの男の深い闇《やみ》を改めて思い出して、ぞくりとした。

「桂さんは桂教授の自慢のご子息でいらっしゃいますな」

瀬戸口の言葉に顔をしかめ、手を振った。

「不肖の息子です。入った銀行で為替のディーラーとなり、そこからは延々と相場との闘いの人生です。父は『俺は相場師を息子に持った覚えはない』とずっと不満をこぼし続けておりました」

「でも、日本最大のメガバンクの頭取にまで昇りつめられた」

「僅《わず》か一年で放り出しましたが」

そこで寺井が言った。

「瀬戸口さん。この男の凄さは大きな相場の見通しを誤らないことです。三十年も相場の世界で生き抜いてきたのはその能力ゆえです。調査と分析、そしてそれを支える哲学がある。桂の見識には非凡なものがあります」

寺井が次に何が言いたいのか分かったので、敢《あ》えてそこでは黙っていた。

瀬戸口に訊《たず》ねられた。

「これからの経済をどう見ていらっしゃいますか？　それをまず本日は伺いたいと思います」

そこからは、世界経済、日本経済について語っていった。

前菜が運ばれ、スープになり、メイン料理になるところまで話を続けた。

「……ということは、これからまだ厳しい状況が続くということですな」

「ええ。そこで重要なのが銀行のあり方です。デフレが続く中では、地域と密着しながらの創造的な融資の拡大が必要となる。日本経済の鍵《かぎ》を握るのは地銀なのです」

「ですが所詮《しょせん》、地銀は地銀。我々に何が出来るのですか？」

桂はジッと瀬戸口を見た。

「地銀を核に日本の金融のあり方を変え、閉塞《へいそく》する経済を打開する。今こそそれを可能に出来るチャンスです」

瀬戸口は金融庁長官の言葉を思い出したようで、「なるほど」と呟いてから訊ねた。

「スーパー・リージョナル・バンクならそれが出来るということですか？」

「真の銀行業を行う新たな革袋、それがＳＲＢです。そして、それを実現できるのがここにいるお二人。私はそう考えています」

桂は瀬戸口と寺井を交互に見やった。

◇

それから五ヵ月が経《た》った十一月の終り。

金融庁を筑洋銀行頭取、寺井征司と九南銀行頭取、瀬戸口英雄が揃《そろ》って訪ねた。

筑洋と九南、二つの銀行を合併し、九州全域をカバーするスーパー・リージョナル・バンク〝大九州銀行〟とするための内諾を得る目的の訪問だった。

金融庁長官、工藤進は二人を前にして上機嫌で言った。

「両頭取の御英断に敬意を表します！　これで日本の金融が変わります！」

工藤は、寺井、瀬戸口の両名と強く手を握り合った。

「金融庁は全面的に大九州銀行をバックアップします。大九州銀行に導かれて日本にさらにSRBが生まれることは必至だ。お二人のお力で全金融機関の鑑《かがみ》となる銀行にして頂きたい」

工藤の言葉に二人は頷いた。


二日後、日本初のSRB誕生の報が中央経済新聞の一面を飾った。

中経の記事は、これから、北海道・東北、関東・甲信越、東海・北陸、関西、中国・四国、九州・沖縄の六地域をベースとしたSRBの誕生を示唆《しさ》していた。

桂光義はその記事を読みながら思った。

「寺井と瀬戸口さんの二人三脚がこれを成し遂げた」

スーパー・リージョナル・バンクとはどのような銀行か？

桂はアメリカで「最も尊敬される銀行」といわれるビイングウエル銀行中興の祖、現頭取のケビン・スチュワートに現地でこの疑問をぶつけた。

「銀行とは地域に密着してこその存在である。それが全てだと私は考えています」

ケビンはそう語った。

「銀行は顧客への貸出によって利息を獲得し、金融商品を販売することで手数料を得て利益の源泉としています。そのあり方は全国規模の銀行も地方銀行も変わりはない。しかし、実は大きな違いが出て来るのです」

「どういう違いでしょうか？」

スチュワートはここが要《かなめ》だという風に強調した。

「行員がどこを向いて仕事をするか？　つまり顧客を向いているのか、それとも銀行を向いているのかということです」

「銀行員は銀行の利益を第一義に考えるべきではない。そういうことですか？」

「ええ。仕事をする以上、自分の働く組織の利益を考えます。しかし、それが間違いだと考えること。つまり、銀行の利益を考えるのではなく、顧客の利益を最優先に考えるべきだということです」

桂は笑った。

「大変失礼な言い方になるかもしれませんが、綺麗ごとに聞こえてしまう。言うは易《やす》く、行うは難しではないのでしょうか？」

　スチュワートは真剣な目つきで言った。

「それを変えなければいけないと私は気がついたのです。そして、それが出来る銀行は地方銀行だけだと分かったのです」

「どういうことですか？」

「銀行というビジネスは、信用という人間にとって最も大切な関係性があってこそ成り立つビジネスなのです。しかし、諸銀行は事業規模を大きくするにつれてその本質を忘れてしまった。人間と人間の間の信用を最も大事にすべきことを」

「原点を取り戻すことが地銀には出来るというのですか？」

　スチュワートは頷いた。

「そうです。地方銀行だから出来る。地域に密着しているからです。行員はその土地を離れることはない。同じ顧客と一生付き合うことも稀《まれ》ではない。地方銀行にとって、人と人の関係性が最も大事であることは嫌でも分かるでしょう？」

　あっと思った。

（そうか……日本の銀行や証券会社は人事異動を頻繁に行い、顧客と人と人の関係を作ることなど考えてはいない）

スチュワートはアメリカでもそうだったのだと言って続けた。

「それを取り戻すために、私は徹底した地域密着主義を取ったのです。そうすると融資が着実に伸びた。行員と顧客との関係が線から面になっていく。業績はみるみる伸びて行きました。それとは逆に破綻《はたん》率はどんどん下がっていった」

「どうしてそんなことが起こったんですか？」

「行員の融資への態度が変わったのです。それまでの要件主義、つまり担保の充足率や預金の額だけで融資を行うのではなく、顧客を見ることに長《た》けていった。人が人に対して信用を与えること、それが与信つまり融資なのですが、それを本当の意味で出来るようになった。行員そのものが地域に密着してゆくことで情報の量も質も上がっていきます。その上で、情報を行内で共有するシステムを構築しました。そのシステムが大きく奏功したのです」

それを聞いて納得した。

「手数料ビジネスはどうなんですか？　金融商品、投資信託や保険を売るなどの手数料は？」

スチュワートはそれこそ顧客が地銀を利用することの重要な点だと言った。

「行員が顧客から離れることがないとすれば、手数料稼ぎの複雑な金融商品や顧客のライフスタイルに合わない投資信託など販売できなくなります。顧客の人生における金融面の伴走者になる訳ですから、本当に顧客の利益になるような金融商品を選別して勧めることになる。手数料稼ぎの売りっぱなし金融商品は当然駆逐されてゆくわけです」

桂は深く納得した。

「銀行が人と人の結びつきで出来ているビジネスだということ。地銀はそれを可能とするフレームワークを持つべきこと。その枠組みを大きくしながら行員は情報を共有して仕事の質を高めてゆく……それこそがSRBの存在意義ですね」

スチュワートは桂の肩を優しく叩いた。


筑洋銀行頭取の寺井征司もそのケビン・スチュワートから薫陶《くんとう》を受け、実際にビイングウエル銀行に腰を据えてみて、それが見事に実践されていることを知った。

有楽町の老舗フランス料理店での会談で、寺井は瀬戸口に滔々《とうとう》とそれを語りはじめた。

瀬戸口は長い時間じっと目を閉じて考えた後で、寺井に向かって口を開いた。

「我々は経営の方向性を誤っていたかもしれませんね」

寺井はその瀬戸口を見詰めて言った。

「我々はメガバンクに憧れ、都会的な経営や合理的経営を目指した。しかし、それによってどんどん顧客から離れて行った。地域に密着して人と人との豊かな関係を構築してゆかなければならなかった筈《はず》が、利益のあり方ばかり考え、コンプレックスからメガバンクの真似ばかりしてきた。そうではなく、ベクトルを地域の顧客の方に向け直さなければならない。さらに、その枠組みを大きくすることで情報の共有化やシステム合理化が図れる。それがＳＲＢ構想なのです」

寺井は熱くそう語った。

「今日、ここへ来て本当に良かった」

瀬戸口は笑みを浮かべて言った。

ＳＲＢ誕生の発表を受け、金融庁では幹部たちが集まっていた。

「遂《つい》にやりましたね！」

幹部たちは興奮気味だった。

「早ければ年内、次の北日本、北海道・東北のＳＲＢ誕生が明らかになる。来年には日本の他の地域でも次々に」

別の幹部が強い口調で言った。

それを聞いた長官の工藤進が口を開いた。

「我々のスーパー・リージョナル・バンク構想は走り出しました。銀行再編の最終章が我々の手によって描かれるのです」

「しかし、その最終章がどんなものなのかを知れば、大変な騒ぎになるでしょうね？」

幹部の一人に訊ねられた。

「かつてこの金融庁に君臨した五条健司氏は言いました。グローバリゼーション、世界的な競争こそが国益に適《かな》うのだ、と。我々もその衣鉢《いはつ》を継いでいます。それはすなわち日本に世界最強の銀行を創り出すことにも繋《つな》がる」

幹部全員が頷いた。

「皆さん、最終章のピリオドを打つまで荒波に向かい続けることを覚悟して下さい。これからが我々官僚の真の力の見せどころだと思って頂きたい！」

強い緊張感が全員に漲《みなぎ》った。

◇

東京、城南五山のひとつ品川区島津山、その古くからのお屋敷街で近年稀な大規模邸宅が建設されつつあった。

敷地面積は千坪、それまであった古い屋敷三邸を買い取って更地にし、そこに英国ビクトリア様式の本邸洋館と中国趣味の濃い東洋風の別邸の建設が急ピッチで進んでいた。

施主は佐久間瑛子、東西帝都ＥＦＧ銀行頭取、佐久間均の夫人だ。

「もしあなたが頭取になったら、私が大きな屋敷を作って差し上げますね。歴代の帝都の頭取が誰一人持てなかった広大なお屋敷を……」

佐久間が頭取になると知るや否《いな》や、瑛子は屋敷の建設に着手した。佐久間は一銭も金を出していない。

建設現場に掲げられる施主の名前が佐久間瑛子であるのを視界に捉《とら》える度、やるせない気持ちになった。

佐久間自身の金融資産はもはやほとんどない。

虎《とら》の子のように大切に貯《たくわ》えて来た一億円の金融資産は弓川咲子に奪われた。そして、あの銀行葬のあとでも、佐久間は咲子に金を遣い続けていたのだ。

その金は父親から相続した吉祥寺の自宅を使って、リバースモーゲージで捻出《ねんしゅつ》した。リバースモーゲージとは、主に老後の生活資金に乏しい人が自宅を担保に資金を借りるためのローン制度で、担保の不動産を自分の死後に銀行に売却することで返済する仕組みである。

行内のローン担当者は頭取がリバースモーゲージを利用するとは妙だと思ったらしいが、屋敷を別に購入するからと説明すると納得してくれた。

（金が煙のように消えていく……）

佐久間は頭取になった後、弓川咲子という甘美な地獄に落ちていた。

（あの日、また始まってしまったのだ。銀行葬の日に）

精進落としの会場で喪服姿を目撃してから、佐久間は弓川咲子に憑《つ》かれた。

佐久間はその夜、咲子に電話を掛けた。

「お、俺だ……」

その電話に咲子は妖艶《ようえん》な声で応《こた》えた。

「とうとう頭取になったのね。そんな方がどうしたの？　私のような悪い女にまだ用があるの？」

佐久間は息づかいを荒くした。

「また私が欲しくなったの？」

「会いたい……会いたいんだ」

懇願するように言った。

「また沢山お金がかかるわよぉ……それでもいいの？」

「会いたい、会いたいんだ！」

弓川咲子は鋭い口調で応えた。

「会いたい、じゃないでしょう……どうか会って下さいと言いなさい！」

「……」

「言いなさい！」

「ど、どうか会って下さい！」

「お願いしますは？」

「お、お願いします。お願いです！」

佐久間は落ちた。新たな主従関係がその瞬間に決まったのだ。そして、それを完璧《かんぺき》なものにしたのが、翌日、佐久間が根津の弓川咲子のマンションを訪ねた時だった。

咲子の部屋のドアを開けた佐久間は全身が震え、血が泡立つように感じた。

「あぁ……」

咲子は喪服を着て待っていたのだ。

「さぁ、跪《ひざまず》いてお願いしなさい。私を奴隷《どれい》にして下さいと」

弓川咲子の言葉に夢心地になった。跪いて懇願する佐久間に、咲子は喪服の裾《すそ》を開いた。

そこから、隷属の快楽に墜《お》ちた。過去の十年に亘《わた》る弓川咲子との関係を遥《はる》かに凌駕《りょうが》する悦《よろこ》びだった。

ヘイジの携帯に電話が掛って来た。

頭取専用車運転手の内山作治からだ。

「内山さん、どうしました？　何かありましたか？」

「二瓶部長……お話ししなければならないことがあるんです。今日、私は休みで外におります。どこかでお会い出来ないでしょうか？」

嫌な予感がした。

「分かりました。では――」

ヘイジは有楽町のガード下にある古い喫茶店を指定した。行内では憚《はばか》られる密談が必要な場合に使う店だ。

ヘイジが中に入ると内山は既に来ていた。

「お忙しいところを申し訳ありません」

そう言って頭を下げる内山に労《ねぎら》いの言葉を掛けた。

「内山さんこそお休みなのに、わざわざ」

その表情から憔悴《しょうすい》しているのが分かる。

「二瓶部長。実は……また私、運転日誌を改竄《かいざん》してるんです」

「佐久間頭取に命じられて、ですね？」

内山はうつむいて頷いた。

今度はどこに女を作ったのかと訊ねようとした時、内山が顔を上げて言った。

「信じられないでしょうが……また、弓川さんの所に行ってるんです！」

絶句した。

内山は首を振りながら話を続けた。

「以前より頻度が増しています。多い時は週に四度も。私も訳が分からなくて……」

悪夢でもみているのだろうか。どう考えても辻褄《つじつま》の合う話ではない。佐久間頭取は盗人に追い銭を渡す以上の愚行を犯しているとしか思えない。

「何故《なぜ》……なぜ、そんなことに。内山さん、いつからなんですか？」

「銀行葬の翌日からです」

ヘイジは思い出した。あの時の弓川咲子の姿と、凍ったようにそれを見詰めていた佐久間の表情を。だが、そこからどうして関係が戻ったのかは想像もつかない。

「私もずっとどうしていいか分からなくて。頭取はただ、『以前のように頼む』とだけおっしゃって……」

それで運転日誌の改竄にまた手を染めているのだと言う。内山の超過勤務の負担は大変なものだと分かる。だがにわかにはどうしていいか分からない。闇に葬《ほうむ》った筈の事件がまた甦《よみがえ》ったのか、それとも新しい闇が生まれたのか。

（一体、どうなっているんだ）


翌日、重い足どりで頭取室を訪ねた。

「なんだ？　二瓶君、難しい顔をして」

佐久間はサッパリした顔をしている。

ヘイジはある筋から情報を得たと佐久間に告げた。

「そうか……君も知ったか」

そう言ってから内線電話で珈琲《コーヒー》を持って来るように命じた。

「まぁ、座って話そう」

そう言って応接用の椅子《いす》に促した。

珈琲が運ばれて来て、佐久間は旨《うま》そうに飲みはじめたがヘイジは口をつけない。

運んで来た秘書が部屋を出て行ってから訊ねた。

「どういうおつもりなんですか？」

佐久間は珈琲カップに口をつけたまま何も言おうとしない。

「頭取のプライベートと言ってしまえば私が何か申し上げるべきことではありませんが、あのような事件を起こした女性と何故また？」

佐久間は珈琲カップを見詰めたまま言った。

「大丈夫だよ。もう問題は起こさない。彼女とは互いに納得ずくの関係だ。君に迷惑を掛けることはないから、安心してくれ」

佐久間は珈琲を飲み干すと続けた。

「以前、毒を食らわば皿までと君に言ったことがあったな。あの心境だよ。今の僕に怖いものはない。それがこれからの仕事にもきっと現れるだろう。歴代の帝都銀行頭取が成し得なかった、大きなことが出来るような気がする。まぁ、これは僕の立場になってみないと分からないだろうがね」

「では、この件はあくまで頭取のプライベートとして一切タッチしません。ただ、内山さんの超過勤務だけは見過ごすわけにはいきません」

佐久間はそこで、あぁという風に気がついた。

「そうか、そうだったな。彼には何とか巧《うま》く……裏の残業手当でも与えてやって貰《もら》えないか？」

（何を勝手なことを言ってるんだ！）

ヘイジは叫びたかった。

許すまじき泥沼の不倫関係を続けた挙句、警察沙汰《ざた》を起こして尻拭《しりぬぐ》いをさせ、その事件の張本人である女とまた関係を続けるため、さらにこの俺を利用しようとしている。

ヘイジは口をとざした。すると佐久間から提案があった。

「頭取担当の運転手を二人体制にしよう。早朝から午後五時までの担当者を新たに設けて、それ以降の時間は内山くんに担当してもらう。そのようなシフトを敷くようにしてくれ」

とりあえず応じるしかなかった。そして、なにかに憑《つ》かれたようになっている佐久間を見ながら思った。

(これからどうなるんだ？　日本最大のメガバンクのトップがこんな状態でどうなる？)

ヘイジの不安は想像も出来ない事態につながっていった。

◇

東西帝都EFG銀行本店の三十三階、企画管理部では極秘プロジェクトが進行していた。亡《な》くなった前頭取、大浦光雄からの直命案件を現頭取の佐久間均が引き継ぎ、企画管理部の精鋭チームがその実現に向けて動いていた。

プロジェクト・リーダーは湯河原早紀《ゆがわらさき》という女性だ。

湯河原は帰国子女で東帝大学経済学部を卒業後、ＭＩＴで数学修士を取得、ハーバード大学ＭＢＡも保持している。アメリカを代表するインベストメント・バンクのゴールドマインに入り、Ｍ＆Ａ（企業の合併や買収）セクションで数々の功績を挙げたレジェンドで、ＴＥＦＧ米国が二年前に高給で引き抜いた人材だ。

米国人男性との離婚経験があり、子供はいない。長身で髪を短く整え、涼しい目をしたトライリンガル（日本語、英語、中国語）のスーパーエリートだが、姉御肌のさばさばした性格で周りからは慕われ、部内で鼻つまみ者の弓川咲子でさえ湯河原にはなついていた。

湯河原はプロジェクトの概要について部長に説明を行っていた。

「当該プロジェクトの成否は、当局のバックアップ、スピード、そして、資金量に懸かっています」

まずそう切り出した湯河原に部長は言った。

「大浦前頭取から当該案件は金融庁からの提案によるものだと聞いている。佐久間頭取にも確認は取るが、当局の協力は百パーセント得られるものと考えて貰っていい」

その言葉に湯河原は頷いた。

「了解致しました。世論は如何《いかが》でしょうか？　アメリカとは異なり、当該案件への拒否反応が起こりうると考えますが？」

部長は笑った。

「アメリカ育ちの君が日本人以上に日本の事情を斟酌《しんしゃく》してくれるのは嬉しいが、時代は変わった。当行がアメリカのヘッジ・ファンドに買収されるという未曽有《みぞう》の危機に直面した時も、世の人々は時代の流れと受け止めたよ」

湯河原は言った。

「確かに日本人は外圧には弱いですが、国内からの圧力めいたものにも極めて敏感な反応を示すのではないでしょうか？」

部長はすぐに反論できなかった。湯河原は続けた。

「この国の人々は、『上から目線』とか『何様』とかいう言葉に見られるように、自分たちは何もしないくせに他人が何らかの強い意思を表明したり強い言動や行動を起こしたりすると、病的な拒否反応を示します。特に大小強弱の関係がハッキリとしている場合はそうです。オメガ・ファンドによるTEFG買収の時は、『偉そうにふるまってきた大銀行がいい気味だ。ざまあみろ』という空気になったのではないでしょうか？」

「君の言う通りだな。確かにそこは押えておかなくてはならない点だ。慎重に考えよう」

湯河原早紀はよろしくお願いしますと頭を下げた。

「君の戦略眼と戦術実践の能力は、これまでの実績からも証明されている。今回も君にしかこなせない案件だと思っている。だが金融の変化はある日突然起こる。考えもしなかったことが起こるのがこの世界の常だ。我々は破綻と国有化の危機、そしてオメガ・ファンドとの攻防を経験して、予想外の事態が起こりうることを認識させられた。これからもひょっとしたら我々の想像を遥かに超えたことが起こる可能性がある。それだけは肝に銘じてくれ」

湯河原早紀は「承知しました」と答えた。

大九州銀行が誕生してから、寺井征司は金融庁絡《がら》みの用事で上京することが多くなっていた。寺井は桂光義のオフィスにその都度、顔を出す。

夕方の六時近くになっている。

「旧二行の大きさや格から言えば、お前が大九州銀行の会長になり、瀬戸口さんが頭取という線が順当なのに……」

寺井は大九州銀行の副頭取に就任していた。

「俺は仕事がやりたいんだよ。瀬戸口さんとの二人三脚で真のＳＲＢを日本に創り上げたい。新しい仕事は最初が肝心だよ。フットワークを軽く保つためには副頭取の方がいい」

桂は笑った。

「まるで日露戦争の児玉源太郎《こだまげんたろう》のようだな。ＳＲＢという器はそれだけやる気を起こさせるということか？」

寺井は頷いた。

「その通りだ。呼び方というものは日本では本当に大事だな。大九州銀行というよりＳＲＢという呼び方のほうが、経営や仕事の理念を説明し易いし、自分たちが何を大事にしなければならないかが伝わる」

桂が訊ねた。

「旧筑洋と旧九南の関係はどうだ？」

寺井は、そこにアメリカでビイングウエル銀行をつぶさに見て来た最大の成果があったと強調した。

「筑洋、九南それぞれの旧担当地域で地元密着を深化させるようにした。それまで規模の問題で出来なかったベンチャーや農業関連への融資をファンドとしてまとめ、投資の形で行うようにする。融資と投資という二本柱で地域全体の資金のニーズに応え、資産運用ニーズに応える。これが出来るのがＳＲＢの強みだということをビイングウエルで学んだからな。旧二行から選抜したチームが懸命に動いている」

「ＳＲＢは着実な融資と果敢な投資という、本来は相容《あいい》れないものを補完関係で行える素晴らしい器だ。それをお前が理解して実践に移そうとしていることは素晴らしいが、資本はどうするんだ？　新株を発行するのだろ？」

寺井はきっぱりとした口調で言った。

「新株発行の話はインサイダー情報だと嫌というほど分かっているだろうが、ここだけの話、二千億の増資を考えている」

「そのぐらいは必要だろうな。だが、どうだ？　旧二行の既存大株主たちは？　彼らは今回の合併で大きな銀行の株主にはなれたが、影響力が弱まったと感じている筈だ。それがさらに株主が増えるとなると……大丈夫か？」

それまで溌剌《はつらつ》としていた寺井はそこで初めて難しい顔になった。

「たしかに、そこが問題だ。旧筑洋も旧九南も、創業家の持株が旧行当時三割を超えていた。ＳＲＢへの合併に当って、俺も瀬戸口さんもそれぞれの創業家の説得には成功したが、色々と注文を付けられてはいる」

「配当を増やせと言うんだろ？」

「ああ。彼らに経営に参画しようという意思はないし、その能力もない。株価を上げることと配当を増やすことだけを求めてくる。我々のような出自を持つ銀行の宿命だな」

桂はしばらく考えて言った。

「大九州銀行が成功すれば次のＳＲＢが生まれる。俺も出来る限り応援する」

　そう言ってから桂はきっぱりと寺井に告げた。

「もちろん、増資の話は綺麗《きれい》さっぱり忘れるよ。御行絡みの株は情報が明らかになるまで一切売買しない。それだけはハッキリ言っておく」

「さすがは桂だ。インサイダー情報で儲《もう》けようなど、はなから考えていないんだな」

「怖いんだよ、俺は。相場の神様が」

　寺井は怪訝《けげん》な表情をしている。

「相場の神様？」

　桂は頷いた。

「相場の神様は絶対にインサイダー取引を許さない。ルールの盲点を突いたり、法に触れずとも裏で抜け目なくやる奴《やつ》を許さない。その場では儲けられたとしても、嫌になるほど恐ろしい罰を受けることになる。当局は欺《あざむ》けても相場の神様は絶対に欺けない。生まれてきたことを後悔するくらいの報いを受けるんだよ」

　相場の神様という言葉に寺井は最初笑っていたが、桂の迫力に呑《の》まれ、背筋を伸ばしていた。

「だから、俺はどんなことがあっても相場の神様に顔向け出来ないことはやらないよ」

桂は真剣な表情でそう語った。

◇

銀座のクラブ『環』では、ママの湯川珠季が珍しい客の相手をしていた。

「今まで一体どうしてたん？」

珠季は珍しく関西弁を使っていた。相手が中高時代の同級生だからだ。

塚本卓也《つかもとたくや》だった。

日本でドラッグストアのチェーン展開で成功した後、香港《ホンコン》に渡り事業を拡大した。同地で最大の財閥タングループの総帥、デビッド・タンに見出《みいだ》されて資金運用を任されるや天賦《てんぷ》の才能を発揮し、アジア最大のヘッジ・ファンド、ウルトラ・タイガーのファンド・マネージャー、エドウィン・タンとして一世を風靡《ふうび》した。しかし、ＴＥＦＧ買収に関わる件で利益を度外視して友人、二瓶正平の側についたことにより総帥デビッド・タンの逆鱗《げきりん》に触れ、その職を追われた。

「世界を放浪したんや。十代の時の湯川がそうしたようにな……」

塚本は南米や北アフリカでの話を始めた。

「ブラジルへ行った時、『ここは初心者向けの国ではない』と地元のもんが言うのがよう分かったわ。色んな意味で割り切るちゅうことができん国やったな。明るさと暗さ、強さと弱さ、あらゆるもんが共存してる感じで、あれを理解するのは確かに難しいと思《おも》た」

珠季は頷いた。

「サウダージって言葉がそれを表してるかもしれんね。明るい太陽の下の物憂《ものう》げな感じ。ボサノバにしても夜や陰の明るさのような音楽やもんね」

「陰の明るさ……さすがは湯川やな。まさにそんな感じがするもんな。やっぱりそれはブラジルに生まれ育って分かるもんやと思《おも》たな」

塚本はブラジルに半年滞在してから北アフリカへ移動したという。

「モロッコへ行ったんや。俺の愛読書『マラケシュの声』に誘われてな」

珠季はそれを聞いて意外だと感じた。

マラケシュはモロッコの古都だ。『マラケシュの声』はエリアス・カネッティが一九五四年にマラケシュを訪れた際のことを密度濃く綴《つづ》った紀行文だ。

「へぇ、塚本君がカネッティを読んでるって、なんかそぐわへん感じやなぁ」

塚本は苦笑いをした。

「それは失礼やろ！　俺かてノーベル賞作家の本ぐらい読むで！」

手を合わせて謝った。

「ごめん、ごめん。確かに『マラケシュの声』は素晴らしい本やね。私もあれ読んでモロッコに行ってみたいと思たわ」

塚本は珠季の言葉に何度も頷いてから言った。

「カネッティは結構昔から読んでたんや。あの境遇に惹《ひ》かれたんやな。十五世紀にスペインから追われたユダヤ人、セファルディムの子孫としてブルガリアに生まれ、欧州を転々としながら育ってナチス政権を逃れてイギリスに亡命してる。そんな漂流の人生、根無し草のＤＮＡみたいなもんと俺の波長が合うんやろな」

理解出来る気がした。

「それでマラケシュはどうやったの？」

「スーク……市場のことをスークっていうんやけど、あそこはほんまに魅力的な場所でな。ずらっと香辛料を売る店が並んでるんや。色が綺麗でなぁ。そんで匂《にお》いが何ともええんや。歩いてると酔ったようになる。俺は麻薬はやらんけど、スークの色んな香辛料の匂いでトリップしてもうたんやろな。時間がゆったりと流れるように思えて、雑踏の響きも陽炎《かげろう》のようにゆらめいて聞こえた」

そう語ると、遠くを見るような目になった。

塚本を羨《うらや》ましいと思った。

「ええなぁ、塚本くん。私もまた旅に出よかしら」

その言葉に彼は満面の笑みになった。

「どや？　一緒に行かへんか？　湯川とやったらどこでもお供するで」

「あの本に出て来る……盲目の物乞いはいてた？」

塚本は珠季の問いに不意を突かれたようになった。

奇妙な物乞いの話だ。

硬貨を恵まれると口の中に入れて延々と嚙《か》んだ後、唾《つば》だらけにして手に吐き出し、それから祈りを唱える。『マラケシュの声』中でも印象的な記述だ。

作者は何故そんな気持ちの悪いことをするのかと訝《いぶか》るが、理由を知ってそれを恥じることになる。物乞いは自分に硬貨を喜捨してくれた人に祝福を授け、喜捨によって天国で手に入れる功徳《くどく》を大きくするためにそうしていたからだ。作者は彼に聖なるものを見出し、それまで誰からも感じたことのない親しみと温かみを覚えたと記している。

珠季にその話を出された塚本は黙ってしまった。珠季への思いを遮断されたように思えたからだ。

利益を度外視してもＴＥＦＧ防衛に回ったのは、彼女への思いがあったからだ。

「俺は湯川を手に入れたい」

中学生の時から塚本が特別な好意を抱き続けて来た珠季は当時、ヘイジと交際していた。そのため告白する機会もないまま、諦《あきら》めざるを得なかった。

それから三十年近く経った今も塚本は珠季への思いを捨てられずにいる。桂との関係は重々承知の上でのことだ。

「いつか湯川を俺のものにする」

少年のような一途《いちず》な気持ちがそこにはある。

珠季もその塚本の気持ちは知っている。だが、桂への気持ちが揺らぐことはなかった。

「やっぱり……あの物乞いはいてへんかったん？」

珠季にもう一度訊ねられた。

塚本は頷いてから呟《つぶや》くように言った。

「あぁ、物乞いはぎょうさんいてたけど……あんな人はいてなかった」

珠季への気持ちを閉じようとマラケシュの街並みを思い出し、乾ききった北アフリカの風を感じた。

「マラケシュの次はどこ行ったん？」

明るい調子で訊ねられたので、笑顔を作ってから言った。

「スコットランド」

珠季は驚いた。

「また全然ちゃうとこへ……」

「アフリカにいてたら、なんや無性に癖のある強いウイスキーが飲みたなったんや」

珠季は塚本の腕を軽く叩《たた》いてから言った。

「なんかカッコええやんか。マラケシュからアイラへ？」

その珠季の態度が大阪のおばちゃんみたいだと、塚本は笑って言いながら頷いた。

スコットランドのアイラ島。数々のモルト・ウイスキーの蒸留所があることで有名な島だ。

「ウイスキーが目当てやったけど、景色が見たかったっていうのも大きかった。アイラ島は手つかずの自然が残ってるとこやからな。特に冬の厳しい季節のスコットランドが見たかったんや」

珠季はうっとりとした表情になった。

「私も行ったことあるのよ。エジンバラに滞在した後、エミリー・ブロンテの『嵐《あらし》が丘《おか》』の足跡を辿《たど》ったんよ。イギリスの冬は特別やね。あの暗さ……常緑の芝の丘が延々と続く冬の暗さは、あそこでないと味わえんもんね」

塚本は「そうなんや」と答えた。

「あの暗さが癖になるんやな。決して嫌な感じがせん。人間に自然の厳しさを静かに諭すというか教えるような感じがあるんやな」

珠季はそう語る塚本に感心していた。

「塚本くんがそんな感性の持主やったとは知らんかったわ。それで？　美味《おい》しいウイスキーもぎょうさん飲んだん？」

塚本は何とも嬉しそうな顔をする。

「あのキックの利《き》いたウイスキーは地元でこそ旨いな。どんなものでもそうやが、発祥の地で食べたり飲んだりするんが最高ちゅうことがよう分かったわ」

正にその通りだと返した。

そこへ黒服がやって来て耳打ちした。

珠季は塚本に言った。

「桂さんが来たけど、どうする？」

「そやな。挨拶しとくわ」

桂光義は寺井征司と食事の後、最終便で九州に戻るという寺井と別れて銀座にやって来た。

金曜の夜だけに『環』は混んでいる。

「塚本くん……エドウィン・タンが来てるわ。挨拶したいって」

迎えに出て来た珠季に言われて嬉しくなった。懐《なつ》かしさもあるが、一ファンド・マネージャーである今、先輩の塚本に教えを乞《こ》いたいという気持ちも強かったからだ。

珠季と並んでテーブルに近づいて挨拶しようとした時だった。

塚本がスマホを見ながら顔色を失っているのが分かった。

「どうしたん？」

珠季の声に塚本が顔を上げた。

「あぁ……桂さん」

珠季と並んでいる桂を見て立ち上がったが、またスマホを凝視しはじめた。中国語のメールが映し出されている。

「すまん湯川。すいません桂さん、これで失礼します！」

彼は慌《あわ》てた様子で店から出て行った。

「なんだ？　一体何があった？」

桂の言葉に珠季も首を傾《かし》げている。

週が明けた水曜日の夜中近く。

ヘイジは終電で自宅に戻る途中だった。

スマホをテレビに切り替えるとちょうどニュースをやっていた。

混んだ車内をやり過ごすのに、ヘイジはイヤホンをしてワンセグを観《み》ることにしている。

「香港の大財閥であるタングループの総帥、デビッド・タン氏の葬儀が本日、香港で盛大に営まれました」

アナウンサーの言葉に画面に引きつけられた。

（そうか……デビッド・タンが亡くなったんだったな）

月曜の夜にニュースを聞きかじったままになっていたことをヘイジは思い出した。

画面には棺《ひつぎ》が教会から運び出される様子が映っている。

ヘイジは目を凝らした。そこに見たことのある人物が映ったからだ。

デビッド・タンの棺を先頭で担《かつ》いでいたのは、エドウィン・タンこと旧友塚本卓也だったのだ。

# 第六章　長官のシナリオ

金融庁の大会議室に幹部が集まっていた。

正面のスクリーンに、プロジェクターによって大きく文字が映し出されている。

『スーパー・リージョナル・バンク』

巨大地方銀行の創成というサブタイトルが付けられていた。

次に日本地図が映し出された。

そこには、北海道・東北で一つ、関東・甲信越で一つ、東海・北陸で一つ、関西で一つ、中国・四国で一つ、そして九州・沖縄に一つ、計六つのＳＲＢによる営業支配地域が示されていた。北海道・東北と九州・沖縄は赤く染まり、他の地域は青で表示されている。

「本年度中に全《すべ》て赤にしてもらいたい」

工藤進はそう幹部に告げた。

「北日本グランド銀行、そして大九州銀行。二つのＳＲＢは出来上がった。だが、他の四地域での核となる地銀が渋っている。指導に拍車を掛けて欲しい」

そう言われた幹部はさっと頭を下げた。工藤は続けて言った。

「さて、ここからは極秘だが、日本全国をカバーするＳＲＢの誕生という前段階を経て、次に待つ大仕事に掛らなくてはならない。我々、日本の金融官僚の凄《すご》さを見せつける大戦略です」

手元の端末を操作する。

「スーパー・メガバンク」

出席者全員がその言葉を口にするのを確認してから、工藤はゆっくりとした調子で言った。

「世界の金融をリードする銀行、それを日本に創《つく》る。『国際競争力のある』などといった甘いフレーズでは語られない、世界最強の銀行をこの国に創るのです。それによって、少子高齢化による国力の漸減《ぜんげん》で二等国となるのを防ぐ。絶対的な金融立国を確立する。この道以外、我が国を一等国に保ち続ける術《すべ》はありません」

幹部たちはその言葉に熱く反応している。工藤は続けた。

「モノ作りニッポンなど幻想にすぎない。我が国のモノ作りを支えて来たのは、大中小の企業で構成された裾《すその》野の広い産業ピラミッドでしたが、中小企業の多くは、経営者の高齢化によって廃業を余儀なくされています。これからの国家の成長を支える基幹産業は製造業ではあり得ない。強力な金融産業です。世界を舞台にビジネスを拡大できる銀行の形成が日本の成長を支えるのは自明です」

幹部たちは身を乗り出して工藤の話に聞き入っている。

「この国の未来の青写真を真に明るいものとして描《えが》けるのは経済産業省ではない」

一呼吸おいてから続けた。

「財務省でもあり得ない。国債暴落からは立ち直ったものの、デフレ環境は相変わらず続いている。財政政策がこの国の経済や成長を担《にな》えていないことは、バブル崩壊以降を見れば明白です」

幹部の一人に訊《たず》ねられた。

「日本の成長は金融によってのみ可能だとお考えなのですか？」

工藤はゆっくりと頷《うなず》いた。

「だがそれには革命が必要です。金融産業そのものを過去のあり方とは違うものにする必要がある。金融は経済の血液とされてきたが、我々は、それ以上の存在とする。経済の筋肉に金融がなるということです」

別の幹部が手をあげた。

「それがスーパー・メガバンクによって成し得ると？」

工藤はその言葉を聞いてから端末を操作した。次に映し出された文字に出席者はざわめいた。

「スーパー・メガバンク、その能力は状況と環境が創ることになります。それを演出するのが我々金融官僚です」

スクリーンに映し出されていたのは〝シビル・ウォー〟という言葉だった。

「シビル・ウォー、〝内戦〟とはどういう意味なのでしょうか？　スーパー・メガバンクとの関係は？」

工藤は次のページを映し出した。

一同はまた驚いている。それはアメリカ南北戦争の戦闘風景だったからだ。

「英語で〝the Civil War〟とは南北戦争を意味します。定冠詞を頂いた内戦中の内戦がアメリカの南北戦争なのです」

皆は工藤が何を言いたいのか分からないようだ。

「先ほど私は革命という言葉を使った。しかし、歴史上最強の国を地球上に創ったのは革命ではなく〝the Civil War〟だったという事実、そこに我々は着目しなければならない」

「革命とは下剋上《げこくじょう》です。あらゆる価値観の転覆や破壊を意味する。敗れた側は全否定され絶滅を待つのみ。しかし内戦は違う。敵の絶滅を目指すのではなく最終的には敵との融和を考え、結果として戦った双方が鍛えられる。アメリカ合衆国が世界史上最強の国となったのは南北戦争という内戦を経たからに他ならない」

幹部の一人が恐る恐る口にした。

「これから、この国で、銀行業界の中で、内戦を、戦争を起こさせるということですか？」

「その通り。私は常にリアリストとして歴史を見てきました。過去の歴史においては、デフレからの脱却は全て戦争によって成し遂げられてきた。物理的な生産設備の破壊こそがデフレ脱却の究極の手段です。それこそが〝創造的破壊〟なのです」

別の幹部に訊ねられた。

「デフレ脱却の手段は戦争以外にないと？」

工藤は強い口調で応《こた》えた。

「そうです。我々は戦争を恐れてはならない。最も恐ろしいのはデフレ、少子高齢化によってこの国が二等国となり、一等国から相手にされなくなることです」

水をうったような静けさが訪れた。

「だからと言って、物理的な戦争を起こすことは出来ない。そこで私は考えた。金融産業の中で内戦を行わせることを。マネーを武器弾薬とする戦いを行わせるのです」

「ＳＲＢを創ったのは……メガバンクと戦争をさせるため」

満面の笑みを浮かべた。

「そうです。ＳＲＢをメガバンクと戦える大きさにして競わせる。戦いという状況と環境がこの国の金融産業を変える。強くする。そうして最終的に誕生するスーパー・メガバンクこそが世界の金融を支配する存在となる。皆さんに理解して頂きたい、〝グローバリゼーション〟は新しい概念ではなく歴史の繰り返しにすぎないということを。それは〝黒船〟であり日本人が内発的に何かを求めて得られた結果ではない。常に外からの力でこの国の歴史は創られて来た。それを我々が変えるのです」

全員が工藤の顔を凝視している。

「金融内戦は、我々日本人が世界史を変えるものとして行う史上初めての挑戦です。その大きな画《え》を描けるのは我々、金融官僚だけなのです」

幹部の一人が工藤に触発されて発言した。

「確かにデフレ脱却には〝創造的破壊〟以外に手はない。政府・民自党も既得権益に縛られており、構造改革も規制緩和も行えない。〝創造的破壊〟は大きな意味を持ちます！」

別の幹部も納得したような表情で言った。

「この国の歴史になかったことを我々が行う。それを考えただけで武者震いするな。既得権益の配分だけに汲々《きゅうきゅう》とする他の省庁とは異なる、我々金融庁の存在意義を示せる！」

口々に興奮した様子で意見を言い始めた。工藤はその様子に満足していた。

しばらくして幹部の一人に訊ねられた。

「ところで長官、具体的には、どのように行わせるのですか？」

工藤は鷹揚《おうよう》に頷いてから言った。

「日本に存在する三つのメガバンク――東西帝都ＥＦＧ銀行、敷島近衛《しきしまこのえ》銀行、やまと銀行――それぞれに既に種は蒔《ま》いてあります」

「どのような？」

工藤は笑った。

「行政の域を超えたことなので、私の口からは申し上げられない。我々は内戦の外にいる存在――表向きはそうあり続ける。それを肝に銘じておかなくてはならない」

その言葉に全員の背筋が伸びた。

「いいですか。ここで私が口にしたことは極秘、いや、なかったことです。これから起こる状況と環境の変化に対して、我々は表向き『時代の流れ』とし、個々の銀行の自由意思を尊重するという態度をとって、あくまで土俵の外にい続けなくてはならないのです」

工藤は全員を見回した。

「我々はこれから目にする状況と環境に対して責任は負わない。どこまでも『内戦を見守る』立場を堅持し、最後は勝ち馬に乗る。そういうことです」

「勝てば官軍ではなく、我々官僚は常に官軍ということですね」

工藤は微笑《ほほえ》み、その発言者に拍手を贈った。

◇

久々に早く銀行を出ることが出来たので、ヘイジは家路を急いでいた。

（八時前に家に帰るのは……いつ以来だ？）

地下鉄の出口から自宅マンションへの道も、時間帯が違うとまったく違う街のように見える。

（平日にも時間ってあるんだよな）

銀行員の平日に自由時間などないのは、いつの時代になっても変わらないなとヘイジは思った。

就職した当時、まだＰＣは普及していなかった。

「パソコンが行き亘《わた》るようになれば残業はなくなるぞ！」

上司にはそう言われた。だがしかし、その後のＩＴの急速な浸透によって仕事が減ることはなく、むしろ増えていった。

働く時間というものは結局、働く者の意識なんだろうとヘイジは思う。

（誰もが自分の人生という意識を持っていない。個人としての意識がない。それが銀行員なのかもしれないな）

改めてそう思った。

連日の残業も慣れてしまえば当たり前になる。あらゆる日本のサラリーマンはその慣れの中で生きているのだ。

（そうやって十年、二十年、三十年と過ごしてしまう。あっという間に時間は過ぎてしまう）

銀行マンとしての二十数年を思い起こした。

東西帝都ＥＦＧ銀行という日本最大のメガバンクで本店総務部長の地位を得、役員への道も頭取から約束されている。

関西の私立大学から名京銀行に入り、バブル崩壊後は合併合併で大銀行に呑み込まれ続けた。そんな荒波をかいくぐり生き残り、名京銀行出身者として最高ともいえる出世をしているのが今の自分だ。

それを思うと不思議な気がした。

（周囲には俺はついてる奴《やつ》、抜け目ない奴に映ってるんだろうな）

小銀行に属していた自分が大銀行に呑み込まれていくうち、何故《なぜ》か己の身の丈まで大きくなっていった。大多数の小銀行出身者が淘汰《とうた》される中でそうなったのはヘイジに実力が備わっていたからに他ならない。しかし釈然としない想いはずっと抱えている。

相変わらず名京出身、絶滅危惧種《きぐしゅ》と陰では囁《ささや》かれることだ。日本人のヒエラルキー好きの体質が厳然とそこにはある。

（どこに自分が属しているか。自分はどこにルーツを持つか）

日本人が強く持つ帰属意識と階級意識。それが異様なほど剝《む》き出しになるのが合併銀行の内部だ。表向きは対等な関係と融和が唱えられるが、現実には大銀行による小銀行の併呑《へいどん》が進行してゆく。

大銀行出身者は小銀行出身者に対する優越意識を隠さず、小銀行出身者は劣等意識に苛《さいな》まれ続ける。それが不思議なほど自然に進行するのが日本という国の大企業なのだ。

大が小を呑み込むメガバンク形成の影響は、銀行員だけでなく家族にも及ぶ。ヒエラルキーに否《いや》が応でも呑み込まれるのだ。

ヘイジの妻、舞衣子は銀行破綻《はたん》の不安から精神の安定を崩した。悪化したのは銀行の世帯寮の中であからさまな苛《いじ》めに遭ったからだ。階級の底辺に置かれた存在であることを日々味わわされるのは地獄だ。それが平然と行われたために舞衣子は精神を病んだ。

賃貸マンションに移り住んだが、時すでに遅しだった。

入退院を繰り返し、今も快復していない。以前のようなパニック障害の症状は治まったが、拒食と過食を繰り返すようになり、その治療はずっと続いている。

義母が再びヘイジのマンションに同居し、食事の世話や面倒を見てくれているが、落ち着いたかと思うとまた悪くなるの繰り返しだ。

舞衣子との食事の時間はいつも辛《つら》いものになる。流動食さえ喉《のど》を通らず、「食べられない……なにも食べられない」などと言いながら涙を流す妻を前にすると、義母がヘイジのために用意してくれた食事も味がしなくなる。


マンションのドアを開けると舞衣子が迎えに出た。

「お帰り、平ちゃん！」

「ただいま。こんな時間に帰れるなんて、ビックリだろう？」

「ホント。電話があった時は驚いた。平ちゃんが早く帰って来るって聞いたら私、なんだか食欲が出てきて。お母さんにスーパーに走ってもらってすき焼きにしたの！」

食欲が出たという言葉を聞いて嬉《うれ》しくなった。

「そう、それは良かった！」

キッチンでは義母が忙しそうに働いている。

「お義母《かあ》さん、ただいま帰りました」

「あーっ、正平さん。嬉しいわね。正平さんと平日一緒に夕飯が食べられるなんて」

「すいません。いつも帰りが遅くて」

そう言って頭を下げるヘイジに義母は言った。

「正平さんは出世する人。出世する人は働く人。正平さんが大変なのは分かってる。本当にお疲れさま。いつも、ありがとう」

そう言って涙ぐむのだ。

「止《よ》して下さいよ、お義母さん。でも、今日みたいに帰れる時にはなるべく早く帰ってきますから」

義母は複雑な表情で頷いてから言った。

「さぁ、すき焼きよ。すき焼き。舞衣子も食べたいって！」

その言葉にヘイジも笑顔になった。

舞衣子は上機嫌で肉を頰ばった。

「駄目よ、舞衣ちゃん！　少しずつよく噛《か》んで食べないと！」

「分かってる、分かってる！　今日は気分が良いんだもん。食べたいように食べさせて」

そう言って箸《はし》を止めない。

ヘイジも心配だったが、舞衣子のしたいようにさせた。

しかし、すぐに様子がおかしくなった。トイレに駆け込み、食べたものを全て吐き出しはじめた。追いかけて世話をする義母に涙を流しながら舞衣子は訴える。

「食べられない……何も食べられない」

そのまま横になりたいとベッドに行ってしまった。

「ごめんなさいね。正平さん」

義母が律儀に頭を下げた。

「お義母さんには毎日一生懸命サポートして頂いているんです。謝ったりされることないですよ」

すき焼きが煮詰まる音がしている。気がついた義母が水を足す。

その鍋をぼんやり見詰めていた。

「お医者様がね。これ以上体重が減ったら、入院させないといけないって……」

「お義母さんも大変だし、早めに入院させた方がいいかもしれませんね」

「なんでこうなるのかしら？　正平さんも一生懸命働いてるし、私も出来る限りのことをしてるのに、なんで……」

義母はさめざめと涙を流した。

ヘイジは無理に笑顔を作って言った。

「何かの拍子にコロッと治ったりするもんですよ。だから、なんとかだましだましやって行きましょう」

その言葉に義母は小さく笑った。

「だましだましって、いい日本語よね。そうやってやり過さなきゃならない時期が、誰にも必ずあるものよね」

ヘイジは頷いた。

「はい。さぁ、まだお肉が沢山残ってます。どんどん食べましょう」

「そうね。私たちまで病気になったら大変だわ」

「そうですよ」

テレビをつけると、ニュース番組が始まっていた。

（あれから塚本はどうなったのかな？）

タングループ総帥《そうすい》の葬儀に参列している塚本の姿を別のニュースで見てからずっと気になっていた。

（メールに返事はこないし……。やはり、色々と大変なんだろうな）

ヘイジはそう思いながらニュース番組を見ていた。天気予報からスポーツになったと思ったら、臨時ニュースが割り込んできた。

「今、大きなニュースが入って来ました。シンガポールにある投資ファンド、アクティビスト・アルファが、日本の地方銀行四行に対してＴＯＢによる買収に乗り出す旨《むね》を発表しました。買収の対象となるのは、武蔵《むさし》中央銀行、大中部銀行、関畿《かんき》銀行、山陽山陰銀行の四行です。繰り返します。シンガポールの――」

驚きのあまり、箸をとり落とした。

◇

翌朝、通勤の地下鉄の中で中央経済新聞を熟読した。

地方銀行四行へのシンガポールのファンドによるＴＯＢ（敵対的買収）の記事が一面トップに大きく載っていた。

（武蔵中央、大中部、関畿、山陽山陰。四行とも、関東、中部、関西、西日本の地方銀行で最大級の銀行だ。北日本グランド銀行、大九州銀行の次に成立するであろうスーパー・リージョナル・バンク〈ＳＲＢ〉の核となる銀行とされながら、対応を渋っていると名指しされた銀行ばかり――）

ヘイジは解説を読んでいった。

（なるほど。核となる地銀がＳＲＢになる前に大量に株を押えて、高値で買い取らせて儲《もう》けようという手口か）

ヘイジがそう考えるのはアクティビスト・アルファという投資ファンドがいわく付きだからだ。シンガポールに拠点を置く多国籍部隊のファンドで、ファンド・マネージャーには日本人もいる。

五年前、インサイダー取引によってトップが有罪となり、実刑判決を受けた上村ファンドの幹部たちがその中心にいて、指揮を執っているとも言われる。

（金融庁がどう反応するかが見ものだな）

ヘイジはそう考えていた。

金融庁長官の工藤進は、武蔵中央、大中部、関織、山陽山陰――各行頭取からの電話に相次いで対応していた。

発する台詞《せりふ》は全て同じだ。

「グローバリゼーションというのはこういうことです。金融庁から本件に介入することは出来ませんよ」

頭取たちは一様にその言葉に震えた。

「そ、そこを何とかお助け下さい！　ご指導頂いたSRBのお話、速やかに進めておけば良かったと後悔しております」

すると工藤はニヤリとしながら答える。

「ただ、私にも考えはあります。御行がSRBへの移行に向け、地域の他行との合併を速やかに処理するとお約束頂けるなら動きましょう。ただし、これは金融庁長官としてではなく、あくまで個人としての人脈を使ってということですが」

頭取たちは異口同音に工藤に従うと誓った。

数日後、四行の頭取はそれぞれの地域の銀行と協議を進めた結果、合併してSRBとしてまとまる旨を伝えて来た。

「了解しました。それでは動きましょう。私から指示があり次第、SRBの件は速やかに発表して頂く。よろしいですね？」

頭取たちは全員承諾した。

「よし、これで決まりだ」

工藤は東西帝都ＥＦＧ銀行、敷島近衛銀行、やまと銀行の三つのメガバンクの頭取に順番に電話を掛けた。

まずＴＥＦＧ銀行頭取の佐久間均に工藤は告げた。

「予定通り。御行は武蔵中央銀行に対して、ホワイトナイトとしてＴＯＢに参戦すると本日午後三時五分に発表して下さい」

続いて敷島近衛銀行の頭取に連絡した。

「御行は午後三時十分。関畿銀行の援軍としてのＴＯＢ参戦を表明して下さい」

そして、やまと銀行の頭取には、大中部銀行と山陽山陰銀行の二行に対しての同様の措置を指示した。

「午後三時十五分に発表をお願いします。これこそが、輝く未来への第一歩です」


その夜。

桂光義は自宅で経済ニュースを見ていた。

「本日、地方銀行四行へのシンガポールのファンド、アクティビスト・アルファによる大型ＴＯＢ関連で大きな動きがありました。メガバンク三行がそれぞれホワイトナイトとしてＴＯＢへの参戦を表明しました。東西帝都ＥＦＧ銀行は武蔵中央銀行に対して、敷島近衛銀行は……」

桂はスマートフォンを手に取った。

「はい。荻野目《おぎのめ》です」

中央経済新聞の市場部デスクの荻野目裕司《ゆうじ》に連絡したのだ。

「桂だ。明日、うちのオフィスに来てくれるか？」

荻野目は笑った。

「さすがは桂さん。私が忙しいことを知って余計な話は一切しない。アクティビスト・アルファの件ですね？」

「そうだ。じゃあ、明日」

そう言って電話を切った。

そこから桂は考え続けた。

(何かとてつもないことが起ころうとしているんじゃないか)

翌朝。桂はオフィスでインターネットの経済ニュースを見ていた。

午前八時三十分にアクティビスト・アルファがシンガポールから記者会見を行うと表示された。

経済専門チャンネルをパソコンのディスプレーに映し出し、開始を待った。

定刻にアクティビスト・アルファの代表であるドナルド・チャンが記者会見場に現れた。開口一番、日本の地銀四行へのTOB中止を決めたと発表した。

「理由は内部的な事情です。それ以上でも以下でもありません」

そう言うと質問も受け付けず、サッサと会場を去ってしまった。

その様子に首をひねった。

(あまりにもあっけないな。メガバンクが相手では勝てないと見るのは当然だが……それにしても拍子抜けしてしまう)

その日の昼。桂は荻野目とオフィスで弁当を食べながら語り合っていた。

「この中華弁当は癖になるよな」

シューマイが有名な日本橋の老舗《しにせ》中華料理店の弁当で、焼ソバも入っている。

桂の言葉に荻野目が頷いた。

「はい。私もロンドン支局にいた頃、このシューマイを食べているのを夢で見たことがあるんですよ」

桂は笑った。

「そりゃ、凄いな」

「不味《まず》いものしかないロンドンでは、本当に食いたいものが夢に出て来るんですよ」

桂もその意見には納得した。

「ところでなんか妙な感じだな？　君も感じるだろう？」

荻野目は口を動かしながら小さく頷いた。

「ええ。完全に金融庁が動かしてますね。こちらの取材にはノーコメントでしたが、裁量行政復活の空気がビンビン伝わりますよ」

「次はどうなると思う？」

「これで間違いなくＳＲＢがあと四つ出来上がりますよね。民自党が掲げる構造改革の目玉を金融庁がバックアップしたかたちになる」

「そう思うか？」

「ええ、早ければ来週にも、今回の四つの地方銀行を核としたＳＲＢの誕生が発表されると思います」

桂は弁当を平らげて言った。

「金融庁は裁量を発揮して日本の銀行を外圧から守った。まさに画《え》に描いたような話だが、本当にＳＲＢを創りたいだけなのかな。嫌な予感がするんだ」

荻野目の目が光った。

「桂さんの勘は当たりますからね。何が起こると思います？」

首を振った。

「まだ分からん。だが、今回のアクティビスト・アルファの動きは妙だ。あまりにもあっさり退却している」

「メガバンクがホワイトナイトとして参戦したその背後には、どう考えても金融庁が控えている。そう考えれば諦《あきら》めざるを得ないでしょう？」

荻野目の顔をじっと見てから訊ねた。

「金融庁長官工藤進――どんな男と見ている？」

荻野目には記憶を辿《たど》る時に上目遣いになる癖がある。その表情を見て、頭の中の膨大なファイルから必要なものを探し出しているようだといつも思う。

「前長官の五条が魔術師だとしたら、工藤は狐《きつね》ですね。実際に霞が関では『砂漠の狐』という隠語で呼んでますから」

桂は笑った。

「『砂漠の狐』ってロンメル将軍のことだろ。アフリカ戦線で戦車軍団を率いた」

「霞が関という砂漠を縦横に走り回る狐。頭が切れて行動が素早い」

「荻野目、調べてくれ。工藤とアクティビスト・アルファには絶対関係がある筈《はず》だ。それがこれから起こることの鍵《かぎ》になるかもしれん」

「分かりました。いいですね、桂さんの今の表情。また暴れ回りそうな感じがする」

桂は苦笑した。

「馬鹿《ばか》言うな。もうそんな齢《とし》じゃないよ」


同じ頃、金融庁長官の工藤進はプライベート用のスマホからシンガポールに電話を掛けた。

相手はアクティビスト・アルファでファンド・マネージャーを務める日本人だ。

「工藤さん。全て言われた通りにやりました。これで借りは返したということですね？」

「それはまだ早いな。だがとりあえず礼は言っておく。インサイダー事件で君は見逃してやったのは、こうやっていつか役に立つと思ったからだ。また頼むよ。ではご機嫌よう」

工藤は楽しげに言って電話を切った。

◇

日本に巨大地方銀行、スーパー・リージョナル・バンク＝ＳＲＢが六つ成立した。
・北日本グランド銀行（北海道・東北）
・関東中央銀行（関東・甲信越）

・中部日本銀行（東海・北陸）
・関西セントラル銀行（関西）
・西日本ロイヤル銀行（中国・四国）
・大九州銀行（九州・沖縄）
それまで各々《おのおの》の地域で営業をしていた三つから四つの地銀が合併して出来たものだ。これで日本の銀行の集約化は終了したと誰もが思った。


工藤進は赤坂の料亭に東西帝都ＥＦＧ銀行の頭取、佐久間均を呼び出した。

（この男、変わったな。日本最大のメガバンクの頭取になったのだから当然だが、摑《つか》みどころがなくなった）

佐久間と話しながら、そう思った。

一方、佐久間は弓川咲子との倒錯した性関係によって奇妙なエネルギーが自分の中に湧《わ》いてくるのを感じていた。これまでの人生で抑圧されていた感情が解放されていく。

それが自信になり、周囲からは一皮むけたように見えるらしい。

「巨大地方銀行がこれで揃《そろ》い踏みとなりました。日本が綺《き》麗《れい》に六つに分割された」

工藤に告げられた。

「ちょうどこの座敷で、今は亡《な》き大浦前頭取と私を前におっしゃった長官の夢が実現に向けて大きく動き出したということですね」

工藤は笑顔になった。

「その通りです。そして夢の完成は佐久間頭取、あなたに懸かっている」

佐久間は皮肉めいた口調で応えた。

「長官、それは私だけではなく他のメガバンクのトップ……やまと銀行や敷島近衛銀行の頭取にもおっしゃってることでしょう？」

工藤はほうという表情になって言った。

「佐久間さんは変わられた。強い自信を感じますよ。やはり日本最大のメガバンク頭取の地位というものは特別ですか？」

軽く首を振る。

「長官、妙なことを言うようですが私は地位などどうでもいい。そうではなく、力を発揮したいのです。今の私にしか発揮できない力を」

工藤は驚いた。

（この男、化けたな）

砂漠の狐がそう思った。

霞が関という広大な砂漠を形成する一粒一粒の砂は一人一人の官僚だ。それぞれに個性はなく、官僚機構という砂漠を極小の相似形で組みあげることによって自らを守っている。官僚機構はそれによって底知れぬ強さと力を発揮する。砂漠があらゆるものを呑み込んでしまうように。

砂漠を縦横無尽に走り回る狐、そう呼ばれていることを知る工藤は佐久間の変化に驚いていた。

工藤は佐久間から目を離さず、言った。

「これから戦争をして頂く。日本を変え、世界に冠たる国とするための戦争です」

「さらりと凄いことをおっしゃる。安定と予定調和を欲する官僚とは思えない」

「それは少し違います。私は安定は好まないが予定は壊したくない」

佐久間が首を捻《ひね》ると、工藤はきっぱりと告げた。

「私のシナリオ通りにことが運ばれてゆく。全てがそうあらねばならない」

佐久間は笑った。

「傲慢《ごうまん》な方ですね。でも高級官僚とはそうであらねば、存在意義はないのでしょうね」

「賽《さい》は投げられた。あなた方にはルビコン河を渡って頂く。佐久間さんには大いに暴れて頂こう」

「シナリオのラストシーンはどうなっているんですか？」

工藤は笑みを浮かべて言った。

「世界の金融をリード出来る銀行が日本に誕生し、日本の銀行業界そのものが世界最強の体質に生まれ変わる」

佐久間は呟《つぶや》いた。

「私に与えられる役割は創造的破壊者を演じること。そして最後にスーパー・メガバンクを創ること」

「ええ。過程は問いません。そのラストシーン目指して徹底的に戦って下さい」


桂光義は中央経済新聞の荻野目裕司からの電話で目を覚ました。

時刻はまだ午前三時半だ。

「凄いことになりました！　大戦争が始まりますよ！」

メガバンクがＳＲＢに対して敵対的買収を仕掛けるという。

「どのメガがやるんだ？」

「三行全部です！」

「なにっ?!」

東西帝都ＥＦＧ銀行は関東中央銀行と大九州銀行に対して——。

敷島近衛銀行は中部日本銀行と関西セントラル銀行に対して——。

やまと銀行は北日本グランド銀行と西日本ロイヤル銀行に対して、ＴＯＢでの買収を実施するというのだ。

「朝刊には間に合わない。号外を出します。前代未聞《みもん》ですよ、こんなことは！　詳しいことが分かったら連絡します」

電話が切れた後、桂は直ぐに大九州銀行副頭取の寺井征司に電話を掛けた。

寺井は何も知らず眠っていた。電話の向こうの友は文字通り寝耳に水の状態で、しばらく黙ったままだった。

「何故だ……なぜそんなことを」

そう返すのが精一杯のようだ。

「事前にＴＥＦＧから何らかの打診はあったのか？」

桂の問いに寺井はなんの連絡もないと答えた。

「それにしても、こんな乱暴を金融庁が許すとは思えん！」

そう言ってから、はたと気付いた。

(このシナリオは、その金融庁が書いているのだ！)

「寺井、俺は出来るだけ早くＴＥＦＧの佐久間頭取と会って話を聞く。お前はまず金融庁の工藤長官にアポを取れ！」

分かったという声が返ってきた。

「俺は出来る限りサポートする。お前も今後の対応を瀬戸口さんと話し合って早急に決めろ。これは戦争だ！」

戦争という言葉で寺井の目が覚めたようだ。

「戦争。俺たちは生きるか死ぬかの岐路に立っているのか……」


桂は朝一番で東西帝都ＥＦＧ銀行本店に出向き、頭取の佐久間を訪ねた。

状況が状況だけに門前払いを覚悟していたが、佐久間はアポイントメントなしの面会に応じた。

頭取室に入るやいなや桂は言った。

「私は今や外部の人間で運用会社も持っている。ここでの話はインサイダー情報になることは重々認識している。それを踏まえた上で行動することをまず、お約束する」

佐久間は頷いた。桂は訊ねた。

「全部、工藤が描いた画だな？」

佐久間はただじっと桂を見詰めて答えた。

「桂さんのお立場を考えると、何も申し上げることは出来ません。お目にかかったのはあくまで元頭取に対して失礼なきようふるまいたかったためです」

「一つだけ聞かせてくれ。ＴＥＦＧはどこまでやるつもりだ？」

佐久間は毅然《きぜん》と言った。

「我々は世界ナンバーワンを目指す。それだけです」

「徹底的にやれと命じられたか。分かった。これからはあなた方を敵に回すことになるかもしれない」

そう言いながら武者震いを覚えていた。古巣であるメガバンクに宣戦布告をしている自分が今ここにいるのだ。日本最強最大の銀行と戦争をしようとしている自分が。

その桂に佐久間は落ち着いた口調で告げた。

「望むところです」

（こんなに腹の据わった奴だったのか）

佐久間の変化に驚いた。

日本のメガバンク三行によるSRB六行への敵対的買収のニュースは、世界中の金融市場を沸きたたせ、経済メディアを興奮させた。

――これまでの日本の金融界ではあり得なかった「Gachinko の戦い」。

――世界の金融市場の歴史でも例を見ない金融戦争が日本で起ころうとしている。

――金融庁が真剣勝負の場を演出か？　その意欲的なあり方は日本に真の構造改革をもたらすだろう。

その上で、刺激に満ちた革命的動きとして好意的に捉《とら》えるメディアも多かった。

◇

大九州銀行頭取・瀬戸口英雄と副頭取の寺井征司が急遽《きゅうきょ》上京し、金融庁を訪れたのち、桂光義のオフィスに現れた。

「それで？　工藤長官はなんと？」

「これが時代の趨勢《すうせい》だの一点張りです。SRBとして恥ずかしくない戦いを見せてくれと。安定第一を旨とする金融行政のトップとは思えない発言でした」

瀬戸口がそう言った。寺井がそれを受けて話しはじめる。

「俺が『ＳＲＢとはメガバンクに食わせるために太らせた餌《えさ》だったのですか？』と訊ねると、工藤長官はただこう返したよ。『状況がそうなっただけです』とな」

「妙な言い回しだな。ただ、工藤が日本の金融を戦場に変えてしまうことで何かを得ようとしているのは確かだ」

瀬戸口が言った。

「長官はしきりと『強くなってもらいたい。日本の金融を強くしたい』、そう繰り返していました。実は私はその言葉の響きから純粋な精神を感じたんです。ただ単に我々を太らせてメガバンクにくれてやろうという動機からではない気がしました」

「瀬戸口さんのお話は面白い。下剋上でも何でもやれと言っていた、そういうニュアンスですか？」

「はい。状況の中で小が大を呑み込むのも良しとしたい。戦って欲しいという意志と受け取りました」

桂はそこで冷静に訊ねた。

「どうです？　勝算はありますか？」

その質問に対しては寺井が答えた。

「どう考えてもメガバンクが本気でかかって来れば勝てる筈はない。だが、買収されることは避けたいんだ。ここでメガバンクに買収されてしまえば、巨大なだけで真の地域金融から遠い存在が残ることになってしまう」

瀬戸口が引き取った。

「ビイングウエル銀行のような真のSRB、地域密着の顧客第一主義を利益の源泉とする金融を寺井さんと二人三脚で目指してきました。行員の士気も上がっており、顧客からの反応も大きく変わって来ていた。それをここでむざむざと潰《つぶ》されることは我慢が出来ません」

「TEFGに対抗できるだけの株主は確保できますか？」

二人の顔が一様に曇る。

「大九州銀行になる際に行った増資で浮動株が増えてしまっている。旧筑洋銀行と旧九南銀行の大株主であるそれぞれの創業家もどう出るか……」

寺井が呟くように言った。

旧二行の創業家が大九州となったメリットをどこまで感じているかは不明だという。

「TOBと並行して、それぞれの創業家にTEFGが自行株との交換を持ち掛ける可能性はあるな。寺井、瀬戸口さん、お二人はまず創業家の説得に向かったほうがいい」

二人は深く頷いた。

「我々はこれからどうすればいい？　買収は絶対に阻止したい。どうやれば阻止出来る？」

寺井は明らかに焦《あせ》っていた。隣にいる瀬戸口もなんとか平静を保っているといった風だった。桂はその時、寺井が瀬戸口を評して言ったことを思い出した。

（小さく叩《たた》けば小さく鳴り、大きく叩けば大きく鳴る。西郷隆盛のそんなところに憧《あこが》れている）

瀬戸口の方に体を向けた。

「瀬戸口さん、攻撃は最大の防御と言います。本気でＴＥＦＧと戦争するお気持ちはありますか？」

その言葉に寺井が驚いた。

「桂ッ、我々にそんな力はない！　なんとかＴＥＦＧと交渉して出来る限り有利な落としどころを探る。その道を探るしかないんだ」

瀬戸口がその寺井を制するように言った。

「敵対的買収、ＴＯＢを宣言しているということは先方は本気でこちらを手に入れるつもりだということです。寺井さんがお考えの交渉に持ち込むのは難しいでしょう。つまりは戦うしかない」

「相手を本気で殺す気になれば、どんなに大きな相手でも五分の喧嘩《けんか》には持ち込めます。あなた方が本気を出すかどうか。全てはそこに懸かっています」

そう言って瀬戸口と寺井の目を交互に見た。

「私自身もお二人が作ろうとしている真のＳＲＢは、絶対に日本に必要な存在だと思っています。スーパー・メガバンク構想で顧客の利益となる金融が日本に出来るとは思えない。大九州銀行は失われてはいけない。絶対にそうあってはならない！」

寺井も瀬戸口もその言葉に賛意を示した。

桂は念を押す。

「本気で、戦争をするおつもりはありますか？」

そして、改めて問うた。

「真に顧客のためになるのは自分たちだという信念の下、戦う覚悟はありますか？」

「ああ。桂、そのためにどう戦えば良いか、戦略、戦術を指南してくれ！」

寺井が頭を下げた。その姿を見て瀬戸口は言った。

「桂さん。私は幸せです。銀行員になって三十五年、やっと本気で戦う場を与えられた。やりますよ。徹底的に戦います！」

「ＴＥＦＧは私がいた時に地獄を見ている。それだけに手ごわい相手です。巨大かつ強い。ただ、そうであっても、こちらが死ぬ気になれば互角に戦えます」

桂の言葉に二人は決意を見せた。

心身に異様なエネルギーが湧いていた。それは自分が頭取まで務めたメガバンクを相手に戦い、勝利することへの意志によるものだった。桂は本気で古巣である日本最強最大の銀行に勝つつもりでいるのだ。

「相手にとって不足はないとはこのことだ。人生最大のディールが出来る」

そこから桂は具体的な方策を指示した。

「まず優秀なスタッフたちに、不眠不休で徹底的に御行の資産状況を洗わせて下さい。真の資産価値がどれだけあるか。彼を知り己を知れば百戦殆《あやう》からずですが、この戦いではまず、己の本当の価値を知ることが必須《ひっす》となります。いいですね？」

「分かった。鉛筆一本、紙一枚に至るまで自分たちが持っているものを精査する」

寺井が約束した。

「桂さん。何卒《なにとぞ》よろしくお願いします」

瀬戸口はそう言って深く頭を下げた。

「全力を尽くします。この相場、絶対に取りましょう」

東西帝都ＥＦＧ銀行、企画管理部では湯河原早紀のチームが二つのＳＲＢ、関東中央銀行と大九州銀行へのTOB成功に向け、戦略と様々な戦術のチェックに余念がなかった。

「これなら勝てると踏んだその倍の戦力、つまり金をつぎ込む。それがTOB成功の要諦《ようてい》です」

湯河原早紀はチームメンバーに何度もそう言った。

「敵にこちらの資金は無尽蔵なのだと思わせることが重要です。そのため打てるだけの手を全て打っておきましょう」

資金調達にかけては湯河原早紀の右に出る者はいないと言われるほど、彼女の世界金融での人脈や市場を見る目は確かとされていた。

TEFG行内ではこのTOBは「ルビコン計画」と呼ばれた。頭取の佐久間が直々に命名したものだ。妥協をせず、徹底的にやれという命令が下っている。

湯河原早紀は呟いた。

「さぁ、羊のような銀行員たち、そして日本人たち。よく見ておきなさい。千年の太平を破る本当の戦争がなにをもたらすか。金融史上に初めて起こる戦争が、日本を、日本人をどう変えるかを！」

シビル・ウォー、金融戦争がここに始まったのだ。

# 第七章　シビル・ウォー

ヘイジは出勤途中の地下鉄の中で中央経済新聞に目を通していた。

(これは凄《すご》いな)

昨日発表になったメガバンク三行によるスーパー・リージョナル・バンク六行への敵対的買収(TOB)の記事だけで、一面から三面まで全段が埋められている。前代未聞《みもん》の紙面のあり方からヘイジは事の重大さを改めて感じていた。

直接買収事案に関わることはないが、成功すれば新たな仕事が途轍《とてつ》もない規模で降って来る筈《はず》だ。

仕事が忙しくなることにプロとして不満はないが、またこれで新たなヒエラルキーが生まれるであろうことには憂鬱《ゆううつ》を感じた。

(また大勢、嫌な思いをする人々が生まれるのか)

TEFGが呑《の》み込もうとしている関東中央銀行と大九州銀行、その行員と家族たちのことだ。

(TEFGにとってどのような意義があるのか？　大きくなることに本当に意味があるのか？)

解説記事を読みながら繰り返し考えていた。

だがそんなヘイジもTEFGの行員ではあるのだ。昨日のTEFG本店内の熱気と興奮を思い出した。この自分でさえ血が滾《たぎ》るように感じたのだ。

(戦争っていうのはこんな感じなんだな。TEFGには破綻《はたん》、国有化の危機があったし、その後、買収の攻防も経験した。戦いの味を知っただけに次の戦いに飢えていたのかもしれない。それに今度の戦いは圧倒的に自軍の力が勝っている。勝利を確信して気分を昂揚《こうよう》させるのも仕方ないか……)

冷静にそう分析した。

(しかしながら〝合併〟と〝買収〟の違いって大きいな。〝合併〟の時は上の誰かがお膳立《ぜんだ》てをして決めたことと冷めた雰囲気だったのに、〝買収〟それもTOBだと一致団結した高揚感が生まれる)

地下鉄は大手町駅に着いた。

東西帝都EFG銀行本店までの道は出勤のTEFG行員たちでいつも埋まる。

（やはり先週とは違う）

周りを見ながらそう思った。

どこか緊張感を持って歩いているのを感じるのだ。普段は朝のだるさのようなものを引きずる様子の行員が多いのに、背筋がしゃきっと伸びている。

（組織としては、しめたものなんだろうな）

そんなことを考えた時だった。

ヘイジの視界に見慣れた後ろ姿が入った。

弓川咲子だ。

（総務部時代はいつも一番遅く出勤していたくせに……）

頭取専用車の運転手である内山作治から逐一報告を受けている。今も週に三回、多い時は四回も頭取は根津の弓川のマンションを訪れている。

先々週は泊りがけの接待ゴルフと称したらしく、週末ずっと咲子のマンションに居続けたという。

ヘイジには彼らの心情が理解できない。

ただ、不安を感じていた。弓川咲子とのことを問いただした時の佐久間の言葉を思い出した。

「毒を食らわば皿まで……今の僕に怖いものはない」

その時の表情に異様なものを感じた。佐久間は続けて言ったのだ。

「歴代の帝都銀行頭取が成し得なかった、大きなことが出来るような気がする」

（今回のＴＯＢは頭取の主導で行われているらしい）

佐久間頭取の下での戦いという現状に、言い知れぬ恐ろしさを覚えた。

目の前を歩く弓川咲子の肩に手をかけ、こちらを向かせて問い質《ただ》したい衝動に駆られる。

「お前は頭取をどうしようとしているんだ？」

弓川咲子が行員通用口を入っていく。

ヘイジは立ち止まって上を見上げた。

巨大な東西帝都ＥＦＧ銀行本店ビルが聳《そび》え立っている。

しばらくその姿を眺めていた。


東西帝都ＥＦＧ銀行企画管理部「ルビコン計画」のメンバーは、完全に隔離された部屋の中でＴＯＢに向けた作業を行っていた。

同部署の他の部員でさえ、その部屋が本店内のどこにあるか知らされていない。

メンバーのＩＤカードでしか入室できないように施錠システムがなされ、盗聴不可能な特殊なプロトコル電話が使用されている。部屋の入口、そして室内四隅の天井には監視カメラが備えてあり、二十四時間録画されている。清掃作業員も一切入れず、メンバーだけで全《すべ》て行う万全の機密保持態勢が敷かれていた。

個々のＰＣは外部ネットワークは勿論《もちろん》、銀行内部のイントラネットからも遮断されている。全ての作業は部屋の中の超小型高性能サーバーで処理されていた。

リーダーの湯河原早紀のデスクには、ディーリングルームと同じように六つのディスプレーが備えられている。早紀は早朝から様々な数字のチェックを行い、てきぱきと指示を出していた。

「関東中央銀行と大九州銀行の株と債券の保有時価総額の推定値計算は、現状、どの位の精度？」

「71・8％ですが、さらに上げられる見込みです」

「80％を超えてからの時価総額でないと信頼できないから、プログラムの調整を急いで」

「了解しました」

早紀は他のメンバーに訊《たず》ねた。

「関東中央の不良債権比率の最新の推定値はどうなってる？」

「1・88％で若干の改善が見られます」

「隠れ不良債権の可能性は？」

「0・24%。許容範囲内です」

そしてまた矢継ぎ早に指示を出す。

「大九州が融資の担保にしていると思われる土地の評価額だけど、これ、少し甘いように思うからもう一度チェックして」

「承知しました」

それから早紀は受話器を取ってボタンを押した。

相手はニューヨークの投資銀行の担当者だ。先方はすぐに出た。

「ハロー、サキ！ ウォール・ストリートでも凄い評判だよ。日本通は太平の徳川時代から戦国時代に逆戻りしたなんて評している。日本の銀行をよく知ってる人間ほど、この状況を信じられないと驚いているよ」

「私も各国経済メディアの報道ぶりに驚いたわ。それだけ日本はどんなときも自発的に動かない国だと思われて来たということなんだけどね」

そして少し間を置いて言った。

「場合によっては、ニューヨークでの資金調達をこれまでよりも多めにする可能性があるの。その時の準備をお願い」

「了解。君のディールを成功させるためにはどこまでも協力する」

「ありがとう」

電話を切った。

その時、部屋のドアが開いた。

入って来たのは弓川咲子だった。


弓川咲子は手に大きな保温ボトルを下げて入室した。

「珈琲《コーヒー》をお持ちしました」

咲子は「ルビコン計画」のメンバー以外で唯一《ゆいいつ》、この部屋に出入りできる人間だ。湯河原早紀の指名で雑務を担当している。

「隔離部屋に来て唯一良いことは、毎日、美味《おい》しい珈琲が飲めるところですね。湯河原さんには感謝してます」

メンバーの一人が自分のマグカップを手に立ち上がり、咲子が持って来たボトルに近づいた。

「このぐらいの贅沢《ぜいたく》は許して貰《もら》わないとね。今度は残業用に筑陽亭《ちくようてい》の鰻《うなぎ》弁当と今善《いまぜん》のステーキ弁当を頼めるよう部長と交渉するわ」

早紀がそう言うと、メンバーから歓声が上がった。

その様子を咲子は黙って見ていた。

彼女の朝一番の仕事はアメリカのコーヒーチェーン店が運んでくるスペシャルブレンドの入った保温ボトルをプロジェクト・ルームに届けることだった。

その後、前夜に出たゴミを片づけ、シュレッダーされた書類を地下の溶解作業場に運び、午後三時になるとまた新たな珈琲のボトルを届ける。

「失礼します」

咲子は空になった保温ボトルとシュレッダーされた紙屑《かみくず》の入ったビニール袋を手に部屋から出ていく。

その時、湯河原早紀と目が合った。

二人は小さく頷《うなず》きあった。

◇

敵対的買収＝ＴＯＢ。

標的とする企業の経営権を奪うための株の争奪戦——株主総会での議決権を得る目的で市場から株を買い集めるという、金融資本主義において最もエキサイティングな戦いだ。

力押しだけでなく権謀術数を要する戦いでもある。

資金力で株を買い集めるだけでなく、標的の弱みを徹底的に突く戦術も必要になる。戦略と戦術をどう組み立てるか。それがTOBを行うメガバンクの腕の見せ所だった。

東西帝都EFG銀行、敷島近衛銀行、そして、やまと銀行、三つのメガバンクはそれぞれ行風に異なる特徴を持つ。

八〇年代まで存在した都市銀行がバブル崩壊後に次々に合併して生まれたという経緯はどのメガバンクも同じだが、その後の経営のあり方には明確な違いが出ていた。

東西帝都EFG銀行。その実質は帝都銀行といわれるように、ここでは、日本を代表する財閥、帝都グループの金融の要《かなめ》であった帝都銀行出身者が完全に他行の人間たちを上層部から駆逐していた。

『お公家《くげ》さん集団』と称された帝都は、頭は切れるが安定を重視する者が多く、積極性に欠ける気質を継承していたが、超長期国債の購入と国債暴落に端を発した破綻、国有化の危機、そしてその後の米国ヘッジ・ファンドとの攻防で鍛えられたことで、行風に凄みが増してきている。

敷島近衛銀行は、帝都と並ぶ財閥であった敷島グループと近衛グループ、その中核であった敷島銀行と近衛銀行が合併して成立した銀行だ。世間では、関西をベースとする敷島と関東をベースとする近衛、二つのグループがバランスよく合わさった組織と評されているが、実情はそうではない。声と態度の大きな敷島出身の行員が主導する積極的な企画による泥臭い営業推進が目立ち、近衛出身者は営業よりも管理畑で力を発揮していた。

やまと銀行は非財閥系の旧都市銀行と旧長期信用銀行が合併して出来た銀行で頭脳集団としては三つのメガバンクの中でも一歩秀《ひい》でており、国際分野や証券ビジネスに強い。しかし、ねばりに欠けるところがあり、肝心なところで競《せ》り負ける勝負弱さが目立つ。最近では敷島近衛に、得意の国際分野で仕事を奪われることも少なくなかった。

三つのメガバンクによるSRBに対するTOB合戦で最もえげつない戦術を使ったのが敷島近衛銀行だった。

桂光義は駅の売店で、「夕刊ファイト」の大きな活字が躍る広告を目にして呟《つぶや》いた。

「始めやがったな」

関西セントラル銀行頭取の愛人激白!!

中部日本銀行幹部数名に過剰接待疑惑!!

敷島近衛銀行がTOBをかけている二つのSRBのスキャンダルだ。

桂はそれを買ってオフィスに戻ると目を通し、夕刊ファイト編集部に電話を掛けた。

「佐伯《さえき》記者をお願いします」

「お待ち下さい」

情報源を守るために、どの新聞も電話の相手に名前を訊ねない。

ディーラー時代から様々なメディアの記者たちと付き合っている。最も親しいのは中央経済新聞の荻野目だが、経済紙や一般紙だけでなくタブロイド紙にもその人脈は広げてある。媒体によってそれぞれ握っている情報は異なる。表の情報は表の人間、裏の情報は裏の人間が強いのは当然だ。

メディアの人間とはギブ・アンド・テイクの世界だ。桂は常にそれを守り、記者の立場を尊重している。スクープをものにさせたことも何度かある。

「佐伯です」

長い付き合いのベテラン編集長だ。

「桂だ。敷島近衛のお先棒を担《かつ》ぎやがったな」

佐伯は笑った。

「勘弁して下さいよ。売れる情報が入れば一刻も早く出す。それが日刊紙の仕事なんですから」

「違いない。それにしても敷島近衛は凄腕の興信所を使ったようだな」

「ええ。まず関西セントラル頭取の愛人を見つけだしてかなりカネを摑《つか》ませたみたいですね。向こうからうちに垂れ込んで来て、インタビューするとべらべら喋《しゃべ》りましたから」

記事によると、TOBが明らかになった当日の夜にも頭取は大阪ミナミのホステスである愛人とラブホテルにしけこんでいたという。

「桜ノ宮のラブホというのが古典的な感じで生々しいな」

「そうなんですよ。まるで桂さんが五反田のラブホを利用したって感じでしょう？」

「馬鹿《ばか》を言うな！」

ひとしきり、笑いあった。

「それにしてもTOBを掛けられた当日に愛人と密会はまずいだろう。これでアウトだぞ」

「そうですね。中部日本銀行の方は名古屋・栄のクラブを虱潰《しらみつぶ》しに調べて、ホステスたちから聞き出して見つけたネタみたいです」

「こっちは金融庁が動くぞ。融資の見返りの接待なんだろう？」

「そうです。おっしゃる通り一番まずいパターンです」

そこまで聞いて本題に入った。

「佐伯、お前と俺の仲だ。教えてくれ。大九州銀行絡《がら》みで何か摑んでいないか？」

桂はじっと黙って佐伯の返答を待った。

「マスコミにとって生命線の情報に関して、桂さんは重々承知で訊《き》いて来られる。あなたに嘘《うそ》はつけないからな。正直に言います。何も入って来ていません」

安堵《あんど》した。

「ありがとう。佐伯、お前には話しておく。俺は大九州銀行のアドバイザーをやるよ」

「桂さんが大九州のアドバイザーに！　それは書いてもいいんですね？　ＴＥＦＧの元頭取が古巣に反旗を翻《ひるがえ》し、大九州銀行の参謀になる。大ニュースだ！」

「申し訳ないが中経に先に喋ってしまった」

佐伯は舌打ちをした。

「なんだぁ、もぉ」

「そういう声を出すなよ。でもな、佐伯。ここからの攻防戦の裏側は全部お前に話してやる。その代わり大九州に関して何か摑んだら、記事にする前に必ず教えてくれ。頼むよ」

しょうがないなぁと言いながらも承諾してくれた。

「桂さんの押しの強さには記者もかたなしですよ。これからの裏話は絶対に逐一聞かせて貰いますからね」

「分かった。頼んだぞ」

ちょうどその頃、ヘイジは総務部の自席に配られてきた中央経済新聞夕刊の早刷りを見て目を見開いていた。

東西帝都EFG銀行の元頭取、桂光義氏が大九州銀行側のアドバイザーに就任。TEFGによるTOB阻止に全力を尽くすと宣言

(桂さんがうちの敵に回るというのか)

考え込んでいると外出していた次長に声をかけられた。

「二瓶部長、これ見て下さいよ」

夕刊ファイトの記事を指さしている。

敷島近衛銀行にTOBを掛けられた二つのスーパー・リージョナル・バンクのスキャンダルがでかでかと報じられている。

「TOBというのは何でもありなんですね。こうやって標的のスキャンダルを見つけ出してはマスコミにリークして相手を弱らせる。いやぁ、本当に恐《こわ》いですよ。これが戦争ということなんですね……あれっ？　二瓶部長、どうかしたんですか？」

(これが戦争の実態なのか。もし、相手も自分を守るために同じことを仕掛けてくるとした

ら……）

ヘイジの頭に頭取の佐久間と弓川咲子の顔が交互に浮かんでいた。

（俺は、桂さんに余計なことを喋っていないよな？）

自問自答しながら桂との会話を思い出していた。

その時、次長が素《す》っ頓狂《とんきょう》な声を上げた。

「エーッ、桂さんが大九州銀行のアドバイザーに」

ヘイジの前に置いてあった中央経済新聞の早刷りを目にしたのだ。

その声で皆が集まって来た。

記事を読みながら口々に桂のことを「裏切者」「恥知らず」などと吐き捨てるように罵《ののし》る。

ヘイジは考え続けていた。

（もしも誰かが本気で佐久間頭取の私生活を調べたら、イチコロだぞ）

戦争はまだ始まったばかりなのだ。

◇

メガバンク三行によるＳＲＢ六行へのＴＯＢ宣言から一週間が過ぎた。

この間、株式市場は沸きに沸いた。

空前の出来高で銀行株が買われ、海外投資家から物凄い量の資金流入が続いている。

構造改革の進まなさに「ジャパン・パッシング（日本無視）」を決め込み日本株を処分した海外の投資家が一斉に戻って来たのだ。

金融庁の会議室には幹部が揃《そろ》っていた。

「この一週間で株式市場の時価総額が二割近く上昇、日本国債が買われ、利回りは大幅に低下、我が国の金融市場への評価は鰻登りです。市場とはこういう反応をするものなんですね！」

幹部の一人が誇らしげに言った。

金融庁長官の工藤進が頷いた。

「そうです。これこそ市場の力というものです。我々金融官僚は市場を味方につけてこそ、本来的な仕事を成すことが出来る。それが今、我々が目にしている状況なのです」

別の幹部に訊ねられた。

「三メガのTOBの進捗《しんちょく》状況は如何《いかが》です？」

工藤はニヤリとした。

「最初の成立宣言は来週にでも出せる見通しです。当庁が一部掩護《えんご》射撃した格好となったあるメガが発表を行う見通しです」

一同は頷いた。

それは敷島近衛銀行による、関西セントラル銀行と中部日本銀行に対するTOBのことを指している。標的となった両SRBともスキャンダルによって内部体制が壊れたのだ。特に融資の見返りに役員が過剰接待を受けたとされる中部日本銀行は、金融庁が緊急特別検査に入ったこともあり、TOBへの対抗どころではなくなってしまっていた。

「たった一つのスキャンダルでガタガタになってしまう。組織は脆《もろ》いですね。過剰接待はコンプライアンス違反として処罰の構成要件に該当しますが、幹部の女性問題などは経営とは別の話。しかし、それによって社会的な制裁を受け、銀行の存続さえ危うくしてしまう。スキャンダルというのはつくづく恐ろしいものだ」

幹部の一人はしみじみそう語った。

「TOBの戦場においては、どんなものでも遠慮会釈《えしやく》なく利用しなければ勝利を得られない。組織を動かしている人間のモラル違反も当然追及される。そこには浄化作用も働くということです。ここまでの経過を見ても、内戦が終わった後の銀行のあり方には想像以上に期待が持てます」

「驚いたのは元TEFG頭取の桂氏が大九州銀行のアドバイザーに就いたことです。惰眠を貪《むさぼ》る太平の世から、日々を強《したた》かに生き抜かなくてはならない中世にタイムスリップしたように感じました」

別の幹部がそう発言すると、工藤は満面の笑みとなった。

「こういう動きを待っていたのです。戦争においては組織ではなく人間自身が戦いの本質なのです。人間が変われば組織が変わり産業が変わる。桂氏はまさに我々の望みが生み出したプレイヤーですよ」

「長官は桂氏に肩入れされているのですか？」

その問いには首を振った。

「そうではありません。でも大いに期待はしています。伝説のディーラーがその特別な感性に従い、火中の栗《くり》を拾いに行った。彼は当庁の前長官である五条健司氏と戦い、勝利を手にしている。その胆力には類稀《たぐいまれ》なものがある。桂氏が真の英雄となるかピエロに終わるか……真の器量が試される戦いです」

「どう考えても今回は勝つ見込みはないでしょう？」

発言者に工藤は言った。

「賭《か》けましょうか？　庁内食堂のラーメン一杯を。私は桂氏に」

幹部は笑って賭けに応じた。

東西帝都ＥＦＧ銀行本店内の某所。

「ルビコン計画」のプロジェクト・ルームで、湯河原早紀は丹念に書類を見ていた。

急遽《きゆうきよ》取り寄せた桂光義元頭取に関する人事ファイルだ。

(東西銀行時代から延々と円ドルのディーラーを担い続けた、自他共に認める相場師か。よくこんな男が頭取にまで昇りつめたものだわ)

アメリカにいた早紀は桂とは全く面識がない。

(なるほど、超長期国債に絡んだ破綻危機の最中に記録的なディーリング益を上げていて、その後のオメガ・ファンドとの議決権争奪でも功績を挙げている。離婚歴あり娘一人)

そのファイルには、オメガとの戦いでは総務部二瓶部長代理の協力があったと記されていた。

(二瓶。現総務部長ね。話を聞いておいた方がいいかも)

湯河原早紀は内線電話を掛けた。

(一体、どこにあるんだ……そんな部屋)

総務部長のヘイジでさえ、その存在を知らなかった。

東西帝都EFG銀行は三十五階建ての高層ビルだが、実際には三十六階に当たる最上階がある。そこには巨大な振り子が備えられていて、地震の際に揺れを相殺《そうさい》するかたちで動く免震装置になっている。

エレベーターを屋上を示すRで降りると、指示された通り、屋上を横切り扉を教えられた暗証番号で開いた。

すぐに階段になっていて、降りてゆくと巨大な振り子が二つ設置されている広大なホールが現れた。シュールな光景だった。

「通り抜けて頂くと、突き当りにドアが二つ並んでいます。左側のドアをノックして下さい。ノックは三・二・三と分けてお願いします」

電話の主に言われてここまでやって来た。指示通りにノックをすると内側からドアが開かれた。

「ご足労頂きありがとうございます。TOBを指揮している湯河原です。よろしくお願い致します。どうぞ、こちらへ」

請《しょう》じ入れられたのは、応接セットが置かれた談話室のような部屋だった。

「TOBチームは隣の部屋にいるのかい？」

「はい。ずっとここに隔離されています」

ヘイジは湯河原早紀をじっくりと見た。

海外での金融ビジネスに長《た》けた女性特有の力強さと魅力を放っている。

早紀に応接椅子《いす》に促され、差し向かいに座った。

「単刀直入にお訊ねします。我々のTOBを阻止するため、大九州銀行がアドバイザーとして当行元頭取の桂光義氏を雇い入れました。我々は桂氏について深く知りたいのです。敵を知るのは戦いの常識ですから」

(早々に切り込んできたな……)

ヘイジは思った。

「二瓶部長はオメガ・ファンドと当行の攻防に際して当時の桂専務と緊密に協力されたと聞いています」

その通りと頷いた。

「桂氏についてご存知のことを全て教えて頂きたいのです」

「桂さんのスキャンダルを摑みたい。そういうことかい？」

早紀は微笑した。

「それが可能であれば嬉《うれ》しいのですが……。教えて頂けるのですか？」

ヘイジも笑い返した。

「もし何か知っていたとしても教えないし、そもそも桂さんの私生活にはスキャンダルになるような要素は一切ないよ。それは僕がＴＥＦＧの行員として誓って言えることだ」

早紀は冷静に頷いてから言った。

「では質問を変えます。桂氏の弱みはなんですか？　これは組織対組織の全面戦争です。私は戦う相手の急所を知っておきたいのです」

力強い表情でそう告げた。

（この女、相当なタマだな。決してなめてはかかるまい）

そう感じた。

「あの人は追い込まれれば追い込まれるほど強くなる。自分の地位やカネ、命を差し出してでも相場を取ろうとする相場師だ。加えると、インサイダー取引を何よりも忌《い》み嫌う」

ヘイジは皮肉めいた口調で、不安げな表情を交えて言った。

「それより当行のスキャンダルを摑まれないようにしてくれよ」

そう語る総務部長を湯河原早紀は面白そうに見ている。

そして、ヘイジを驚愕《きょうがく》させる言葉を放った。

「頭取と弓川咲子の件ですよね？」

◇

桂光義は丸の内のオフィスで、大九州銀行ＴＯＢ対策本部から入る様々な情報をチェックしながら、戦略・戦術を練っていた。

「ＴＯＢによる買い付け期間終了まで一ヵ月……ＴＥＦＧが既に発表した大九州銀行の取得済み株式数は発行済み株式数の36・８％」

ＴＥＦＧの資金力をもってすれば、ＴＯＢの成立は必至だ。

桂はある奇策を練っていた。

「小が大を呑み込むにはこの方法しかない」

それは、カウンターＴＯＢ、つまり大九州銀行側から東西帝都ＥＦＧ銀行に逆にＴＯＢを掛けるという大胆な策だ。

「だがＴＥＦＧはあまりにデカすぎる。そこで、だ」

ＴＥＦＧの急所のみを突く戦略を考えた。

東西帝都ＥＦＧ銀行は実質、帝都銀行である。日本を代表する帝都グループの金融の要として、グループ企業を守る義務を課せられている。

桂は大九州銀行に帝都グループ企業の保有株と融資先を全て調べ上げさせ、一覧表を作らせていた。

「九州における帝都グループ最大の企業は、帝都金属だ」

帝都金属鉱山株式会社。

明治の世から日本の金《ゴールド》の生産を実質的に独占、保有する金鉱山の大半は九州南部に集中している。その推定埋蔵量は一兆円とされている。

(九南銀行は古くから帝都金属の準メイン銀行だったな。ＴＥＦＧに次ぐ大株主だ。保有株式比率は５％か)

帝都金属鉱山の株は帝都グループによる持ち合いが30％を占めている。

(だが浮動株も多い。金の価格が下がっている今、株式市場での人気は離散気味だ。何とか集めることが出来るかもしれない)

桂は大九州銀行配下の投資会社に帝都金属鉱山へのＴＯＢを掛けさせる計画を立案したのだ。

「帝都グループにとって大切な会社を失う訳にはいかない。向こうが大九州銀行へのＴＯＢを撤回する条件で、こちら側もそのＴＯＢを引っこめる。痛み分けに持っていくぞ」

桂は対策本部に連絡を入れ、帝都金属鉱山に関する情報を些細《ささい》に見える件まで含めて全て提供するよう指示した。

帝都金属鉱山に目をつけたのにはもう一つ理由がある。大株主に第一産業中央銀行が名前を連ねていたからだ。帝都グループ、旧九南銀行以外では最大となる4％を保有している。

帝都金属鉱山の歴史を調べると、たちまち理由は分かった。

(なるほど……そういう訳か)

第一産業中央銀行＝第一中銀。

日本の第一次産業、農林水産業をまとめる共同組織の中央金融機関で、日本最大のヘッジ・ファンドともされている。

第一中銀と帝都金属との付き合いは古かった。

戦後、財閥解体の際に帝都金属が保有する金鉱山が米国企業に買収されそうになった。それを救ったのが第一中銀だったのだ。

(金鉱山の上には森林が存在している。その林業を守るために、第一中銀が巨額資金を出して助けたという経緯か)

桂は第一産業中央銀行の理事長である高柳正行《たかやなぎまさゆき》に連絡を取った。

高柳は専務理事時代、ＴＥＦＧを巡る一連の危機に際し、協力してくれた人物だ。

第一中銀は設立以来、農林水産省からの天下りを理事長に迎え入れていたが、初めてプロパーで理事長に就いたのが高柳だった。正面切っての立ち技にも寝技にも長けた真の実力者だ。

（やる時はやる男だ。きっとこの相場に乗ってくれる）

大手町の第一産業中央銀行本店を訪れた。

「桂さんには本当に驚かされます。何故また大九州のアドバイザーに？」

高柳は理解不能という表情で訊ねてきた。

そこで桂は、真のスーパー・リージョナル・バンクのあり方、地域密着型であることの意義とその実現を図ろうと日夜努力している大九州銀行ツー・トップについて語った。

高柳は理解してくれた。

「なるほど、地域密着であってこそ本来の銀行業が成せる、か。私はずっとSRBを似非《えせ》メガバンクとばかり思っていましたが、今のお話で認識を改めました。聞いていて耳が痛かったですよ。我々も拠《よ》っている農業から遊離した金融ビジネスを展開し過ぎてきたことにようやく気付きました。農業の真の育成に向けて金融のあり方を見直すことを今、全組織をあげてやっているところです」

「SRBとしての大九州銀行はその手本になる銀行だと私は確信しています。だから、ここでメガバンクの手に渡してはならない。正しい金融道から外れた存在にはしたくないんです」

高柳は姿勢を正した。

「そのお気持ち、十二分に受けとめさせて頂きます。それで桂さんの理想を実現させるために私に何をやれと？」

「ＴＯＢを阻止するためにカウンターＴＯＢをやります。目には目を歯には歯を」

高柳はそれを聞いて興奮してきた様子だ。

「カウンターＴＯＢ――Ｍ＆Ａの本場のアメリカでもほとんど聞いたことがない、本当の殴り合いじゃないですか！」

「その通りです。私が考えているのは――」

桂は腹案の全てを伝えはじめた。


二日後。

大九州銀行頭取の瀬戸口英雄と副頭取の寺井征司が急遽上京し、桂のオフィスを訪れた。帝都金属鉱山に関する資料を携えている。

二人が渋い表情をしているのが入って来た時から気になった。

寺井から口を開いた。

「桂、帝都金属に関して、もの凄くいい話ともの凄く悪い話の両方が出て来た」

隣の瀬戸口が言葉を継いだ。

「我々もＴＯＢ阻止にはカウンターＴＯＢしかないと思い、徹底的に帝都金属を調べたのです。すると、とんでもないものが出てきました」

それはＳＲＢ、大九州銀行が誕生したからこそ分かった話だという。

「スーパー・リージョナル・バンクとなって以来、地域密着の融資を徹底すると同時に、融資にはまだ向かないが可能性のある企業に資金を注入しようと、ベンチャーの発掘をやってきました」

その会社はそんな作業の中で見つかったという。

「ＮＡＳＡの惑星探査チームからスピンオフした大分出身の男がいて、彼が作った会社でした。先日の大地震をきっかけに、彼らは惑星探査技術を利用し、地震予知をビジネスにしようと考えたのです」

「惑星探査の技術で地震予知？」

そこからは寺井が話した。

「ドローンを飛ばして特殊な電波を上空から発し、返って来る反応から地中の奥深いところまで地質の状態を知ることが出来る、画期的技術なんだ」

「その会社が何か発見したというのか？」

寺井が目を輝かせて答えた。

「実は、帝都金属鉱山の保有する山林でまだ採掘されていない場所に、途轍もない金鉱脈があることが彼らの調査で分かったんだ」

身を乗り出した。

「凄いじゃないか！　一体どの位の規模なんだ？」

寺井が驚くなよと前置きしてから言った。

「推定埋蔵量は今の金価格にして三兆円。帝都金属が既存の埋蔵量として認識しているものの三倍が未採掘の場所に眠っているそうだ。そのことに帝都金属は気づいていない」

「勝てる！　彼らは絶対に帝都金属を手放せなくなるぞ！　カウンターＴＯＢに全力を傾けよう。第一中銀も我々に全面的に協力してくれると言っている。いける！　これで勝ったぞ！」

そう喜ぶ桂に瀬戸口が何とも情けない表情を示した。

「桂さん。今のが、いい話です。でも、凄く悪い話もあるとも言いましたよね」

はっとして、瀬戸口と寺井を交互に見た。

「どういった件です？」

「帝都金属鉱山が十年前、誤って有害物質を川に流し、その賠償金が莫大《ばくだい》なものになったことを覚えてらっしゃいますか？」

「勿論覚えています。ＴＥＦＧが一千億円を融資したので」

「実は今言った三兆円の埋蔵量を持つ山林は、その時、ＴＥＦＧが抵当に取ったままなんです」

目の前が暗くなった。

「三兆円の金が抵当に。ＴＥＦＧが持っているのと同様なのか……」

瀬戸口と寺井は唇を嚙《か》み締めながら頷いた。

しばらくしてから寺井が言った。

「皮肉なものだよ。宝の山を見つけたと思ったら、それが敵の懐《ふところ》にあるとは」

そこまで言って寺井は息を吞んだ。

桂から殺気が出ているのを感じたからだ。瀬戸口もそれに気づき、身構えている。

旧友は鬼神の目をしていた。その背後には蒼白《あおじろ》い炎が揺らめいているようだ。

桂から驚愕の言葉が発せられた。

「これでやれる、やれるぞ！　究極のカウンターＴＯＢが！」

◇

一週間後。

「大勢《たいせい》は決しましたね」

金融庁の会議室では昼食を取りながら月例報告会が行われていた。

幹部の言葉に工藤進長官は頷いた。

敷島近衛銀行は関西セントラル銀行と中部日本銀行へのＴＯＢを期限前に成功させた。

やまと銀行による北日本グランド銀行と西日本ロイヤル銀行へのＴＯＢはＳＲＢ二行が臨時株主総会を開き、やまとへの吸収合併を無条件で承認すると議決したため、ＴＯＢは中止、実質的買収が成功していた。

「これで日本にスーパー・メガバンクが二行誕生します。残るは東西帝都ＥＦＧ銀行による関東中央銀行と大九州銀行へのＴＯＢのみ。関東中央についてはほぼ決まりで、ＴＥＦＧの軍門に降《くだ》ることが役員会で決まり、臨時株主総会が開かれる見通しです。あとは大九州銀行だけですが、時間の問題でしょう」

工藤はそう言った。

その時、秘書が会議室に入って来た。

とんでもない話が耳打ちされた。出席者は何事かと工藤を見ている。工藤は会議室に設置されている大型ディスプレーにテレビニュースを映し出させた。

「……ニュースを繰り返します。東西帝都EFG銀行によるTOB、敵対的買収が仕掛けられていた大九州銀行が先ほど、東西帝都EFG銀行に対してレバレッジド・バイアウトを実施すると発表しました。同時に大九州銀行の子会社である投資ファンドによる帝都金属鉱山へのTOBも発表されました。これでメガバンクとSRB、大銀行同士による前代未聞の買収合戦が行われることになりました」

金融庁の幹部たちはざわめき始めた。

「レバレッジド・バイアウト、LBO。標的とする相手方の資産を担保に資金を調達する敵対的買収……それをTEFGに対してやるというのか」

幹部の一人がそう呟いた後、しばらく沈黙が続いた。

「クッ……ククク ッ」

押し殺したような笑い声が洩《も》れた。

皆が驚いてその声の主を見た。笑い声は次第に大きくなり会議室に響いた。

笑っていたのは工藤だった。

「面白い！　こんなことが日本の銀行業界で起こるとは！　これこそ私が待ち望んでいたことだ！」

幹部たちは工藤を茫然《ぼうぜん》と眺めた。

「これこそが小が大を呑み込むということ。こんなエキサイティングな事態は世界の金融史にもない！」

工藤は心の底から愉快を感じているようだ。

「面白い！　面白いぞ、桂！　桂光義ッ！」

工藤は狂ったように笑いながらその名を連呼している。

東西帝都ＥＦＧ銀行は蜂《はち》の巣をつついたような騒ぎとなり、緊急役員会議が招集された。

「ルビコン計画」を指揮する湯河原早紀も当然出席した。

頭取の佐久間均が口を開いた。

「湯河原くん、どういうことになったのか説明してくれ」

佐久間は妙に落ち着いていた。対照的に、動揺を隠せないのが早紀だった。

「ＴＯＢを行うに際して様々な想定はしておりました。ＬＢＯに関しても万一の場合を想定し、対抗措置を打てるようにしておりました。しかし――」

大九州銀行によるＬＢＯは、当のＴＥＦＧでさえ気づいていなかった価値を標的にしている。

「当行が帝都金属鉱山への融資に際して担保とした山林、その価値が三兆円になるなど、想定すらしていませんでした」

大九州銀行側はＴＥＦＧへのＬＢＯと同時に、帝都金属鉱山へもＴＯＢを掛け、帝都グループで逃げを打てないよう搦手《からめて》をも抑えている。

「どうする？　何とかできないのかね？」

佐久間はそう言いながらも、冷静さを失っていないように見えた。

「報道の後、金価格は暴騰《ぼうとう》しています。大九州側が我々が気がつかなかった資産を担保に、無尽蔵に資金を調達し、買収を行うことが可能になっています」

佐久間は口の端を歪《ゆが》めて笑った。

「窮鼠《きゅうそ》猫を噛むどころではなく、既に鼠《ねずみ》は我々のはらわた深く入り込み、食い散らかしているというのか」

早紀は無言で頷いた。

「どうする？　防衛策はあるのかい？」

佐久間にのんびりした口調で訊ねられた。

他の役員たちはただただ混乱しているようだ。

「このまま大九州銀行が本気でLBOを進めれば、我々は呑み込まれてしまいます」

早紀の言葉に皆が凍りついた。

「桂さんは本気だろうな……」

「防衛策はひとつだけです。これを実施してから大九州サイドと交渉し、互いに矛を収める。その方向しかありません」

「分かった。どうする？」

佐久間の質問に早紀は即座に答えた。

「当行の財務内容を一気に悪化させます。それによって買収対象としての当行の価値を大幅に下げます」

会議室に動揺が走っている。

「それで？　どうやる？」

早紀は頷いてから言った。

「はい。二兆円の高利回り私募債《しぼさい》を発行します。一時的に財務内容を大幅に悪化させ、当方の買収価値を失《な》くす緊急避難を行います。その後で頭取に直接、大九州銀行側と交渉して頂き、互いにTOBを中止する方向に持っていって頂くしかありません」

そう言って深く一礼した。


土曜日の午後三時前。

東西帝都ＥＦＧ銀行頭取、佐久間均はラフなジャケット姿で自宅を出ると専用車を使わずタクシーでＪＲ神田駅を目指した。

指示された通り、駅から少し離れた問屋街の一角にある、時代から取り残されたような小さな中華料理店の前で降りた。

「店の横に急な階段がある。それを上ると二階が個室になっている」

言われた通りに二階に上ると廊下に出た。足を踏み入れると床がきしむ。奥まで進むと二重扉になっていた。扉を開くと、テーブルに男が着いていた。

桂光義だ。

佐久間は大九州銀行によるＬＢＯを掛けられた直後に、湯河原早紀の提案通り二兆円の高利回り私募債を発行させ、その後、桂に電話を入れて講和を持ち掛けたのだった。

部屋を見回してから言った。

「こんな店をご存知とは。桂さんのイメージとは随分違いますね」

桂は笑った。

「密談には都合のいい店でね。まさか、金融史上最大の戦いの講和会議がこんなところで開かれるとは誰も思わないだろ？」

桂の言葉に、無表情を保っていた佐久間が口元に小さく笑みを浮かべて言った。

「完敗です。見事にやられました。スーパー・メガバンクとなる夢を桂さんに途上で打ち砕かれた」

桂は厳しい表情になって言った。

「ＴＥＦＧがスーパー・メガバンクになることが、本当にこの国の金融や経済のためになるのならば阻止などしなかった。今この国に必要なのは、真の意味でのＳＲＢだと私は確信している。大九州銀行が行う地域密着型の広域金融サービスこそ、日本には必要なんだ」

佐久間が自分の言葉を聞いているのかいないのか、その表情からは分からない。

「双方が週明けすぐＴＯＢの中止宣言を出す。そして、今後一切、互いに対して同様の行動を取らない。それでよろしいですね？」

佐久間から提案された。

「ああ。日本に大九州銀行というＳＲＢが存在し続ける。それならば、何の条件もいらない」

佐久間は「分かりました」と言ってくれた。

桂が手を差し出した。佐久間は応じて握手をした。

「これでダン（決まり）だ」

桂はそれだけ言うと笑顔を見せた。

「では、私はこれで……」

佐久間が席を立とうとしたので引き留めた。

「ここの餃子《ギョーザ》は旨《うま》いぞ。ビールぐらい飲んで行けよ」

佐久間は何も言わず背中を向けた。

桂はその後ろ姿を見送るしかなかった。


佐久間は外に出るとタクシーをつかまえた。

「根津神社にやってくれ」

タクシーは勢いよく走り出した。

# 第八章　汝官窯《じよかんよう》と呉欣平《ごきんぺい》

東西帝都ＥＦＧ銀行は重苦しい空気に包まれていた。

敗戦気分が全行員を覆《おお》っていたからだ。

だが、その中にほっと胸をなで下ろしている人間が一人だけいた。

この戦いの中で、佐久間頭取のスキャンダルを暴《あば》かれるのではないかとヘイジは気が気でなかったのだ。

（終わってくれてよかった）

佐久間のことだけでなく「私が頭取の間に君を役員にする」という言葉についても考えていた。

役員という言葉の響きはサラリーマンにとって特別である。

役員になればそれまでの職業人生の全《すべ》てが肯定され、誰もが自分自身を認めてくれる。その満足感には計り知れないものがあるだろう。

経済面でも違う。年金や退職金は役員になることでグンとアップする。ヘイジも、サラリーマンとして役員まで上りつめたいと思ってきた。役員になれば……何より父親に自慢できる。

父は帝都海上火災に勤めていたが役員には遠く、支店長でサラリーマン人生を終えている。一流国立大学を卒業し、帝都グループに勤めていることにプライドを持っていた。

息子が父の卒業した大学の受験に二度失敗して関西の私立大学生となったことを嘆き、名京銀行に入った時も落胆を隠さなかった。

名京銀行がその後の合併で東西帝都ＥＦＧ銀行となった時、父は狂喜した。

「この銀行は必ず帝都銀行になる。お前は帝都グループの一員になれたんだ！」

喜んでくれたことは素直に嬉《うれ》しかった。その父がもし自分が役員になると知ったら……。それを思うと何ともいえない高揚感を覚えるのだ。

一方で、割り切れない嫌な想いもある。

(俺が役員になれるとして、その一番の理由は、この銀行の闇《やみ》を握ったからだ。そんなことで役員になって本当に嬉しいのか？)

佐久間均と弓川咲子の二人が生み出した闇に一生つきまとわれるように感じ、ゾッとする。とはいえ、役員の地位はやはり魅力的だ。

だが我が身が引き裂かれているようだ。そんな自分の状態が妻の舞衣子に悪い影響を与えているのではとも考える。

舞衣子の病状は悪化していた。拒食が激しくなり、入院を余儀なくされたのだ。一般病院での治療は行えず、精神科病院に入っていた。

入院初日の光景が忘れられない。

体重が減り過ぎて意識がもうろうとする妻を義母と二人で支えてタクシーに乗せ、富士の裾野《すその》にある病院まで連れて行った。

病院に着くと舞衣子はベルトで手足を縛られ、鼻からチューブで胃に栄養剤を入れる措置が取られた。

「危険な状態を脱するまではこのままです」

医師から告げられた。その哀れな姿に涙が止まらなかった。

ヘイジは思った。

(俺が闇に呑《の》み込まれたから、舞衣子はああなってしまったんじゃないか？　全ては俺の所為《せい》じゃないのか？)

またマンションでの独り暮らしに戻っていた。空っぽの家に帰りたくない気持ちから、深夜まで残業するようにもなっている。

そんなある日、一本の電話が掛ってきた。

湯島天神裏に小粋な小料理屋がある。

カウンター席で電話の相手を待った。約束の七時三十分を少し回ったところだった。ガラガラと入口の戸が開いて男の客が入ってくる。

「よぉヘイジ。久しぶりやな」

塚本卓也だ。

「久しぶり。お前の姿をテレビで見て驚いたよ。メールしても返信がないんでとんでもなく忙しいんだろうと思っていたんだ」

塚本はポンと手を合わせて謝った。

「すまんかったな。あの時はホンマに大変やったんや」

生ビールで乾杯し、突き出しの小柱《こばしら》の酢の物に舌鼓《したつづみ》を打った。

「旨《うま》いなぁ……。こういうちょっとしたもんが、日本の洒落《しやれ》た料理屋はホンマに上手やなぁ」

嬉しそうに塚本は言う。

素直に喜ぶ姿を見ていると、心の澱《よど》みが洗われるように思えた。

それから刺身の盛り合わせを二人でつついた。刺身醤油《じょうゆ》と塩酢が添えられていて味わいの違いが楽しめる。

「ずっと香港にいたのかい？」

塚本は旨そうに口を動かしながら頷《うなず》いた。

「偉大なるデビッド・タンが死んで香港は悲しみに暮れてた。あそこで最大の財閥を一代で築きあげて香港経済を世界的なもんにし、香港が中国に返還された後では自由な市場と自由な言論を守る盾になってた男やからな。ホンマに凄《すご》い人やったんやで。俺は勘当された息子みたいなもんやったけど、デビッドは俺のことをずっと見ててくれた。死ぬ間際《まぎわ》に分かったんや」

塚本は涙ぐんでいた。

そんな友を羨《うらや》ましく思った。

(塚本は真っすぐに生きている。だからこそ、デビッド・タンのような巨人からも愛されたんだ。それに引き換え俺は……)

頭取のスキャンダルを隠蔽《いんぺい》した功績で役員の地位を得ようとしている自分が恥ずかしかった。

塚本はどこか元気のないヘイジに気がついたようだ。

「どないしたんや？　ヘイジ、何や陰気くさいな」

舞衣子のことを塚本に話した。

「そうか……嫁さんの病気は堪《こた》えるな。そやけどお前まで元気失《な》くしてたらあかんのちゃうか？」

苦笑いを返した。

「お前の言う通りだ。どうも俺はこの頃、悪い方悪い方に考えてばかりで、気持ちが沈んでいる。考え方を変えないといけないんだがな」

塚本は複雑な表情でヘイジを見ている。

「ＴＥＦＧ本店の総務部長ちゅうのは、やっぱりしんどいんか？」

「ああ。色々あるんだ。言えないことが色々。それがきついね。スパッと割り切れたり、勝ち負けがはっきりする世界じゃない。総務はドロドロした仕事ばかり担《にな》うからな……」

鰤《ぶり》の照り焼きが出てきた。

「どうする？　まだビールにするかい？」

そう訊《たず》ねた。

「いや、旨い日本酒が飲みたい。前にここへ来た時、美味《おい》しい吟醸酒があったやろ」

「あぁ、あれか。じゃあオーダーするよ。常温で良いんだな？」

「おう、頼むわ」

唐津焼の片口と猪口《ちょこ》が出てきた。

塚本は旨そうにぐいっと飲んだ。

「やっぱり日本で飲む日本酒は旨いわ。香港にもええ日本酒が入って来るけど、ちゃうんやな。ホンマに旨い！」

（いつ以来だろう……こんな風に気楽な会合に顔を出せたのは）

ヘイジは考えていた。

「おい、考えこむな。また暗《くら》なるぞ！」

笑ってすまんと応《こた》えた。

牛肉のはりはりが小鍋《こなべ》仕立てで出されたものを塚本は大喜びで食べ、その後の鰻《うなぎ》と牛蒡《ごぼう》の炊《た》き込みご飯もぺろりと平らげた。

「俺たちは高校生のように食べてるな」

ヘイジがそう言うと、塚本は久しぶりにこんなに食べたと笑った。

「なぁ塚本。高校の時の授業で一番記憶に残ってるのはなんだ？」

「やっぱり、鯖《さば》やろ！」

「そう。俺も最近になってあの授業は名授業だったと思うようになった」

それは辻川《つじかわ》という物理教師の慣性の法則についての授業を指している。

「船から鯖を海に投げると、慣性の法則が働いて、船は前に進む」

ヘイジの話に塚本は笑い転げた。

「それそれ！　なんで鯖やねんと笑ろたけど絶対に忘れんもんなぁ。お前の言う通り名授業ちゅうことやな」

二人で笑い合った。

きれいに食べ終え、割り勘で店を出たところで塚本が言った。

「ヘイジ、もう一軒付き合《お》うてくれるか？」

「いいよ。どこへ行く？」

「銀座の湯川の店や。ええやろ？」

「珠季のところか……」

渋った様子を見せると塚本は言った。

「ヘイジ。俺な、真剣に湯川に結婚を申し込もうと思てんねん」

驚くヘイジに彼は続けた。

「俺、今の自分に自信があるんや。そやから、思い切ってぶつかってみよと思てんのや」

「塚本……」

◇

ヘイジと塚本は銀座ではなく湯島にある老舗《しにせ》のオーセンティック・バーにいた。

「もっとお前の話を聞いてからだ」と、はやる塚本をいさめてその店に連れて来たのだ。

「旨いなぁ、このソルティー・ドッグ」

「ここの名物だ。カクテルの真髄って感じの味だろ？」

塚本は素直に頷いた。

「こういうのは日本人にしか作られへんな。繊細な神経の通《かよ》うてるカクテルなんか他の国では味わえん」

ヘイジはその言葉に笑顔を作った。

「いろんな贅沢《ぜいたく》を知っているお前にそう言って貰《もら》えると嬉しいね」

塚本はもう一口飲んでから言った。

「日本人の繊細さ。俺はそれを忘れてたわ。何でも一直線に考えて行動してしまう。このカクテルに教えられた」

「そんなつもりはなかったけど……お前のさっきの調子では、まとまるものもまとまらなくなると思ったからな」

高校時代、湯川珠季と恋愛関係にあった。しかし、在校中に親を失くし、深い悲しみに沈んだ珠季を幼かったヘイジは受け止められず逃げるように別れた。そんな重苦しい過去がある。

それが心の傷となり、今も完全に癒《い》えてはいない。

偶然再会した珠季はたくましく生きていて、長年の付き合いのある桂光義を深く愛していることを知った。だが離婚経験のある桂は珠季との結婚は考えていないという。相場師として生きる桂の特別な心の持ちようが再婚して家庭を築くことを拒んでいるのだ。

そこに塚本卓也までが絡《から》んで来た。

塚本は中学の時からずっと珠季のことを思い続けていたが、珠季とヘイジの交際を知ると恋心を押し殺したと聞く。

珠季もそのことを知っているが、珠季の桂への気持ちは変わらない。

珠季が幸せになってくれればいいとヘイジは考えている。今のままの関係でも、塚本と一緒になることでも……彼女が幸福になるならどちらでも良いと思っている。

ヘイジには男女の間の幸せがどういうものなのかが分からなくなっていた。今の自分の状態、妻の舞衣子を愛しているにも拘《かか》わらず幸せになれない状態がそう思わせているのだろう。

塚本はグラスを見つめながらしばらく黙っていた。

「実はなヘイジ、俺、デビッド・タンが亡《な》くなる直前に東京に来てて、珠季の店に寄ったんや」

「そうだったのか……。その時はどんな話になったんだ？」

「ＴＥＦＧの一件の後、俺は世界を放浪してたんや。その話をした」

そう言ってブラジルやアフリカ、そしてスコットランドでのエピソードを披露した。

「それは贅沢な旅だったんだな。羨ましいよ。そんな風に旅に出ることが出来たら、俺の人生もずいぶん変わるだろうなぁ」

心の底からそう感じ、塚本の旅を想像してみた。

南米の夕日や海、サンバやボサノバのリズム、マラケシュの市場の喧騒《けんそう》、スコットランドの荒涼とした地に吹く風。

「お前はいいなぁ。日本で一銀行員として暮らす者には想像もつかない世界を楽しんでいる」

塚本は苦い笑顔を見せた。

「そうかなぁ、ちゃんと家庭持って生活してるほうが……幸せとちゃうかなぁ」

すぐには応えず、塚本の言葉の意味を考えてみた。

（俺は家庭を持っているが、幸せな状態とはいえない。だが、家庭を捨てて塚本のように一人で世界に旅に出ることは決して出来ない。家庭は自分にとって何より大事なものだ）

ある疑問が浮かんだ。

（それは舞衣子を愛しているからなんだろうか？）

さらに考え続けた。

（妻というもの、家庭というもの、そこにおける愛とはどういうものなんだろう？　家庭内での自分、自分だけでない何か、自分を取り巻く状況、それら全てをより良くしようとする想いなのだろうか）

愛は家族として過ごす時間と共に強くなっていく。それが夫婦であり、家庭というものなのだと結論づけた。

ヘイジは塚本に言った。

「確かに家庭を持つのはいいものだ。だが、生まれも育ちも違う人間と生活するんだから、色んなことが降りかかって来る。順調な時も辛い時もある。でも、何かが起きた時、一人ではなく家族という形の中で解決を考えていく。それに取り組む形が家族なんだと思う。すぐに良い結果にたどり着けないかもしれない。でも、その過程に意味があるように思うんだ」

「ヘイジは今、嫁さんの病気で大変やろ。それでどうや？　幸せを感じられるか？」

「自分が病気になるより辛《つら》い。考え方がネガティブになってしまうこともある。俺こそが彼女の病気の原因なんじゃないか？　今そんな風にも思ったりする。だからしんどい。さっき言ったように、今の仕事は家庭で話せないこともある。でも、全てひっくるめて、これが家族なんだと思う。お前と話をしていて気がついた。家族という器自体に幸せがあるんだよ。その器には何があっても時が経《た》てば必ず幸せが湧《わ》いて来ると思う」

「ヘイジ。お前は頑張ってるな。ホンマに頑張ってんのがよう分かるわ。なんか今日は気づかされたように思う。湯川珠季ちゅう女を中学の頃から想《おも》い続けて……今もその気持ちは変わらん。そやけどそれは自分一人のことや。湯川の気持ちなど少しも考えてなかった。ただただ自分だけの感情や。俺はホンマに子供やと思うわ」

ヘイジは微笑《ほほえ》んだ。

「でも、それは決して悪いことではないと思う。お前のように一途《いちず》に人を想い続けられる人間なんて、そうはいない。確かにお前だけの感情だけど、それは純粋なものだ。まぁ、こんな時代には下手したらストーカーと見られてしまうけどな」

塚本は苦笑いした。

「そう言われるとそうやな。純愛とストーカーは紙一重ちゅうことやな」

「それでも珠季のことを想い、珠季を自分のものにしたいと思っているんだろ？」

「ああ。自分勝手なストーカーやけど、気持ちは変わらんわ」

少し情けない表情で言ってソルティー・ドッグを飲み干した。

「お代わりを貰うか？」

ヘイジの言葉に頷き、塚本はストラスコノンをストレートで注文した。

「東京ではもう置いている店は少ないんですよ」

年配のバーテンダーがショットグラスにスコッチ・ウイスキーを注ぎながら言った。

塚本は旨そうにちびりと飲んだ。

「スコットランドでは旨いシングル・モルトを飲んだんだろ？」

「そうや。アイラ島でこんな風なキックの利《き》いたのを飲み歩いとった」

ヘイジはバーボンのソーダ割りを頼んだ。

時間はゆっくりと過ぎてゆく。

「さっきお前は、自分に自信が出来たから珠季に結婚を申し込もうと思ったと言っただろ。何がお前に自信をつけさせたんだ？」

その瞬間、塚本の目が据わったように見えた。

「自分でも信じられんのやが、人は俺をそんな風に見ててくれてたんやということが俺の自信になった」

ヘイジは訊ねた。

「デビッド・タンだな？」

塚本は頷いた。

そこから始まった話にヘイジは我が耳を疑った。

「その話、本当なのか」

「あぁ、ホンマや。それを俺がこれからどうするか……」

塚本はショットグラスをグッと空けた。

ヘイジは旧友の横顔から目が離せなかった。

◇

東京、城南五山のひとつ品川区島津山、現在は東五反田と称される古くからの格式あるお屋敷街でも特別大きな邸宅が完成した。

敷地面積は千坪、延べ床面積五百坪、本棟として英国ビクトリア様式の外観を持つ洋館が聳《そび》え、日本建築の別棟を備えている。

東西帝都ＥＦＧ銀行頭取、佐久間均の自宅だが、佐久間は一銭も資金を出していない。全て佐久間の妻、瑛子が出していた。

屋敷が完成しても嬉しくもなんともなかったが、瑛子が屋敷に夢中なため、佐久間の私生活を微塵《みじん》も気にしていない様子なのだけはありがたかった。

この日、新築披露パーティーに招待したのは、帝都グループの一部上場、三金会に属する企業の社長とその夫人、瑛子が蒐集《しゅうしゅう》する中国美術の美術商ら、佐久間と瑛子が絶対的な主役として振る舞える客に限られていた。

「政治家や官僚、大使は呼ばないわ。こちらから頭を下げなきゃいけないもの」

瑛子が王妃として振る舞える者だけでリストは作られていた。

ドレスコードが定められ、男性はブラック・タイ、女性はイブニング・ドレスだった。

洋館とした本邸のダイニングとリビングに、立食形式の様々な料理が用意された。

ウェルカム・ドリンクとして、ドン・ペリニョンがずらりと抜栓されて並んでいる。

フランス料理、中華料理、寿司《すし》、天ぷら、全て三ツ星店からシェフや板前を招いている。

給仕には帝都ホテルのベテランスタッフを頼んでいる。

パーティー慣れしている客が囁《ささや》いている。

「帝都の立食パーティーより、こちらの方が遥《はる》かに凄いや」

誰もが嬉しそうに舌鼓を打っていた。

佐久間だけは白のタキシードを着用していた。瑛子のイブニング・ドレスは真っ赤なオートクチュールで、まさに王妃にふさわしいムードを放っていた。帝都の社長夫人たちもその姿に感心している。

「頭取夫人は本当に優雅ねぇ。やはり出が違うものね」

皆が口々に屋敷と瑛子を褒めそやす。

晴れの日だが、佐久間は決して良い気分ではない。メガバンクで唯一《ゆいいつ》、自分が頭取を務める東西帝都EFG銀行だけがTOBを不完全に終えていたからだ。

招待客たちは決してその話題には触れようとせず、屋敷と夫人の優雅さだけを話題にした。

自らを裸の王様のように恥じる佐久間は歓談中も気もそぞろで、弓川咲子との房事の妄想ばかりをしていた。

誰もが堪能《たんのう》できるようにワインはヴィンテージもの、日本酒はレアな大吟醸、幻の焼酎《しょうちゅう》なども揃《そろ》えられている。酒好きにはたまらないが、客の中で目の肥えた者は家具や調度品の凄さに驚いている様子だ。

「このペルシャ絨毯《じゅうたん》、億はするぞ」

リビングに敷かれた巨大なメダリオン紋様の絨毯を、土足で当たり前のように踏み荒らす者がいるのが信じられない。

大理石のマントルピースやマホガニーのダイニングテーブルのセット、暖炉は英国王室御《ご》用達《ようたし》業者にオーダーし、イギリスから職人を呼んで設置させたものだ。

思いきりの良さは妻の性格からもたらされている。

宴もたけなわとなったところで瑛子が告げた。

「では皆さま。別棟の方にご案内致します」

それはこの夜のハイライトだった。

客たちを先導して隣の日本建築の屋敷に移動した。

総檜《ひのき》造りのその建物はこれみよがしの数寄屋《すきや》造りではなく、大正から昭和の初めにかけて阪神間に豪商が競って建てた様式の家屋だった。

「お恥ずかしいですが、実は憧《あこが》れの谷崎潤一郎の生活を味わってみたかったのです」

瑛子はそう言った。

彼女が敬愛してやまない文豪、谷崎潤一郎が昭和三年八月、岡本梅ノ谷に贅を尽くして新築した家を再現したものなのだ。

玄関には中国風の意匠で桟を組み、そこに硝子《ガラス》が嵌《は》め込まれた観音開きの扉をしつらえた。床には石が敷いてある。

一同は靴を脱いであがるとそのまま二階に向かった。

階段を上りきると廊下になっている。広い廊下でやはり和中が折衷された意匠が細部までなされ、窓は大きくとってあり、網代《あじろ》天井が味わい深い風情《ふぜい》を醸《かも》し出す。凝った意匠の釘隠《くぎかく》しに目をやると青海波《せいがいは》に龍《りゅう》紋様が浮かび、それを雷紋で六角形に縁取ってある。谷崎邸と寸分違《たが》わぬそれは、現代最高の建具師に作らせたものだと聞いている。

「絶妙なバランスですね」

美術趣味のある招待客の一人が言うと、妻は嬉しそうな表情になった。

「谷崎の美意識だったのでしょうね。和一辺倒、洋一本槍《やり》、中国趣味だけではなく、折衷して危ういバランスの美を見出《みいだ》す。それこそが谷崎の美学だと思います」

招待客たちは瑛子の説明に頷いている。

二階には書院造の書斎があり、谷崎邸と同様に火灯窓《かとうまど》が設けられている。

そして彼女は一階に客を誘《いざな》った。

「谷崎邸ではリビングとダイニングとなっておりますが、ここでは私の趣味の部屋にさせて頂いております」

客は一様に息を呑んでいる。

そこは瑛子が蒐集した中国陶磁器の展示室になっているのだ。

南宋《なんそう》青磁を中心としたコレクションで、父から譲り受けたものと瑛子自身が買い集めたものが混ざっている。

皿や壺《つぼ》、瓶《へい》などの名品は目のない者にも素晴らしく値打ちのあるものだと分かるだろう。

中央の、ディスプレーに一番最高の場所には何も飾られていない。

招待客の一人が瑛子に訊ねた。

「こちらは？」

最高の笑顔で答えた。

「そこには汝官窯が参りますの」

「ほ、本当ですか!? 中国でも現存するものがほとんどないと言われているのに」

瑛子は口に手をあて優雅に微笑している。

「それが参りますと、私のコレクションが完成いたします。本当に楽しみですわ」

美術を知らぬ者にはこの話題の真価は分からない。

瑛子のコレクション巡りに付き合わされていることに辟易《へきえき》しながらも、皆の感心する様子に自尊心は満たされていた。

「さすがは頭取の奥さまですね。レベルが違う」

そんな声に嬉しそうに頷いている。

そうして招待客は日本家屋から洋館に戻った。

「あら、いらしたのね」

瑛子たちが本邸のリビングに戻ると、細面で背の高い役者のような中年男性がシャンパングラスを手に立っていた。

「佐久間さま。遅れてしまって大変申し訳ございませんでした」

「チャンさんにコレクションの解説をお願いしようと思っていましたのに……」

瑛子が甘えたような表情でそう言うと、美しい男はチャーミングな笑顔を返した。

ご婦人方はため息を洩《も》らした。

「奥さま、こちらの方は？」

瑛子は皆がその男の美しさに魅了されているのに満足し、自慢げに紹介した。

「こちら、日本橋にある骨董店《こっとうてん》『物春堂《ぶっしゅんどう》』のスコット・チャンさん。コレクション蒐集のお手伝いをして頂いておりますの」

チャンは優雅に頭を下げた。

「どうぞ、皆さまお見知りおきを。シンガポールから日本に参りましてまだ三年、日本語は上手《うま》くございませんが……」

そう言ってはにかんだ表情をすると、女性たちがまたため息を洩らした。

「さぁ、チャンさんもご一緒に、どうぞ」

そう言って瑛子は料理を勧めている。

その様子を不愉快な気持ちで見ていたのが佐久間だった。

（あれが例の骨董屋か……瑛子がしょっちゅう日本橋に出掛けるのはあいつに会うためだな。まぁ、どんな関係であっても知ったことじゃない。せいぜい仲良くやってもらって、こっちのことに構ってくれなければ都合がいい）

佐久間の脳裏にはまた弓川咲子の裸体が浮かんでいた。

◇

桂光義は盆休みを取り、珠季と大分の由布院に出掛けた。

大九州銀行へのＴＯＢを防ぐことに成功した自分への褒美でもあった。

「九州の銀行のために大仕事をしたんだ。あちらで気分よく過ごさないか」

珠季に提案し、珠季も二つ返事で応じた。

宿泊先は由布院の名旅館のひとつ「月の湯」だ。昭和の文人の多くが定宿としたその旅館に二泊三日の滞在を決めた。

由布岳を望む湯の街。

（数日の滞在にはちょうどいい大きさの街だな）

駅に着いてそう思った。

全てのスケールが丁度良い。山や湖、街並みの景観に落ち着いた調和がある。この地域が名旅館をいくつも有するのが理解出来た。

珠季は桂との旅が嬉しくて仕方がないようだ。

「旅行の時だけは夫婦みたいに過ごせるからね」

桂は苦い顔を返す。

「旅行の時だから良いんだ。毎日一緒になんかいられないぞ」

「またそんな風に言って。桂ちゃんには沢山お金を貢《みつ》いでるんだから、いつか必ず責任を取って貰いますからね」

珠季は大相場師であった祖父が残した百億円を超える資金をオメガ・ファンドによるTEFG買収の阻止にふり分け、桂を掩護《えんご》してくれた。今はその資産全てを桂の投資顧問会社に任せてくれている。

「はいはい、よく分かりました」

他愛のないやり取りをしながら幸せな時間を過ごした。

桂は誰とも再婚をしないことに決めている。珠季もそれは十二分に承知してくれている。

（今のままの状態が珠季との関係を一番いい形で維持出来る。珠季をずっと愛し続けられる）

その決意が二人の関係を強く深くしているのだと考えている。そして、その関係はどこまでも〝粋《いき》〟だと桂は思う。

珠季への想いは強い。

だがそれは珠季という女性を独占しようとする欲とは繫《つな》がっていない。

珠季を通してあらゆることを受け入れながら、自分自身がなにものかに昇華していくような感覚——そこには自分も他人もなく、全てが一つに溶け合っている。そんな感覚こそを桂は欲するのだった。

自分勝手だと分かっているが、絶対に必要な感覚だとも思っている。

珠季は珠季でそんな桂を理解してくれた。だから二人は長く続いているともいえた。

「月の湯」にチェックインしてすぐに桂は露天風呂《ぶろ》に入り、湯に浸かりながら由布岳を眺めていた。

大きな地震があったことを思わせない穏やかな景色の広がりがそこにあった。

アジア系の宿泊客がどやどやと大勢で入って来て騒がしくなったので、桂は湯から上がった。

部屋に戻る前にイギリスの庭を模した中庭に面する談話室に入った。

モーツァルトの室内楽が静かに流れている。書棚からターシャ・テューダーの写真集を取り出し頁《ページ》を繰った。するとまた別の外国人客が入って来て大きな声で話し始めた。

屋外のテラスに出て椅子《いす》に座って庭を眺めた。

(今の日本は、どこへ行っても同じだな)

桂は銀座の街並みをキャリーバッグを引き摺《ず》りながら大声で闊歩《かっぽ》する外国人たちを思い出し、苦笑いをした。

(彼ら彼女たちの爆買いでこの国の経済は助かってはいるが……)

どうにも釈然としない。

(これも時代ということか)

グローバリゼーションとはこういうものだと思わなくてはいけないのだと自分に言い聞かせた。

桂は金融の世界に生きてきたし、今もそこで生きている。

少子高齢化による個人消費の低迷、国際競争を避け引きこもるような大企業の多さには不安を覚えている。自力による成長は難しくなる一方に見えるのだ。その中で大量消費や不動産購入に励んでくれる外国人は救世主のように感じられる。しかし、それに伴う混乱や文化の違いがもたらすものは時に脅威に映る。

（だが、それを受け入れることが我々、日本人にも必要なんだろうな）

多くの移民を受け入れている欧州に比べれば、日本の混乱の程度はまだまだ小さい。その欧州では混乱から対立が生まれている。経済の低迷が続く中、格差の拡大がそれに拍車をかけている。

（世界はグローバリゼーションの果てに寛容さを急速に失いつつある。自由や民主主義の根幹にある寛容さが失われてしまったらどうなる？）

トム・ステイラー夫妻との会話を思い出した。

（洗練や寛容を体現してきたアメリカの指導層も様変わりしている。これから世界はどうなってゆくのだろう？）

庭を眺めながら考えていた。

声がした。

「桂ちゃん。ここにいたの」

珠季だ。彼女も露天風呂から出たところだった。

桂の隣の椅子に座る。

「ここは静かねぇ……」

しみじみとした口調で言った。その言葉の意味するところがよく分かった。

珠季に訊ねた。

「テレサは十代の時、世界を旅していて、何を感じた？　どんな想い出が最も印象に残っている？」

「私が世界を回ってた時はね。日本はとっても元気が良くて自分もその勢いに乗って旅をしている気持ちがした。海外に行くと自分の国を凄く意識するようになるわよね。変な話、それが一番記憶に残っていること」

「ああ。どんな人間でも海外に行くと母国について考える」

「そう。だから今海外を回ったら全然違うように感じるでしょうね」

日が傾き、涼しい風が流れる。庭園の草花が気持ちよさそうに揺れている。

「桂ちゃんはこれからどうするの？　日本のために、この国を強くするために頑張るの？」

桂は微笑んだ。

「そうだな。俺はどこまでいっても日本人だ。組織を離れてよけいにそう感じるよ。でも、本当にこれは良いことなのかな？」

珠季は怪訝《けげん》な表情をした。

「どういう意味？　愛国心が良くないと思うの？」

「よく分からなくなってきたんだ。グローバリゼーションで世界経済が一つに繋がった。経済のルールは力対力の勝負でもとより公正なものだ。世界は切磋《せっさ》琢磨《たくま》の中で豊かになる筈《はず》だった。しかし現に世界は混乱を極めている。互いが互いに対して不寛容になり、対立や暴力が激しくなっている。その底にそれぞれの文化があり、それは愛国心に繋がっている。全てが相矛盾しているように思うんだ。自分でも考えがちゃんと整理出来ない……」

「桂ちゃんはものが見えすぎるから、苦しんでしまうんじゃないのかなぁ」

珠季の言葉に笑いを返した。

「何ひとつ、分かっちゃいないさ。きみの心さえ分からない」

珠季に肩を軽く叩《たた》かれた。

「よく言うわ。桂ちゃんにあれだけ貢ぐ女がどんな心をしてるか分からないなんて……相場をやっている人間とは思えないわね」

素直に頭を下げた。

「その通りだ。俺は日本一、いや、世界一の情夫《ヒモ》ということだったな」

肩を強く叩かれた。

「酷《ひど》いわねぇ！　今夜はとことん喜ばせて貰いますからね。情夫なら情夫としての義務を果たして貰います」

桂は蚊が泣くような声で勘弁して下さいと言った。

◇

ニューヨーク、マンハッタン。

大手銀行が集まるミッドタウン五番街にその巨大なビルは聳えている。

中国投資銀行の米国子会社、ＣＩＣ（China Investment Co., Ltd.）の建物だ。

その日、本国から中国投資銀行総裁の崔華鳳《さいかほう》が訪れ、投資に関する報告を幹部たちから受けていた。

大会議室は緊張に満ちていた。

「ここまでの報告では、本年度の投資額は予定の三分の二にさえ達していないことになる。進捗《しんちょく》が遅れているのか、それとも有望な案件がないのか、どちらかね？」

問われた男は汗を拭《ふ》いた。

「このところ美国《アメリカ》政府が我々の投資に関して非常に神経を尖《とが》らせております。安全保障に少しでも関わると思われるものには、常に待ったがかかる状態です。中美関係のあり方がそのまま投資の進捗に反映されているというのが、実情でございます」

「中美関係は中美関係、投資は投資。そう美国人に思わせるのが君たちの仕事だということを忘れたのか！」

崔は厳しい口調で責めた。

「中美関係の所為《せい》にすることは小孩子《こども》でも出来る。君たちを優遇し、美国金融界で最高の生活をさせているのは何のためだ！　小孩子のような奴らを操れなくてどうする！　あらゆる手段を使って情報を操作し、我が国の投資がスムーズに行くようにするのが君たちの仕事だ。もし今年度の数字が未達となったら、ここにいる者の首を全てすげ替えるぞ」

出席者全員がその言葉に凍った。崔は有言実行で知られる男だからだ。

それだけ言うと崔は席を立った。

秘書が別の階に案内をしながら言った。

「今回の滞在で最も重要なミーティングがこれからのものになります」

「私も楽しみにしていた。礼を失してはいないだろうな？」

最大限の厚遇をしてあると彼女は告げ、崔は満足げに頷いた。

その部屋は機密会議が行われる特別室で、地下駐車場から直通のエレベーターで入室できるので一切顔を見られずに済む。

「もう、いらしているのだな？」

「はい。先ほど揃《そろ》ってお着きになりました」

秘書と共にその部屋に入った。

二重扉になっていて、秘書は次の扉を特別なＩＤカードをかざして開けた。

中には二人の人物が待っていた。

金髪の白人女性と東洋人の男性だった。

「崔総裁、こちらがミス・ヘレン・シュナイダー、そして、こちらが――」

秘書が名前を言いかけた時、男は自ら呉欣平《ごきんぺい》と名乗った。

崔はまずヘレンに握手を求め、滑らかな英語で言った。

「美国《ザ・ステイツ》、いや、世界最高のファンド・マネージャーとお会い出来て光栄です。噂《うわさ》に違わず美しい方ですな」

ヘレンは笑った。

「中国の方は本当にお口がお上手」

「中国人民を誤解して頂いては困ります。我々ほど正直な人民はおりません。私の申しますことは百パーセント、真実です」

ヘレンは皮肉めいた表情をして言った。

「私にお世辞は通用しませんからね。そのことは先刻ご承知の筈」

崔は笑ってみせた。

「そうでした。〝蝙蝠《こうもり》〟を自由自在に操った方だ。どんな機密事項もあなたには筒抜けでしたね」

ヘレン・シュナイダー。

MITを首席で卒業した数学の天才にして、コンピューター・プログラミングの達人。その能力をヘッジ・ファンド・マネージャーとして生かしていたが、やがてインサイダー情報を悪用しての株式売買に手を染め、巨額の富を得た。そして東西帝都EFG銀行の買収を仕掛けたが失敗、その後、インサイダー取引が露見して逮捕された。

そうして、巨額の罰金支払いと社会貢献を果たすことを条件に、司法取引に応じ自由の身になっていた。

崔はヘレンに続いて呉欣平に握手を求めた。

「呉先生、お噂はかねがね」

呉は頭を下げて言った。

「御国には大変お世話になっており、心から感謝しております。こうして崔先生にお会いできて光栄です」

「いえいえ。呉先生のご指揮あってこその『T計画』です。既に順調に進捗していることを見ても、先生の途轍《とてつ》もない能力の高さが分かります」

「まだ始まったばかりです。これからこちらと協力して、この計画を是が非でも成功に導かなければなりません」

そう言ってヘレンに目を移す。

ヘレンは呉に微笑んでいる。

「我々二人が組めば、世界金融を支配することが出来る。そこに目をつけられた中国という国の慧眼《けいがん》……今のアメリカが御国に敵《かな》う筈ありませんわね」

崔は豪快に笑った。

「これは大変な褒められようだ。お二人をアドバイザーとして迎えられた我々は本当に幸せだ。成功を確信しております」

ヘレンと呉は余裕たっぷりに会釈《えしやく》を返した。


ニューヨーク、ダウンタウンにあるカナルストリート。

チャイナタウンの一角にその店はあった。

飲茶《ヤムチヤ》の有名店で、大変な繁盛《はんじよう》ぶりだ。

午後二時前、イエローキャブが店の前に停まった。

降りて来たのはビジネススーツ姿の東洋人だ。

店に入ると店員に訊ねた。

「呉欣平さんの席は」

店員は頷いて二階にある個室に案内した。

中に入ると旧知の人間が待っていた。

「呉欣平さん……でしたね？」

そう訊ねる男に呉は微笑んだ。

「時差ボケ《ジェット・ラグ》はどうかね？」

「ニューヨークへのフライトは本当にきつい。何度経験しても慣れません」

呉はそうだなと頷いた。

「宿はグランド・ハイアット？」

「そうです。うちのニューヨークでの定宿ですので」

「崔華鳳とは明日？」

「はい。今回のG20金融会議の議長は彼ですから、会うというより議論するといった方が正確ですね」

こうして二人の話は始まった。

「ここの飲茶はニューヨークで一番旨い。沢山食って、がっと眠れば時差ボケも解消できるぞ」

呉はそう言って飲茶のワゴンを呼んだ。

湯葉巻や大根餅《だいこんもち》、センマイの蒸し物などを並べ、食べ始めた。

「旨い！　おっしゃる通りだ」

呉は笑顔になって男に言った。

「飲茶というのはビールや紹興酒《しょうこうしゅ》では旨くない。やはりこの鉄観音やプーアール茶でないと旨くない。良く出来ているものだ」

食べながら話を続けた。

「それにしても、上手くやってくれた」

「スーパーバンク構想……見事にはまりました。作って頂いた青写真通りにことを進めましたが、上手く行きました。改めて感謝申し上げます」

呉はその言葉に満足げに頷いたが、表情を厳しくして言った。

「だが、上手《じょうず》の手から水が漏れたか……」

「あの銀行は我々には鬼門です。だからこそ、面白いとも言えるのですが」

男は不敵な笑顔を見せた。

「彼にはいつもしてやられるな」

呉の言葉に男は頷いた。

「桂光義。本当に面白い男ですよ。まさか今回もあんな動きをするとは」

呉は感心したという風に頭を振った。

「希代の相場師、桂光義。あの男には『砂漠の狐《きつね》』も敵わんか？　工藤くん」

金融庁長官・工藤進は苦笑しながら答えた。

「でもその桂のお陰で『T計画』の価値は高まった？　そうでしょう？」

「違いない。『T計画』の価値は跳ね上がっている」

工藤は呉に訊ねた。

「中国側の狙《ねら》いは変わっていないんですね？」

「もちろん。成功に向け、私も深く入り込んでいる。さすがだよ、あの大国は……。どうだい？　本当に日本のスーパー・メガバンクは世界と戦えるかね？」

「戦えますよ。いや、戦わせる。我々スーパー・テクノクラートがお膳《ぜんだ》立てしたんですから……そうでしょう？　呉先生」

# 第九章　T計画

桂光義は休暇から仕事に戻り、丸の内のオフィスで仕事をしていた。

そこに珍しい人物たちが訪ねて来た。

「えらいご無沙汰《ぶさた》しましたなぁ」

「桂さんはどえらいご活躍でんなぁ」

東西帝都EFG銀行の役員だった山下一弥《やましたかずや》と下山弥一《しもやまやいち》だ。

苗字《みょうじ》と名前が逆さまの二人はEFG銀行出身で、一卵性同期と呼ばれるほどよく似ている。

小太りで小柄、頭髪は薄く、二人ともロイド眼鏡を掛けている。

桂が頭取を辞め、大浦が頭取となったタイミングで二人とも銀行を出され、子会社であるTEFG総合研究所の所長、副所長という立場になっていた。

TEFG総研は銀行系シンクタンクとして数々の実績を挙げていた。博士号を持つ研究員が大半で、アカデミックな雰囲気から「銀行が作った象牙《ぞうげ》の塔」と称されたりもする。

「お二人ともお元気そうですね」

同時に首を振る。

「あきまへんわ。私ら根っからの銀行マンに学者集団の仕事はよう分かりません」

「そうですねん。所長・副所長いうたかて、肩書だけのお飾りですよってな」

桂はその言葉に素直に頷《うなず》いた。

銀行役員の子会社トップへの天下りは「あがり」後の既定路線である。天下りトップに積極的な業績を求める空気はない。

「せやけど僕らは仕事人間です。三十五年も一生懸命働いて来てこれであがりちゅう風には、なかなか気持ちがなりませんのや」

山下の言葉はよく分かった。

「お二人は大栄銀行、ＥＦＧそしてＴＥＦＧと、一貫して融資畑でしたね？」

下山が答えた。

「そうです。金貸し一筋ですわ。とは言え、金融自由化の荒波やバブルの狂乱貸出競争、ほんでその崩壊後の不良債権処理ちゅう、どぶさらい……融資いうても仕事を巡る状況も内容もどんどん変わっていきましたわ」

「融資こそ経済を映す鏡だ。我々が銀行員として生きた時代がいかに激しいものだったか。

融資一筋でやってこられたお二人だけに、言葉に重みがありますね」

「そやけど桂さんみたいに相場の世界も経験してみたかったですわ。正味の話。桂さんは相変わらずカッコええもんなぁ、山下君」

「そや、下山君。相場師として生き生きしてはんのが分かる。それにしてもこの前のTEFGと大九州銀行の大喧嘩《おおげんか》！　ようあんなことしはりましたな」

桂は屈託なく笑った。

「スーパー・リージョナル・バンクこそが、この国の金融をあるべき姿にすると思っているからです。大九州を絶対に守らなくてはならなかった。TEFGに恨みはありませんが、スーパー・メガバンクという器が日本に必要とは思えない。それより地域にしっかり密着して、土地と人を見て金融を行うSRBの存在意義の方が遥《はる》かにあると考えたからです」

それを聞いて二人は頷いた。

「昔は要件主義やのうてじっくりと借り手を見て貸したもんでしたわ。この人は信用でける、この事業は将来性があると、融資担当者が人や事業を見て調べて貸したもんでした。そこには血が通うてた。なぁ、下山君」

「そや、山下君。僕も若い時、支店長に反対されたけど、ここで融資せんかったら男やない思て、インク作ってる町工場に研究資金を融資したことがありますのや。その会社が後で電子材料メーカーに化けて一部上場や。社長は未《いま》だに年賀状に『あの時の下山さんの融資がなかったら当社の今日はありませんでした』と書いてくれますわ。ほんま涙が出まっせ」

二人の話から、本当の金融とはそういうものなのだという思いを改めて強くした。

「大九州銀行はそんな融資の復活を目指しています。トップは、人が人を信用して金を貸すという原点に立ち戻って、地域経済を自分たちの融資で活性化させるのだと言っています。投資信託などの金融商品についても、長期投資の顧客を考えたものだけを揃《そろ》え、手数料稼ぎビジネスとは一線を画しています。それが私が守った志なんです」

「僕らも銀行を去って気ぃついたなぁ、山下君。バブル以降の我々は間違《まちご》うてきていたて」

「そや、下山君。我々がメガバンクになる過程で失《うしの》うたものは、あまりにも多かった。それは離れてよう分かる。ほんで反省してるんやもんな……」

「我々はＴＥＦＧをかつての姿に戻す努力をすべきだったんですね。でもあの大組織の、あのしがらみの中にいると本当に大事なものが見えなくなってしまう。いや、大事なことから目をそらしてしまう。それは間違いだったんですよ。私自身も深く反省しています」

会話が途切れた。そして桂は話題を変えるように訊《たず》ねた。

「ところで今日わざわざお二人がおいでになったのは何かわけがおありなんでしょう？　単なる表敬訪問ではないですよね」

二人は共に何とも情けない表情をして頷いた。

「お恥ずかしい話なんですが、ＴＥＦＧから頼まれたんですわ。桂さんからお口添え頂きたいと」

「どういったお話ですか」

山下が言った。

「話はＴＥＦＧと大九州のＴＯＢ合戦に遡《さかのぼ》りますんや。桂さんがＴＥＦＧにＬＢＯを掛けたあの金《ゴールド》の話に」

「あぁ、帝都金属の未採掘の金鉱脈のことですね」

「そうです。発見したんは大九州銀行が出資したベンチャーの技術あってこそやったという」

桂は頷いた。

「厚かましい話ですが、そのベンチャー企業をご紹介頂きたいんです。帝都金属がどないしてもその会社の技術協力を仰ぎたいとＴＥＦＧに頼んで来たんですわ。それでお前らは桂さんと親しい筈《はず》やと……お願いに上がるよう僕らに白羽の矢が立ったちゅうわけなんです」

「金鉱脈のある山林を担保に取っているＴＥＦＧには責任がありますからね。ＴＥＦＧとは手打ちをしました。遺恨はありません。いいですよ、ご紹介できるよう大九州銀行に話をつけます」

二人の顔がぱっと明るくなった。

「やっぱり、桂さんはカッコええなぁ！　山下君」

「ホンマやで下山君。何事もサッパリしたはる。江戸っ子の粋《いき》でんなぁ！」

桂は苦笑した。

そこからしばらく雑談が続いた。やがて山下が興味深い話を始めた。

「実は僕と下山君の二人で来月から中国へ行くんですわ」

「所長、副所長が揃って中国へ？　どのくらいの期間ですか？」

「三ヵ月から四ヵ月」

「随分長いですね。研究所をそんなに空けて、大丈夫なんですか？」

「お飾りですから別にいてへんかて大勢に影響はおまへん。何でかいいますと……『TEFG総研レポート』がおますやろ？」

TEFG総研が季刊で出している調査論文集で、各界から評価が高い。

「ええ、私も在籍時から熟読しています。調査分析内容は日本のシンクタンクのものではトップレベルですからね」

山下が深く頷いてから言った。

「実は『レポート』に載せるため長期に亘《わた》って中国の融資と不良債権問題を調べてましてな。その中間報告をこの前聞きましたんやが……なぁ、下山君」

そう言うと苦い顔をして下山を見た。

「そや、山下君。あれはあかんわ」

「どういう意味ですか？」

「あまりにも頭でっかち。中国政府の公表数字だけ見てのもんで、融資実態を全く見てない空疎《くうそ》な内容やったんですわ。私ら長いこと融資の仕事してましたさかいな、国は違えど学者集団の見てるポイントがずれてんのには気ぃつきますわ」

桂には山下の言葉がよく理解出来た。

「それで僕ら二人で実際に中国行って見てみようちゅうことになったんです。所長、副所長で実地調査を長期でやりますのや。きっちり調べて、それも報告することにしましたんや」

「お二人のその姿勢は素晴らしい。絶対に良いレポートが出来ますよ」

桂の言葉に二人は喜んだ。

「元頭取のお墨付きをもろたで！　しっかりやらんといかんな、山下君！」

「そやで、下山君！」

桂は彼らの様子に目を細めた。

（目の前に座る二人組は戦後経済史の生き証人だ。バブル前、バブル期、そしてその崩壊からの長い不良債権処理期。バランスシート調整が企業や経済にどんな負の遺産を残しているかを熟知している。実際に仕事をした者でなければ、実態の把握は出来ない。中国における融資の実態レポートか……これは楽しみだ）

◇

東西帝都ＥＦＧ銀行のスーパー・メガバンク化という目標は潰《つい》えた。しかし、ＴＥＦＧの規模は大きくなった。二つのＳＲＢへのＴＯＢのうち、大九州銀行のほうは失敗したが、関東中央銀行を吸収合併することになったのだ。

ヘイジは多忙を極めていた。

本店総務部長の仕事に加え、関東中央銀行の〝ＴＥＦＧ化〟プロジェクトのリーダーを務めることになったからだ。

佐久間頭取直々の指名だった。

「二瓶君はＥＦＧ出身でその前は名京銀行にいた。呑《の》み込まれる側の経験を何度もしている。その君に是非とも頼みたいんだ。スムーズに〝ＴＥＦＧ化〟を図って貰《もら》いたい。この仕事が終われば、二瓶君、君は役員だ」

そう言われて悪い気はしなかった。

頭取の闇《やみ》を握っているというだけの理由で役員になるのと、仕事の実績で役員に昇格するのとでは気持ちは全く違う。ビシッと気合が入った。

その日、ヘイジは初めて関東中央銀行の総務人事担当役員である専務と会って説明を聞いた。

（これはやっかいだぞ）

すぐにそう思った。

「当行は三つの地方銀行が急遽《きゅうきょ》合併して出来たばかりの銀行です。統合がなされる前にTEFGさんに吸収された。ですから、まだ三つの独立した地銀の寄せ集めにすぎないのが実態なのです」

（こうなったら、問題をひとつひとつ潰《つぶ》していくしかないな）

すぐに旧三地銀の総務人事担当役員を呼び、協議に入った。

旧三地銀の給与体系を「関東中央銀行が存在する」前提で統一する。それがまず行うべき作業だった。

（給料がTEFGと同等になると考えている者も多いようだ。だが、旧地銀の一番給与水準

の低い銀行とＴＥＦＧでは倍近い開きがあるんだ。同一賃金に引き上げられるわけがない）

合併に際して最もシビアに考えなくてはならないのが人件費だ。

まずは旧三地銀の平均に給与を合わせ、三年間維持する。その間に希望退職者を募り、その後、必要ないと判断された人材に強制に近い形で退職を促し、整理する。そうやって行員数を減らしていく。情に流されぬ冷徹さが呑み込む側に要求されるのだ。

（心が軋《きし》むような仕事だが、これが銀行というものの宿命なのだ）

ヘイジは、旧三地銀に対する給与案とその後の人事案を持って頭取室を訪れた。

「役員会に掛けて頂きたい案です。よろしいでしょうか？」

佐久間はざっと目を通し即決した。

「小さな銀行を吸収するのは手間暇掛るということだな。二瓶君、これでいいよ。その調子で進めてくれ」

そのタイミングで佐久間に訊ねた。

「頭取、僕にはこの合併の意味が良く分からないんです。図体《ずうたい》を大きくし続けて一体、何の得があるのでしょうか？」

ヘイジの問いに佐久間が笑った。

「トップになると銀行をさらに大きくしたくなるもんなんだ。国と国が領土を争うのと同じだ。ある意味、人間の本能だよ」

納得は出来なかったが、続けて気になることについて告げた。

「関東中央を構成する旧三地銀の人間と話していると、『北関東の闇』という話題が必ず出てくるんです。三行の一つ、北関東銀行がとんでもない不良債権を抱えているというのが地銀の間では公然の秘密として語られていたと」

佐久間はフンと鼻で笑った。

「当の北関東銀行出身者はどう言ってるんだ？」

「言葉を濁します。そして『どうぞお調べ下さい』と答えます。被合併行の資産内容に関しては私の管轄《かんかつ》外なのでそれ以上はなにも出来ませんが、頭取のお耳には入れておかないといけないと思いまして」

この噂《うわさ》をちゃんと受け止めたのかそうでないのか、よく分からない表情をしてから佐久間が言った。

「話は聞いた。君は滞りなく、君の仕事を進めてくれ」

「北関東の闇……あぁ、その件ですか」

湯河原早紀は佐久間に呼び出され、その質問を受けた。

「北関東銀行が買収されないために流した噂で、実態としては全く問題ないものです」

佐久間は首を傾《かし》げている。

「どういうものか、知っているんだね？」

早紀は微笑みを浮かべて言った。

「北関東銀行がメインバンクであった鉱山採掘会社が、五年前に資金繰り悪化で倒産しました。負債は北関東としては巨額の百億円でした。その後、同行はデット・エクイティ・スワップを実施してその採掘会社を子会社にしたのです」

頭取は複雑な表情をしている。

「なぜ貸出債権を株に替えてまでその会社を存続させなければならなかったのかね？」

早紀は澱《よど》みなく答えていく。

「中国で亜鉛鉱山の採掘を行っていて、その事業はどうしても続けて欲しい、と。現地自治体と姉妹都市になっている北関東銀行の地元県、双方から強い依頼を受けてのことだったようです」

佐久間は少し考えてから訊ねた。

「その会社が今や我々の子会社になっているということか？」

早紀は「はい」と答えた。

佐久間はさらに訊ねた。

「財務状況はどうなんだ?」

「現在は黒字を続けています。何ら問題はありません」

佐久間はそこで思い出したように訊ねた。

「北関東は確か……過去五年間、毎年二十億円近いキャッシュフローの赤を続けていたな。表面利益は黒字になっているが、あれは何故《なぜ》だ?」

早紀はひと呼吸おいてから言った。

「地銀には珍しく海外投資を継続的に行っているからです」

「どんな投資だ?」

「多岐にわたっております。詳細のレポートをお見せしましょうか?」

佐久間が手をひらひらさせた。

「たかが地銀の二十億、どうでもいいや」

早紀はそうですかと微笑んだ。

「さっきの鉱山採掘会社は早急に処分するようにしてくれ。銀行が持っているのは不自然だ。帝都金属鉱山に引き受けて貰ってくれ。それから——」

佐久間が身を乗り出した。

「大九州からＬＢＯを掛けられた時に発行した二兆円の高利回り私募債券。緊急事態だったので、長々書かれた英語の契約書をちゃんと読まずにサインしてしまった。あの債券は、コストが掛っても構わないから、出来るだけ早く償還してくれ。どうも気分が悪い」

湯河原早紀は神妙に頷いた。

「かしこまりました」

そして、ひと息吐《つ》くと頭取室を出て行った。

佐久間の頭にはもはや職務のことはなかった。今夜もまた快楽の館《やかた》で咲子に溺《おぼ》れる。そのことで頭は一杯だった。

やがて佐久間はこの日この時のことを後悔する。それは、自分の身が何度焼かれてもしかたがないと思うほどの後悔と化す。

ヘイジは役員フロアーの廊下をエレベーターに向かって歩いていた。

頭取室から湯河原早紀が出て来るのが分かった。すっと近づいて少し話さないかと彼女に言った。

「大九州は逃がしたが関東中央は手に入れた。君としては微妙な結果だな」

早紀は不敵に笑った。

「そう見られますよね。二瓶部長が慕う桂氏にしてやられて、ざまあみろという感じですか？」

慌てて頭《かぶり》を振った。

「僕はTEFGの人間だよ。TEFGの失敗を見て嬉しい筈がない」

早紀はヘイジに冷たい視線を向けた。

「でも桂元頭取のようには佐久間頭取を尊敬することは出来ない。それどころか、むしろ軽《けい》蔑《べつ》している。間違いありませんよね？」

ヘイジは顔をしかめた。早紀は続けた。

「そりゃそうですよね。全て弓川さんから聞いてますが、人間の性《さが》とは所詮《しょせん》そういうものですよ。プライベートの暗黒面には目を向けないようにしないと……」

「頼むからその情報は絶対に洩《も》らさないようにしてくれよ。それから、弓川咲子への監視の目は絶対に外さないでくれ」

湯河原早紀が小憎らしい笑みを浮かべた。

「スキャンダルが明るみに出たら、俺の出世の道が閉ざされる。そうおっしゃりたいんでしょう？　二瓶部長」

ヘイジに背を向け右手を振りながら去ってゆく彼女の姿を睨《にら》むことしか出来なかった。

◇

G20金融会議から戻った工藤進は、報告会を兼ねた幹部会議を開いた。

「リーマン・ショック以降、世界経済はデフレ傾向を示し、金融行政がどうあるべきかを模索する中、我が国の銀行界の動きが大変な注目を集めていることを体感しました」

幹部たちは頷いた。

「各国の金融当局からは、我が国の新たな銀行間競争に次世代金融機関の方向性を見出《みいだ》したとする意見が多く出ました。金融当局は金融機関の安全性・健全性の指導だけではなく、経済を活性化させるためにメタモルフォーゼ（変容）を促すべきか否《いな》か。それにつき、真剣な討議がなされました」

幹部の一人が訊ねてきた。

「金利低下や資金供給の拡大だけでなく、金融機関の形を変容させることで経済の活性化を導く……そういう意味ですね？」

「ええ。従来の財政出動や金融緩和のあり方だけではデフレから脱却することは出来ないという認識は強くあります。何故、従来型の金融政策には効果がないのか？ その原因を我々は考え続けて来た。やがて、このような考えに至る。それらは古い革袋によってなされているからではないか？　つまり、今ある銀行の形では未来は摑《つか》めないのではないか？　その疑問を誰もが持っていた。しかし、それをこれまでは口に出すことが出来なかった」

　別の幹部が工藤に話しかけた。

「金融行政の限界がそこにあった。当局は銀行というものを安全・健全に保つことを金科玉条としていた。それ故《ゆえ》に銀行を萎縮《いしゅく》させ、経済の縮小均衡をもたらしてしまった。それを日本は根本から変えようとしている。各国プロフェッショナルはそう見ているということですね？」

「その通り。国内での銀行同士による内戦が新たな革袋を創《つく》り出す。それがもたらす経済への大きな効果。金融行政の革命を識者たちはそこに見たのです」

　一同はその言葉に溜飲《りゅういん》が下がったという顔をしている。

「金融戦争の効用を語ることはタブーとされてきた。そのためなすべきことがなされず、現行の形や姿を守る中で金融機関は茹《ゆ》でガエルのように死んでいく。この状態を打破するのが我が国の動きだと見られているのです」

　別の幹部が発言した。

「先進国の金融当局が今後、自国の銀行同士の買収を促すということでしょうか？」

工藤はその幹部を見て言った。

「それもあります」

「それも？」

工藤は笑みを浮かべた。

「国内だけでなく他国の銀行へもどんどん戦争を仕掛ける。そういう流れが次に起こるという意味です」

「な、内戦だけでなく、多国家間の銀行戦争が行われるということですか？」

「そうです。我が国の銀行は、既にスーパー・メガバンク化で態勢を整えている。我々はその事実を見せつけます」

明確な口調で断じる。

さらに訊ねられた。

「逆もありうるということですか？　外国から日本の銀行を積極的に買収しようとする動きもあり得る？」

そこがポイントだと人差し指で示した。

「その通り。その場合、我々は自国銀行防衛には走らない。機会は双方に公平公正に与えるが、どちらかに与《くみ》することはしない」

工藤は力強く語った。

「日本を戦場にすることで銀行を強くする。戦後、誰にも成し得なかったことを我々金融当局が成し遂げるのです。誰が、どの国の銀行が勝とうが、構わない。重要なのは我らがその戦場を提供すること。究極の金融自由化を行い、金融戦争を縦横に行える国家にするという点なのです」

桂光義は夕刊ファイトの編集長、佐伯信二《しんじ》と浅草の寿司《すし》屋にいた。

「桂さんには大感謝ですよ。今回のTOB合戦で、日本の金融業界がかくも面白いものだと世間に知らしめて下さいましたからね。桂さんからの内幕情報でウチは完売が続きました」

「まぁ、もちつもたれつだ。佐伯には記者の魂をまげてまで協力して貰ったんだからな」

TOBの最中《さなか》、夕刊ファイトが大九州銀行に関する情報を摑んでいるか否かを教えてくれたことへの礼だった。

佐伯はにこやかに言った。

「桂さんは特別ですよ。それに判官《ほうがん》びいきもありましたからね。読者も大に挑む小を応援するものですから」

「まぁ商売とはそういうものだな」

「そう言われると身も蓋《ふた》もないですけど」

徳利を佐伯に差し出した。

佐伯は猪口《ちょこ》を手にありがとうございますと受ける。

しばらく日本酒で刺身を堪能《たんのう》し、そろそろ握ってもらおうかと桂が提案、佐伯は頷いた。

鮃《ひらめ》の握りを食べ終えた時だった。

「桂さん、覚えてますか？　オメガ・ファンドによるＴＥＦＧ乗っ取り騒動の時、桂さんに頼まれて前金融庁長官の五条健司の過去を調べたじゃないですか？」

桂は「ああ」と返事をした。

「御紙は『五条健司の闇』と題して連載を開始したが、五条が自殺し、即座に上層部に圧力が掛って連載は中断されたんだよな」

「はい。あんなことは後にも先にもあれっきりです。それで確信しましたよ。五条をとりまく黒い霧は想像以上に深い、と。でもウチでは追えなくなった」

桂は「しょうがないさ」と言って赤貝のヒモ巻を注文した。

「あの時、五条と昭和の大宰相・小堀栄一郎《こぼりえいいちろう》の関係が判明しましたよね。米航空機メーカー、マルキード騒動の際に自殺した小堀の秘書の息子、後藤健司が五条であったことが……」

巻物を味わうように食べてから桂はそれに応じた。

「父親の自殺の後、後藤健司は小堀の地元の有力者五条家の養子となり五条健司を名乗った。優秀な頭脳を活かして大蔵省に入り、その後は大蔵省内の謎の組織に守られるように出世した。財務省前事務次官、水野《みずの》正吾《しょうご》さんも交えて聞いた話だったが、そんな組織が本当にあるかどうかは……水野さんにも分からんということだったな」

「実は連載が中止になった後も、時間を見つけて、マルキード関連で五条につながりそうなことを調べたんです」

佐伯と目を合わせた。

「さすがは世に聞こえた敏腕佐伯だな。それこそが記者魂だ」

お世辞は止《よ》して下さいと言いながらも真剣な顔つきをする。

「そこでぶち当たったのがKE育英基金なんです」

「聞き覚えがある。七〇年代にあった奨学基金だな。超優秀な高校生に返済を求めない高額の奨学金を与える基金だった。奨学生は年に一人しか選ばれず、学生の間でそれは憧《あこが》れとして語られていた」

「よくご存知で。その基金、誰が作ったと思います？」

桂は考えた。

「KE育英基金、当時は何も考えずに名前だけ覚えてたが……KE……KE……小堀栄一郎か！」

佐伯は驚いている桂を見て言った。

「そうなんです。でもその事実を知る人間はほとんどいません。ＫＥ育英基金は一九七〇年から一九八六年にかけて、小堀栄一郎が亡《な》くなるまで続いていました。奨学生の総数は全部で十七名です」

佐伯に訊ねた。

「五条はその奨学生だったわけだな？」

「おっしゃる通りです」

「他の十六名はその後どうなっているんだ？」

佐伯の表情が一気に暗くなった。

「それを知って正直怖くなって、全《すべ》て忘れようとしました。ですが、今回のメガバンクとＳＲＢの戦争で、やはり放っておくわけにはいかないと思ったんです」

「五条以外の十六名はその後どうなったんだ？」

「全員、東帝大学法学部から大蔵省に入省しています」

「そんなことだろうと思った。皆、出世しているんだろ？」

佐伯は桂の目を見据えて言った。

「一人を除き、全員が物故者になっています」

「何だと！」

驚愕《きょうがく》した桂に佐伯は言った。

「そして……今も生きている一人。その人物の過去を調べたところで、さらに驚くことになったんです」

◇

翌日、桂光義は中央経済新聞市場部デスクの荻野目裕司を丸の内のオフィスに呼び出した。

そして昨夜、佐伯信二から聞いた話を荻野目に伝えた。佐伯の許可はもちろん得ている。

「KE育英基金、超エリートを約束された人間にのみ与えられた高額の奨学金制度。そこにそんなミステリーがあったとは」

「全奨学生が大蔵省に入省し、五条を含めた十六名が在職中に亡くなっている。最も多い死因が病死で十名、次が事故の六名」

荻野目は頭を大きく振った。

「どう考えても異常だ」

茫然《ぼうぜん》としている荻野目に言った。

「そして……ただ一人、今も生きているのが、俺が君にシンガポールのアクティビスト・アルファとの関係を調べてくれと頼んだ人物だった」

荻野目はゆっくりとその名を告げた。

「金融庁長官、工藤進」

そこから桂は、昨夜の佐伯との会話を再現した。


「ＫＥ育英基金の奨学生で唯一《ゆいいつ》の存命者、工藤金融庁長官の過去を調べて、さらに驚くことになったんです」

佐伯は蒼《あお》ざめていた。

「丸の内企業連続爆破事件があったでしょ？」

「あぁ、まだ中学生だったが衝撃的事件だったからな。ビジネス街の大企業のビルが過激派組織によって白昼次々と爆破され二十数名が死亡。重軽傷者は二百人以上に上ったよな」

続けて訊ねられた。

「その時に逮捕された過激派は十五名でした。首謀者として死刑判決を受けた三名の名前を覚えていますか？」

「さすがにそこまでは……ただ皆、当時まだ二十代だったのを記憶している」

佐伯は頷くとゆっくりと言った。

「天沼聡《あまぬまさとし》は投獄直後に自殺。宮代二郎《みやしろじろう》は獄中で癌《がん》を患い、十年前に医療刑務所で亡くなっています。二人とも既にこの世にいません」

桂は身体の底から震えが来るのを感じた。

「そして、最後の一人。その人物はまだ獄中で生きています」


葛飾区小菅《こすげ》にある東京拘置所。

死刑囚であるその男に面会の連絡が入った。

男は読んでいた『太平記』第三巻を閉じ、準備をした。何度も何度も全巻読み直しているのでもはやうす汚れ、ボロボロだった。

六十代後半、長身痩軀《そうく》で髪は白銀、精悍《せいかん》な顔つきから、四十五年も獄中にいるとは思えない精気を放っている。

歴代法務大臣は過激派の首魁《しゅかい》であったその男を思想的英雄、殉教者とさせないために決して死刑執行の印を押さない。獄中で死を迎えるまでそのまま放置する措置が不文律として申し送りされているのだ。

男は面会室に入った。

アクリル板の向こうに仕立ての良いスーツを着た中年男性が待っていた。

「お元気そうですね。兄さん」

一回り年の離れた弟はそう言った。

「霞が関のお偉いさんがこんなところに来ていいのか」

死刑囚、工藤勉《つとむ》はそう言った。

「面白いじゃないですか。こんなところに金融庁長官が現れるのも」

工藤進はそう言って笑った。


「工藤金融庁長官が連続爆破事件の首謀者の実弟だったとは……」

小刻みに震える荻野目を見て桂は頷いた。

「信じられないが、まぎれもない真実だ。その境遇を見事に隠蔽《いんぺい》し、スーパー・テクノクラートとなった。いや、何者かに守られ、そのように育て上げられたのかもしれない」

荻野目の震えがさらに強くなった。

「昭和の大宰相小堀栄一郎は特別優秀な若者を選抜し、カネを与え、大蔵省に送り込んでいた。それも五条や工藤のように闇を抱えた若者を好んで選んでいる」

桂はそこであくまでも都市伝説に過ぎないがと断ってから、明治の御世《みよ》から連綿と続く大蔵省の闇組織、国家の裏金を作る組織について語った。

「確かに奨学金を得た十七名のうち十六名が既に死んでいる事実を考えると、その存在もあり得るのかと思えますね」

荻野目はしばらく考えて言った。

「大蔵省という最強の役所には国家の裏金作りを行う非公然組織があり、時々の権力者はその資金を利用してきた。政治家はその見返りに組織を維持するため様々なサポートを行ってきた。そう考えると辻褄《つじつま》は合いますね」

その荻野目がさらに驚愕するであろうことを桂は告げた。

「十七名中十六名が死んでいるといったが……おそらく何人か、いや、ひょっとしたら全員が、生きている可能性もあるというんだ」

「なんですって！」

桂は佐伯から聞いた、五条の焼身自殺体の検死結果について話した。

「ＤＮＡの検出が不可能なほど遺体が完全に炭化……。超高温になる特殊燃料でないとそんな風には焼き尽せない」

桂は恐怖に震える荻野目の顔をしっかりと見据えて言った。

「何度も理性で否定しようとしたが、俺の全身全霊が、相場師としての勘が、あの男の存在を感じている。五条は生きている。間違いなく生きているよ」

「桂さんの勘は誰より鋭い。桂さんがそう感じられていることが、どんな証拠よりも五条の生存を確かなものに思わせますよ」

「工藤が進めてきた銀行間戦争。ひょっとして、五条が画《え》を描いたのかもしれない。そしてここから奴《やつ》らはとんでもないことをやろうとしているかもしれないんだ」

荻野目はそこで納得できたという表情をした。

「桂さんに頼まれて、工藤長官とシンガポールのアクティビスト・アルファとの関係を調べて判明したんです。工藤は主任検査官としてアクティビスト・アルファの前身たる上村ファンドのインサイダー取引を暴《あば》いています。その後、トップだけを告発して逮捕させ、部下で本当に優秀だった連中をわざと見逃した節があるんです」

「優秀な役人は優秀な悪《ワル》を上手《うま》く利用するからな。それを今回、マッチ・ポンプとして使ったのか。連中にTOBを仕掛けられた地銀は尻《しり》に火が点《つ》き、またたく間にSRBという大きな餌《えさ》に様変わりした。そのSRBはメガバンクに喰われてしまった」

「工藤は……そして、五条が生きているとして、彼らは何をもくろんでいるのでしょう？」

桂もずっとそれを考え続けている。

「五条はこの国最大のメガバンクTEFGをアメリカにくれてやろうとした。日本にスーパー・メガバンクというご馳走《ちそう》を用意し、また誰かに食わせようとしているのかもしれん」

「彼らの真の目的は何なのでしょう？」

「分からん。工藤と五条が動かす組織が存在するとして……その目的はまだ分からん。だが、手段としてスーパー・メガバンクを使うことは間違いないだろうな」

荻野目は頷いてから訊ねた。

「桂さんはどうします？　スーパー・メガバンクに大変な事態が到来した時には？」

重い問いに、笑みを返した。

「俺は相場師だよ。そこで相場を張って儲《もう》けさせて貰うだけさ」

桂光義はそう嘯《うそぶ》いてみせたのだった。

◇

島津山に存する東西帝都EFG銀行頭取、佐久間均の新邸。

付近のお屋敷を圧倒する豪邸は当初〝佐久間邸〟〝帝都御殿〟などと呼ばれていたが、今は通称が変わっていた。

〝瑛子宮殿〟や〝クイーン・パレス〟と呼ばれ、佐久間の妻、瑛子が女王として君臨していることが知れ渡っているようだった。

「佐久間」という表札すらない。

「無粋ですから表札は止しました」

瑛子にそう告げられても、一銭もカネを出していない佐久間には何も言い返すことが出来なかった。そんなことはどうでもいい。弓川咲子との別世界があるからだ。

島津山に移ってから、それまでも別々だった妻の瑛子との寝室はさらに遠くなった。

佐久間は本邸である洋館の二階に、瑛子はお気に入りの中国陶磁器のコレクションのある屋敷の二階に寝室を設けていた。

朝食を一緒に取ることもなくなっていた。

転居してからは三人の家政婦を雇い、うち一人は住み込みだ。

佐久間は家政婦の作ってくれる朝食を一人で食べてから出勤する。

それには理由がある。

佐久間はその日、寝室で目を覚ましてからカーテンを開け、隣の別邸に目をやった。瑛子の部屋の雨戸は閉まったままだ。

「今朝もお泊りか……」

そう呟《つぶや》いた。

瑛子のもとには日本橋の骨董店《こっとうてん》に勤めるスコット・チャンが足しげく通っているのだ。

しかし、そのことを一切口に出さない。これで弓川咲子との関係に負い目を感じることがなくなったと好都合に捉《とら》えていたのだ。


家は住むを規定する。

家具は家を縛り、家は人を縛るという戒めの言葉を発したのは、かの坂本龍馬《りょうま》だが、己の生活の器が変われば己もおのずと変る。

瑛子は自分の財力で造った〝宮殿〟によって大きく変化した。

それまでも仮面夫婦ではあったが、東西帝都EFG銀行頭取夫人としてどう周りに見せようかという意識を持っていた。しかしいざ、理想の家を持ってみるとそれが見事に消えた。

〝宮殿〟の主《あるじ》に相応《ふさわ》しい生活を求めるようになったのだ。

そんな瑛子を満足させる存在がスコット・チャンだった。

英国人と中国人の美しいミックス、日本語は堪能とまではいえないものの、その中国陶磁器や美術への深い知識と造詣《ぞうけい》は瑛子をどこまでも満足させ、忘れかけていた女の悦《よろこ》びも情夫として与えてくれる。

「彼らはちゃんと約束を果たしてくれる」

瑛子は時にそう呟く。

それが何を意味するかは、瑛子しか知らなかった。

「約束の汝官窯《じょかんよう》。そろそろ届くかしら……」


ヘイジは週末、妻の舞衣子が入院する精神科病棟を訪れた。

緊急入院から一ヵ月、自分で食事がとれるようになって体重も少しずつだが、増えていた。

病院の中庭のテーブルに二人で座った。

「これ、フルーツ・ヨーグルト。俺が作ったからお義母さんのと味は違うけど」

バッグの中からそっとプラスチックのケースを取り出した。

病院では摂食障害の患者への食べ物の差し入れは厳禁とされていたが、舞衣子にどうしてもと頼まれていたのだ。

妻はテーブルの下に隠しながら器用に食べていく。

「こうやって食べるのが美味《おい》しいのよ」

ヘイジは苦笑いをしながらその様子を見ていた。

「平ちゃんが作ってくれたのもいいわ。でもパイナップルが多すぎ」

「ごめんよ。次はちゃんとバランスを取る」

謝ると舞衣子が「ありがとう」と言ってくれた。

「居心地はどうだい？」

舞衣子は下を向いたまま、楽しいところじゃないわと言った。

「でもしょうがないよね。あと五キロは太らないと退院できないの」

それを聞いてわざと明るい調子で言った。

「俺なら三日もあれば五キロは軽く太れるな。残業の時に思いきり食えばいいんだから」

舞衣子が涙ぐんだ。

「そう簡単にいかないの……だから、大変なの……」

ヘイジは舞衣子の肩に手をかけて言った。

「ごめんよ。分かってなくて。本当にごめん」

舞衣子はずっと下を向いて泣いたままだった。

普通に食べることが出来ない。それを周囲に理解してもらえない。その状況がよけいに患《わずら》った者を苦しめるのだ。

そのうちに妻の気持は落ち着いたようだ。

「ごめんね、平ちゃん。平ちゃんの気持ちを考えられなくて」

「いいんだよ。俺の方こそ……すまない」

舞衣子は哀しげに首を振った。

「ごめんね、平ちゃん。分かってるんだけど、平ちゃんがどれだけ心配してくれてるか、分かってるんだけど……」

そう口にしてまた涙を流す。

「気長にいこうよ、舞衣ちゃん。時間に任せるしかないんだから」

舞衣子は頷いた。

それから一時間近く、夫婦で中庭のベンチに座っていた。

「時間だから、戻るね」

病棟に戻る舞衣子に付き添った。患者が勝手に出られないように何重にも扉が設置されている。

「じゃあ、ここで。平ちゃんは毎日忙しいんだから、休みの日くらいは家でゆっくり休んで。私のところにはママが来てくれるから」

ヘイジは何も言わず頷く。

最後の扉を閉めて病室へと歩く舞衣子をガラス越しに見る度、いつも胸が締めつけられるのだった。

同じ頃、世間から隔絶された場所を訪れていた人間がもう一名いた。

金融庁長官、工藤進だ。

東京拘置所の面会室で死刑囚の兄、工藤勉と話していた。

「忘れないうちに訊いておきます。次に来る時の差し入れは何がいいですか？」

工藤勉は少し考えてから言った。

「『太平記』。新しいのをひと揃い頼む」

工藤進は分かりましたと手帳にメモをした。

「『太平記』は、そんなに面白いのですか？」

「あぁ、日本という国の歴史がそこから大きく変わる動乱を描いてるからな。何度読んでも発見がある」

「他に必要なものは？」

「ない……あぁ、金融関係の雑誌を頼む。お前の活躍ぶりを知りたいからな」

弟は笑った。

「兄さんに言わせれば、プロレタリアから搾取《さくしゅ》を行う憎き装置であるのが金融産業だ。それを指導する役人のことが気になりますか？」

兄も笑った。

「時折思うんだが、金融庁長官の実の兄が死刑囚であることを世の中が知ったら、さぞたまげるだろうな」

不敵な笑顔でそう言う。

「いいじゃないですか。そうなったらそうなったで面白い」

自分の発言が本気なのが勉にも伝わるだろう。

「お前は相変わらず人を食った奴だな。まぁ、そんな性格だから、役人として昇りつめることができたんだろうが」

その言葉に心外だという表情を作って言った。

「兄さん、僕はまだまだ昇るつもりです。それを忘れないで下さい」

「そうだった。お前はまだまだ偉くなる。で、どこまで昇るんだ？」

「世界の金融を意のままに動かせるまで。そして、必ず兄さんを自由の身にします」

勉は黙って弟を見た。進は続けて言った。

「実現には今しばらくお時間を頂きたいのですが、その前に兄さんの復讐《ふくしゅう》は実行します」

勉の目が光り、猛禽《もうきん》のような顔つきになった。

「新聞を楽しみにしているぞ」

　工藤進はこくりと頷いた。

東西帝都EFG銀行、企画管理部は蜂《はち》の巣をつついたような騒ぎになっていた。

湯河原早紀が失踪《しっそう》したのだ。

丸三日間、無断欠勤したため、銀行が借り上げている彼女のマンションの部屋に合鍵《あいかぎ》で入ると、もぬけの殻であったのだ。

企画管理部長はすぐに早紀のパソコンの全ファイルを調べさせた。

（彼女が『ルビコン計画』を単独で仕切っていた。何か問題が発生したんじゃないだろうな……）

そして「ルビコン計画」のチームの人間たちに関連した文書を全てチェックさせた。

「部長、大変です！」

メンバーのひとりが駆け込んできた。

金融庁長官室で、工藤進はプライベート用のスマホに着信を受けて耳を当てた。

「私だ。時間になった。『T計画』を実行に移す」

電話の相手は呉欣平だった。

「了解しました。いよいよ本物の戦争ですね」

「そうだ。彼らは容赦しない。完膚なきまでにやられるぞ」

「望むところでしょう」

そうして電話は切られた。

「『T計画』のTは〝トロイの木馬〟のT。さぁ、驚け、慌《あわ》てふためけ、東西帝都EFG銀行」

工藤進は悪魔のような笑みを浮かべた。

# 第十章　メガバンク絶体絶命

ヘイジが出勤すると、その話題で行内はもちきりだった。

「湯河原早紀が失踪《しっそう》しました」

人事部の担当者が焦《あせ》った様子でそう告げた。

「彼女のデスクの中から手紙が見つかりました。『申し訳ありません。捜さないで下さい』と書かれています。訳が分かりませんが警察には失踪として伝えるしかありません」

この事実がマスコミに知られないようにしなくてはならない。ヘイジはさっそく弁護士と警察関係顧問の二階堂和夫に連絡を取った。

「承知しました。今回も、警察からは一切情報が洩《も》れることがないよう動きます」

二階堂の言葉にひとまず安心した。

（大九州銀行へのＴＯＢに失敗して、自責の念から失踪したのか？　いや、そんな柔《やわ》な女であるものか。絶対に裏がある。何か大変なことが起こるぞ）

企画管理部長は「ルビコン計画」チームメンバーから契約書の条項を聞かされて蒼《あお》ざめた。

「チーム一同、湯河原さんに全幅の信頼を寄せていたので、書類は彼女が単独で作成しました。大九州銀行によるＬＢＯへの防衛に一刻を争っていましたから、誰も詳細をチェックしていなかったんです」

茫然《ぼうぜん》とする内容だった。

「緊急避難で発行した二兆円の高利回り私募債券に、デット・エクイティ・スワップ条項を入れたのか！」

デット・エクイティ・スワップ。負債を自己株と交換する方式だ。

「条件は？　どういう条件で交換可能になっているんだ？」

つい声を荒らげてしまった。

「発行から三ヵ月目の応当日、そこから五営業日の平均株価で無条件に交換可能となっています」

カレンダーに目をやった。

「あ、明日がその初日じゃないか。おい、当行の株価はどうなっている？」

「ストップ安になっています……」

血の気が失《う》せてゆくのを感じた。

「やられた……大変なことになる」

内線電話を取って秘書室を呼び出した。

「頭取にお話がある！」

頭取秘書は言った。

「それが……本日は体調が優れないということでお休みを取られています」

「今すぐ連絡を取りたい。緊急事態なんだ！」

「分かりました。携帯に連絡を入れます」

天を仰いだ。そして、高利回り私募債券発行に関する電子稟議書《りんぎしょ》を改めて見た。

起案者の湯河原早紀の署名に続き、自分の署名、常務、専務のそれが続き、一回り大きく頭取の佐久間の花押《かおう》が記されている。契約内容を一切確認せずにサインしているのだ。早紀以外に起案内容を確認した者はいないが、行内の慣習で、驚くべきことではない。

部長は苦渋に満ちた表情でそれを見つめ続けた。

「あぁ……」

佐久間均はその文書を目にした瞬間、長き夢から覚めた。

全身の震えが止まらない。

昨夜、自分宛《あて》の匿名《とくめい》の小包が宅配便で届けられ、寝室でそれを開けてから一睡も出来なかった。

小包の中には二種類の封筒が入っていた。

薄いものと分厚いものだ。

薄い方から開封した佐久間は衝撃を受けた。

それは佐久間が弓川咲子と交わした暴行傷害事件の示談書のコピーだった。

東西帝都ＥＦＧ銀行副頭取による破廉恥《はれんち》な犯罪の内容が詳細に記されている。佐久間と一部銀行関係者によって隠蔽《いんぺい》され続けてきた書類だ。

「どうして……どうしてこれが？」

震える手で次に分厚い封筒を開くと……、全身の血が凍りついた。

夥《おびただ》しい数の写真が入っていた。佐久間と弓川咲子の関係の全てが写し出されている。

十年ほど前に二人の関係が始まってからの記録が時系列順に揃《そろ》っていた。

部長時代の佐久間と弓川咲子がラブホテルに手をつないで入るところから始まり、熱海の温泉旅館でくつろぐ様や、京都のホテルで朝食を共にする光景。そして専務となった佐久間が根津の咲子のマンションに出入りする様子が、日付入りで何枚にも亘《わた》って展開してゆく。

「う、嘘《うそ》だろ……」

息を呑《の》んだのは手錠を掛けられマンションから警察官に両腕を摑《つか》まれて出て来る自分の全身像を見た時だ。

そして続く写真で卒倒しそうになった。

声も出ない。

それは弓川咲子のマンションで倒錯した性に溺《おぼ》れる、己の狂乱の姿だった。

喪服姿の咲子の足の指を口いっぱいに咥《くわ》えている姿から始まり、顔の上に馬乗りになられている姿、ロープで縛られ咲子に足蹴《あしげ》にされ転がる全裸の連続写真、浴室で繰り広げられた目を覆《おお》うような痴態まではっきりと写されていた。

彼女の部屋に仕掛けられた隠しカメラによる撮影であることは明らかだった。

震える指で何度も弓川咲子に電話を掛けてみたが、応答しない。

咲子によって自らは解放されたと思っていたのだが、全ては間違いだった。

（だ、誰がこんなことを……）

その時だ。

佐久間のスマホに電話の着信があった。

非通知になっている。

「もしもし……」

「全部見たな？」

聞き覚えのない男の声だ。

「だ、誰だ、お前は？」

「質問にだけ答えろ。全部見たな？」

「……」

「見たのか？」

「み、見た。要求は何だ？」

「質問にだけ答えろと言っただろう！」

男が語気を荒らげたので、ビクリとした。

「わ、分かった……」

男は佐久間をさらに追いつめてゆく。

「写真だけではない。動画もある。それをネットで全世界にばらまく。お前の痴態が何億回も再生されることになる」

息が詰まり、呼吸を整えられない。

「同時に、お前の手元にある書類と写真の全てをファイルにしたものを、全週刊誌、日刊紙、スポーツ新聞……スキャンダルを扱うあらゆるメディアに同時発信する」

佐久間は懸命に声を発した。

「ま、待ってくれ！　頼む。何でもする。要求通りにする。それだけは止《や》めてくれ！」

「お前にはこれから要求した通りに行動して貰《もら》う。要求が一つでも満たされなければスキャンダルは一瞬で明るみに出る」

唾《つば》を呑み込もうとしたが、口の中がカラカラで喉《のど》が動かない。

男は最後に言った。

「明日のこの時間、午後九時半にまた連絡する」

そうして電話は切られた。

佐久間はそのまままんじりともせず、朝を迎えた。

社用車が来た時に、今日は体調が悪く休む旨《むね》を家政婦に告げてもらうと、また抜け殻のようになってベッドに潜り込んだ。

スマホが鳴った。秘書からの電話だ。

「ご体調のお悪い中、大変申し訳ございません。企画管理部長から緊急事態が発生いたしまして、どうしてもお話しさせていただきたいとのことです。お繋《つな》ぎしてよろしいでしょうか？」

佐久間は努めて冷静に言った。

「分かった。繋いでくれ」

息せき切って企画管理部長が出た。

「頭取、大変です。湯河原早紀が失踪しました。その上、彼女が起こした二兆円の高利回り私募債券に大変な問題が発見されたんです！」

部長から詳細な説明を聞いた。

「デット・エクイティ・スワップ……」

混乱の極みにある身にもそれが何を意味するかは容易に理解出来た。

（我が銀行が乗っ取られる……）

電話を切った後、佐久間は昨夜の男の言葉を思い出した。

「と、とんでもないことが始まった……とんでもないことが！」

ベッドの上には夥しい数の写真がばらまかれたままになっている。

自らの痴態を視界に捉《とら》えながら、佐久間は狂ったように泣き喚《わめ》いた。

◇

ヘイジは湯河原早紀の失踪に関して、総務が行うべき作業をなし終えてふと思った。

「あいつは？　あいつはどうしている？」

弓川咲子のことだ。

企画管理部に問い合わせると、今週一杯休暇を取っているという。

(おかしいぞ)

だが、自分に打てる手はない。

頭取の佐久間と話をしようと秘書室に連絡を取った。

「本日は、体調不良でお休みされていらっしゃいます」

嫌なムードがさらに高まった。

総務部内が何やら騒がしい。

「どうしたんだ？」

次長に訊ねると、ＴＥＦＧの株価がストップ安になっているという。

「当行の株価が？　何か情報が出たのか？」

「それが、ディーリングルームの株式チームも全く分からないと言ってるらしいんです。でも凄《すご》い量の売り物だそうで、前の超長期国債の時みたいだと言っていました」

背中に冷たい汗が流れた。

企画管理部では「ルビコン計画」のチームメンバーが必死で作業を行っていた。

「誰が高利回り私募債券を保有しているか突き止めるんだ！」

二兆円の高利回り私募債券については、〝資金調達の名人〟とされていた湯河原早紀があっという間に買い手を探し出し、起債されていた。

「買い手は多数のファンドです。ただ、どれも聞いたことがないファンドで全てタックス・ヘイブン籍です」

部長はそれを聞いて首を傾《かし》げる。

「通常は大手銀行か投資銀行の筈《はず》なのに……何故《なぜ》だ？」

まるで闇《やみ》に吸い込まれたような気分だ。

「ウチの株価は？」

大声で訊《たず》ねる。

「ストップ安は変わりません！　売り物がさらに増えています！」

「株価を押し下げ、デット・エクイティ・スワップを実行し、ウチの株を大量に手に入れようとしている奴《やつ》がいるんだ。一体、何者なんだ？」

湯河原早紀が手掛けた二兆円の高利回り私募債券。それが〝トロイの木馬〟であったことは徐々に明らかになっていった。

その夜、午後九時三十分。

佐久間均のスマホがまた鳴った。

「明日は早朝から銀行に出勤しろ。そして明日からの五営業日につき、ＴＥＦＧ株の買い支えなどの小細工を一切しないよう関係部署に指示しろ。銀行全体として株価へのコメントもせず沈黙を貫け。来週の月曜日の午後三時まで銀行を静かにさせておくんだ。分かったか？」

「わ、分かった」

「来週、また連絡する」

「待ってくれ！　私はどこまでやればいいんだ？」

「死まで。お前は死を迎える日まで我々に従うのだ」

男は絶望的なフレーズを発した。

電話が切られた。

佐久間はそのまま朝を迎える。二晩にわたり、一睡も出来なかった。

その日、頭取専用車の朝番である運転手が休みのため、夜番の内山作治が迎えに行った。

内山は目を疑った。玄関から出て来た佐久間が幽鬼のようなのだ。

「お身体《からだ》、大丈夫ですか？」

メルセデスSクラスの後部座席に座った佐久間は、二回りも身体が縮んだように見える。

「頭取、お具合がまだ良くないのでは？」

内山の問いかけにも応《こた》えない。

ただ死んだ魚のような目で前を向いている。

霞が関出口で高速を降り、お堀端に出たところで佐久間は初めて口を開いた。

「内山くん。銀行に入る前に丸の内、大手町をぐるっと周ってくれないか？」

「エッ、どこかにお寄りになるのではなく？」

佐久間は虚《うつ》ろな目で頷《うなず》いた。

「ただ走り抜けてくれるだけでいい」

命じられた通りにした。

佐久間はビル群を眺めているようだった。

それからクルマを東西帝都ＥＦＧ銀行本店ビルの地下駐車場に入れた。

クルマを降りる時、佐久間に言われた。

「内山くん。ありがとう」

そのまま専用エレベーターに消える。

（初めてだ。初めてあの人にありがとうと言われた）


頭取室で企画管理部長は待機していた。

その日、佐久間を見た全ての人間と同様に、幽鬼のようなその姿に驚きながらも報告した。

「今日から五営業日の平均株価で二兆円が株転（株式転換）される可能性があります。もしこのままストップ安が続けば、二兆円で当行の三割以上の株を握られてしまいます。それを阻止する緊急措置として当行株を買い上げて頂きたいのです」

そう懇願した企画管理部長は銀行トップの言葉に耳を疑った。

「とりあえず、何もしなくていい。このまま静観しておいてくれ」

「お言葉ですが、確実に取り返しのつかない事態を招きます！」

佐久間はそれには応えずに言った。

「副頭取と専務を呼んでくれないか」

ＴＥＦＧのトップが頭取室に揃った。

そこで佐久間は意外な発言をした。

「事態の責任は私にある。私はここで退く。その後のことを託したい。皆にお願いしたい。桂元頭取にもう一度この銀行の命運を託したいんだ。この事態を収束できるのはあの人だけだ」

佐久間は腰を上げた。

「これから桂さんにお願いしてくる」

一同が呆気《あっけ》に取られる中、佐久間は席を立つ。

「頭取！　本当にこのまま何もしないでよろしいんですか？」

佐久間は振り返って言った。

「今日だけは静かにしておいてくれ。後のことは桂さんが収めてくれる」

桂光義はオフィスの執務デスクで、中央経済新聞の荻野目と電話で話していた。

昨日ストップ安となったＴＥＦＧの株価の件だ。

「誰が売ってる？」

荻野目も見当がつかないという。

「ニュースは何も出ていません。それだけに、とても気味が悪いんです。売ってるのはシンガポールのファンドを中心に中国系とされる連中のようです」

（何故、奴らが今、ＴＥＦＧ株を売りにかかる）

ＴＯＢ合戦の最中に高騰《こうとう》した株価だったが、その後は急速に沈静化し、先週までの株価は適正水準に戻っていた。

（俺がＬＢＯを掛ける際に使った金鉱山も既に担保から外れているし、帝都金属鉱山株は海外からの買収防止のため政府指導で一時非上場の措置が取られている。金絡《ゴールドがら》みで何かが起きてるわけでもない）

ＴＥＦＧと大九州銀行のバトルの後、双方ともに再びＴＯＢの火種となるようなものには手を打っていた。

考えてみたが糸口すら摑めない。

その時ふと、ＴＥＦＧが緊急避難的に発行した二兆円の高利回り私募債券の件が頭に浮かんだ。

「あの私募債券を誰が買ったか知ってるか？」

荻野目もそれが気になり、調べてみたのだと言う。

「だけど全く分からないんです。国際債券市場があまりにも大きいという理由もありますが、あの私募債券に関しては謎《なぞ》に包まれています」

これだと確信した。

「荻野目、引き続き調べてくれ。絶対、あの債券に絡んでのことだ。目論見書《もくろみしょ》が手に入ったら教えてくれ」

目論見書とは、債券発行に関わる条件などが細かく記された書類を指す。

「了解です。何か分かったら伝えます」

そうして電話が切られてから桂は考えた。

(どうする？　ここで相場を張るか……)

その時、アシスタントの女性が慌《あわ》てて桂のもとに駆け寄って来た。

「どうした？」

「お客様です。東西帝都ＥＦＧ銀行の佐久間様です」

◇

佐久間の姿を見て仰天した。

(これが本当にあの男なのか……)

目はくぼみ、頬はこけ、これまで異様な自信を漲《みなぎ》らせていたメガバンク頭取とは思えない。

「どうした？　何があった？」

佐久間は薄く笑ってから頭を下げた。

「桂さん、お願いです。ＴＥＦＧを助けて下さい」

佐久間は全て説明していった。

「デット・エクイティ・スワップ⁉　誰がそんなものを？」

力なく首を振りながら佐久間は言った。

「米国ＴＥＦＧが引き抜いた社員でした。『資金調達の天才、起債の女王』といわれた湯河原早紀という女です」

名前だけは知っている。

「なぜ、契約内容を確認しなかった。そんなことは起債のイロハのイだろう！」

桂は自分の銀行のことのように思いなし、声を荒らげた。

「絶対的勝利を信じていたＴＯＢだったのに、大九州銀行から見事な逆襲にあった……」

桂はその言葉に口を噤《つぐ》んだ。

「桂さんからのＬＢＯで焦ったんです。それまで自信に満ち、どこにも隙《すき》のなかった湯河原早紀が明らかに焦り動揺した。その様子に皆が驚いてしまい、緊急避難の防衛策だと信じ込んだんです」

黙って聞き続けるしかなかった。

「あの女は魔法のように二兆円を調達しました。あっという間だったのでその手腕に感心するばかりだった。そして、高利回り私募債券のことを忘れてしまっていたんです」

そこから悔しそうな顔つきになった。

「その後、湯河原に急ぎ私募債券を償還するよう指示したんですが、目が届いていなかったのです」

大組織にありがちなことだと思いながらも訊ねた。

「それで？　当の湯河原はどうしているんだ？」

「失踪しました。時限爆弾を仕掛けられ、逃げられた心境です」

(最初から計画していたんだな、騒動のどさくさに紛れてＴＥＦＧの腹の中に爆弾を埋め込むことを)

桂の頭脳は高速で回転を始めた。相場師特有の、追い込まれた時に発揮される能力だった。

(今日から五営業日の平均株価で二兆円分ＴＥＦＧ株が買える。ずっとストップ安が続けば、発行総額の三割以上になる。もし誰か一人がそれを手に入れたら、ＴＥＦＧを支配出来る)

桂は確信した。

「出て来るぞ！　必ず出て来る。ＴＥＦＧ株を大量保有したと主張する奴が。そいつこそがスーパー・メガバンクを創《つく》らせて手に入れる青写真を持っている奴だ！」

武者震いする桂に、佐久間が絞り出すように声を出した。

「全て、私の不徳の致すところです。桂さん、どうか、どうかＴＥＦＧを助けて下さい！」

頭を下げる現頭取に言った。

「私に何をしろというんです。もはや私はＴＥＦＧの人間ではない。一介の相場師に過ぎませんよ」

佐久間は大きく首を振った。

「桂さん。これは戦争だ。それも途轍《とてつ》もなく巨大な相手との戦争だ。それに対抗するにはただの銀行員では無理だ！」

「あなたは相手を知っているのか？」

佐久間はさらに首を強く振った。

「知らない！　本当に知らない。だが、分かるんだ！　信じられないほど怖《おそ》ろしい奴らがＴＥＦＧに目をつけ、太らせた挙句、貪《むさぼ》り喰おうとしているのが……」

大の大人がぶるぶる震えている。この男は脅されていると直感した。そしてゆったりと落ち着いた調子で訊ねた。

「佐久間さん、全てを話してくれないか？　私もどう協力すればいいか分かる」

素早く首が振られた。

「もう……遅いんです。もう……」

桂はその佐久間を黙って見つめていた。

「いや、桂さんだけには真相をお伝えします！　全てを総務部長の二瓶君が知っています。彼が、二瓶君が桂さんに必ず伝えますから」

「二瓶君が？　どういう意味なんだ？」

桂の想像力すら及ばない。

「桂さん……とにかく東西帝都ＥＦＧ銀行を何卒《なにとぞ》、なにとぞ、よろしくお願いします」

深々と頭を下げてから佐久間は去っていった。


佐久間均は桂のオフィスの入っているビルを出ると、丸の内仲通りを歩いた。

（この辺りも随分変わったな……）

役員専用車に乗っての行き帰りで、本店の近辺を歩くことなどもう何年もなかったことに気がついた。

朝の出勤後の少し落ち着いた時間だった。

見上げると青空がビルの谷間から覗《のぞ》いている。

（いい天気だ）

ゆっくりと仲通りを大手町方面に向かって歩いた。

帝都銀行に入行してからの四十年近い日々を思い出しながら歩いていた。

(まさか頭取にまで昇り詰められるとは思わなかった……)

新人の頃のソロバンや札勘《さつかん》(札勘定)の訓練、預金獲得ノルマの辛《つら》さを回想した。

(俺の人生とは何だったのかな)

佐久間は考えていた。

その時、あることに気がついた。

(俺は、瑛子のことをずっと考えてこなかった)

大量の写真が送られて来てから今の今まで、妻のことが一切頭を過《よぎ》らなかったのだ。

(あれを瑛子に見られたらとさえ、思わなかった。不思議だな)

そんなことを考えているうち大手町駅まで来ていた。

地下鉄の入口を見つけ、足早に降りてゆく。

地下の様子が自分の知っているものとは全く違っているのに佐久間は驚き、時の経過を改めて思った。

切符を買って改札を入る。

ホームの先頭車両が来る位置で地下鉄を待った。

「電車が到着します。お下がりください」

アナウンスが聞こえた。

その時、佐久間は思い出した。

(湯河原早紀に高利回り債券の早期償還と、もうひとつ……俺は何か指示したんだよな。あれは何だった？　大事なことだった筈だが……)

地下鉄が勢いよく近づいて来る音がしてトンネルからの風が吹きつける。

「お下がりください！　危険です！　お下がりくださいッ！」

電車がホームに入って来る直前、佐久間均はレールに身を投げ出すようにして飛び込んだ。


一九七八年九月十三日午後二時三十分。

最高裁判所小法廷は異様な緊張に満ちていた。

「今から判決を言い渡します。被告人は前に出なさい」

企業連続爆破事件の首謀者のひとり、工藤勉は椅子《いす》から立ち上がり裁判長の前に進み出た。

工藤は裁判長を見据えた。

「被告人、工藤勉を死刑に処す」

裁判長は毅然《きぜん》と判決を言い渡した。

工藤は不敵な笑みを浮かべながらそれを聞いている。

裁判長は工藤が何か自分に向かって呟《つぶや》いているのに気がついた。

しかし何を言っているのかは全く分からなかった。


東京拘置所の独房の中で、工藤勉はいつものように目を覚ました。

朝食が来るにはまだ時間がある。

軽くストレッチをしてから『太平記』第一巻を手に取った。弟の進が差し入れてくれた最新校訂版だ。

朝食が運ばれ、それを済ませてからも読んでいた。

午後になり新聞が届けられた。

中央経済新聞の朝刊だ。

一面の中ほどに、東西帝都ＥＦＧ銀行頭取が地下鉄に飛び込み自殺したとの記事が大きく出ていた。

工藤勉は笑みを浮かべた。

（裁判長、お前が俺に死刑判決を言い渡した時、俺はこう言ったんだよ。『必ず復讐《ふくしゅう》してやる』と）

記事には亡《な》くなった佐久間均の経歴が記されている。

その中に最高裁長官を務めた佐久間勲《いさお》氏の長男という記述があった。

◇

ヘイジは朝刊を見ながら、自分がまだ茫然《ぼうぜん》としているのを感じた。

(昨日の出来事は現実だったのか)

秘書室長から佐久間頭取が自殺したとの連絡を受けて以降、今までの記憶がない。いや、なくはないのだが夢だったとしか思えない。その気分は朝刊の記事を見てもまだ醒《さ》めないようだ。

一報を受けて秘書室長と共に警察に急ぎ、佐久間の無残な遺体と対面した。

その姿を見てから頭が働かなくなってしまったのだ。今もなにを見たかが浮かんでこない。

ヘイジ以上にショックを受けているらしき秘書室長も硬直したまま立ち尽していた。

迷惑をかけられてきたとはいえ、これまで緊密にやりとりしてきた仲だ。佐久間が哀れに感じられた。

「ご遺族への連絡は?」

秘書室長に訊ねる。

「銀行を出る前に、奥さまに」

そこで我に返ったヘイジはマスコミ対応に動いた。が、時すでに遅かった。

顧問の二階堂和夫に連絡をつけた時には夕刊紙が情報をキャッチした後だった。

「申し訳ありません。交通機関での事故は、私のラインでは抑えられなかった」

二階堂はそう謝罪した。

覚悟を決めて遺族対応に注力しようとした。

しかし、署に現れた佐久間の妻、瑛子の態度は予想外だった。

「出来るだけ早く荼毘《だび》に付し、家族葬とさせて頂きます」

「奥さま。仮にも当行の頭取でいらっしゃった方です。銀行葬とさせて頂きたいのですが」

「ご容赦願います。葬儀は全て内々に執り行います。どうぞ、ご了承ください」

そう言って、葬儀業者に連絡するからと去っていった。

ヘイジは秘書室長と共にただ見送るしかなかったのだ。

「桂さん、佐久間頭取が大手町駅ホームから飛び込み自殺しましたよ！　ウチの今日のトップ記事です！」

夕刊ファイトの佐伯信二からの電話を受けた桂光義は、一瞬何を言われているのか分からなかった。

「すまん、佐伯。もう一度、言ってくれないか？」

「東西帝都ＥＦＧ銀行の佐久間頭取が地下鉄に飛び込んで死んだんです。ついさきほどのことです。もしもし、桂さん？　聞いてますか？　もしもし、もしもし」

「分かった」とだけ告げて、電話を切った。

ついさきほど自分に会いに来た男が自死したというのか。

今この時が現実と思えない――。そのうち、こんな感覚に前にも襲われたことを思い出した。

東西銀行の同期で為替ディーラーとしてライバルでもあった君嶋博史《きみじまひろし》が、行内規定を逸脱した為替売買で失敗し、巨額の損失を出した責任から自殺したことを知った時だ。現在も時折、君嶋の夢をみる。

（そしてまた金融の世界で自ら死を選んだ男が出た）

彼は死の直前に自分に会いに来たのだ。

「東西帝都ＥＦＧ銀行を、ＴＥＦＧをよろしくお願いします！」

そう言い遺してから死んだ。

（なぜ死ななければならなかった？）

桂は佐久間との話を必死に思い出した。

（ＴＥＦＧが発行した高利回り私募債券にはデット・エクイティ・スワップ条項が付けられていた。今日から五営業日の平均株価で二兆円のＴＥＦＧ株が誰かの手に渡る。その誰かに佐久間が脅されていたのは間違いない）

自分がどう動くべきかを考えた。

（まず佐久間に手を合わせたい）

ＴＥＦＧの秘書室に電話を掛ける。

「桂だ。佐久間さんのことを教えてくれ。ご遺体はご自宅に着いたか？」

秘書室長は葬儀が公《おおやけ》に行われないことを告げて桂を驚かせた。

「ご家族で済ませたいと奥さまから謝絶されまして。こちらは全く動けない状態なんです」

夫人の心情が理解できない。

「お通夜《つや》もご葬儀も？」

「全て内々でやるからと……」

「自ら命を絶ったとはいえ、仮にも、東西帝都ＥＦＧ銀行の現頭取だぞ」

「我々も奥さまにそう申し上げたのですが……どうしてもと」

しばらく考えてから訊ねた。

「君はご遺体と対面したのか？」

「はい。私と二瓶総務部長とで、変わり果てた頭取に」

その言葉に胸が詰まった。

「そうか……二瓶君と……分かった。俺に出来ることがあったら、遠慮なく連絡してくれ」

「ありがとうございます」

電話を切った。

モニターでＴＥＦＧの株価をチェックした。昨日に引き続きストップ安になっている。

「あと四営業日か。その後、ＴＥＦＧに巨大な嵐《あらし》が来る」

桂はどう動くべきかを考えた。

（全てはＴＥＦＧが決めることだ。俺に出番はない。スーパー・メガバンクに属する者が自分たちでどうするかを決めなければ……）

佐久間の最期の姿が脳裏に浮かんでくる。

オフィスを出た。そして、丸の内仲通りを大手町まで歩いた。

（佐久間はこうやって歩いていたのかな……）

地下鉄の入口を見つけると降りて行った。

教えられた駅のホームでは乗降客が行き来している。

桂は長い間、そこで合掌を続けた。


頭取自殺の翌日の東西帝都ＥＦＧ銀行。

本店の各セクションでは何事もなかったように、行員たちが業務に就いていた。

本来なら総務部長として通夜や葬儀で忙しく立ち働かなければならないところだが、遺族に謝絶されたため、することがない。銀行にやって来る弔問客のために役員室に記帳所を設けただけだ。

ヘイジには佐久間が気の毒に思えて仕方がなかった。

(前頭取はあれほど立派な銀行葬で送られたというのに)

佐久間の自殺の理由をずっと考えていた。そこでようやく弓川咲子がどうしているのかと思い至った。

自殺の原因が弓川咲子との関係にあることも十分考えられるのだ。

企画管理部に内線電話をすると、何も連絡はなく休暇を続けている様子だった。

(さすがにニュースを見て出て来るだろう)

そう思い、また佐久間について考えた。

すると部員に声を掛けられた。

「二瓶部長。お客様です」

入り口に目をやると、見知らぬ初老の女性が立っている。

女性は佐久間の家の家政婦だと名乗った。

「実は昨日の朝、旦那様がお出かけになる前に、『明日、何があってもこれを本店の二瓶総務部長に届けてくれ』と言われまして」

そう言って持って来た紙袋をヘイジに手渡し、肩を落として帰っていった。

紙袋の中には薄い封筒と分厚い封筒、そして佐久間からヘイジ宛の手紙が入っていた。

二つの封筒とも絶対に銀行内で開封しないこと。桂元頭取に連絡し、桂氏と君だけで中身を見て処分すること。桂氏に君から全てを伝え、ご協力をお願いすること。

そう記されている。

ヘイジは急ぎ桂に電話をかけた。

「二瓶君か。昨日は大変だったな。実は――」

佐久間が自殺直前に桂のもとを訪れていたことを聞いて驚き、同時に納得もした。

桂はヘイジから話を聞くと、独特の勘で、オフィスではなく自分のマンションが良いと判断した。自家用車で出ると、ＴＥＦＧの前でヘイジを拾い、自宅に急いだ。

有栖川《ありすがわ》公園に面したマンションの自室に入るやいなや、封筒を開封した。

「こ、これは……」

薄い方の封筒を開いてまずヘイジが驚いている。

弓川咲子への暴行傷害事件の示談書のコピーだったからだ。

そして分厚い封筒を開封し、現れた数々の写真を見て言葉を失った。

封筒の中には佐久間からの走り書きも入っていた。

……二日前、これらが届き、男から電話があった。ネットに公表されたくなかったら死ぬまで自分たちに従え、と。そしてＴＥＦＧ株の買い支えはするなと命じられた。その男が何者なのかは全く分からない……。

◇

桂はヘイジから自殺した東西帝都ＥＦＧ銀行の頭取、佐久間均の私生活について話を聞いた。

彼が暗いものをまとったように思えた理由が分かった。

「銀行にとって頭取のスキャンダルは絶対に知られてはならないものだ。苦労していたんだな、二瓶君」

桂はヘイジの話をひとつひとつ吟味していった。

「全ては企画管理部にいる弓川咲子という女に行き着くのか。この写真の女は全部その女だな?」

「はい。それにしても、こんな若い頃からの写真まであるのには驚きます」

写真を時系列と思われる順番に整理してゆく。写っているものを見る作業は苦痛だったが、犯人への手がかりを摑むためには仕方がない。

「一番最初の写真は十年ほど前のものだな」

「部長時代ですね」

「そんな昔から、TEFGを狙《ねら》っていたのか」

ヘイジに訊ねられた。

「どういうことですか? TEFGを狙うって?」

そこで高利回り債券とデット・エクイティ・スワップの件を伝えた。

「またTEFGを乗っ取ろうという者が現れたんですか!?」

桂は答えた。

「そうだ。途轍もなく恐ろしい存在がこの写真を送りつけたんだ。それにしても敵がこんな昔から佐久間をターゲットにしていたとは考えがたいんだが」

二人で写真を見ていった。

初期の写真は二人がラブホテルに入るところや、リゾートホテルのラウンジで朝食を食べているところなどで、探偵が浮気調査で撮影したもののように思える。

「直近の写真には室内での行為そのものズバリが写されている」

写真を凝視しながらヘイジが言った。

「弓川咲子のマンションです。暴行傷害事件の時に、弁護士と一緒に部屋を訪れて中を見ています。間違いありません」

「色んな場所に隠しカメラを設置して撮ったものに違いない。弓川が仕掛けたにしては上手く撮れ過ぎている。彼女の同意のもとでプロが設置したんだろう」

「敵は弓川咲子を抱き込んでいる、と？」

桂は頷いた。

ヘイジはスマホから企画管理部に電話を掛けた。咲子が出てきているかどうか確認したが銀行には現れていないようだ。

「おそらく弓川咲子はこのまま消えるだろう。そういうシナリオになっているんだ」

桂はそう言ってから考えた。写真のあり方を総合的に分析すると仮説が生まれた。

だが、それはあくまで仮説にすぎない。

「敵には弓川咲子とは別の協力者がいる筈だ」

「別の協力者？」

「そいつが全ての鍵《かぎ》を握っている」

桂は続けた。

「その鍵を使って、奴らはＴＥＦＧの奥深くに入り込んだ。そして爆弾や罠《わな》を仕掛けた」

ヘイジは驚いている。

「今日を入れてあと四営業日でその存在は明らかになる」

「ＴＥＦＧを乗っ取るため……」

「ああ。だがまだ時間はある。二瓶君、これから本店へ行こう。幹部役員に我々の情報を伝えなければ」

「分かりました。秘書室長に連絡を入れます」

桂はヘイジを従え、東西帝都ＥＦＧ銀行の役員会議室に入った。

副頭取、二人の専務、市場部門担当常務、企画管理部長、秘書室長が揃っていた。

桂が全てを話し終えた時には、皆の顔が蒼白《そうはく》になっていた。

「さ、佐久間頭取がそんな形で脅されていたとは……」

「敵は周到に準備し、ＴＥＦＧの内部に入り込んでいる。大胆かつ細心に計画を進めている」

副頭取が訊ねた。

「その敵とは一体誰なんですか？」

桂は首を振った。

「まだ分からない。だが、昨日の火曜日から五営業日に当たる来週の月曜、マーケットが閉まった後で、その正体は明らかになる筈だ」

一同はゴクリと唾を呑み込んだ。

市場担当の常務に訊ねた。

「ＴＥＦＧ株の状況は？」

「駄目です。今朝から買い支えに入っていますが、頭取自殺のニュースが憶測を呼び、途轍もない売り物でストップ安です」

桂は冷静に言った。

「このまま月曜日の終値までストップ安が続くとしたら、二兆円の高利回り私募債券はＴＥＦＧの発行済株式数の三割を超える株に化ける。その段階で、株を全部握ったという者が現れる。そいつこそ、これまで策略を巡らせ、犯罪行為も厭《いと》わずこの銀行を我が物にしようとしてきた奴だ」

副頭取が口を開いた。

「実は、頭取が自殺される直前、私と専務が呼ばれたんです。そこで頭取は『今回の責任は全て自分にある』と言われたんです」

副頭取は続けて言った。

「この銀行の命運を元頭取の桂さんに託したい。事態を収束できるのは伝説の相場師たる桂元頭取だけだと強くおっしゃり、我々に頭を下げられたんです！」

「我々からもどうかお願いします」

隣にいる専務が立ち上がり深々と頭を下げる。

その瞬間、桂は自分に頭を下げた佐久間の姿を思い出した。

そして目を閉じて考えた。

ヘイジには長い長い時間に思えた。

桂がカッと目を見開いた時、皆と共に驚いた。鬼神のような顔つきになっている。

（あの桂さんが戻って来た！）

相場師桂光義がスーパー・メガバンクとなった東西帝都EFG銀行に戻って来た。しかし、この銀行はすでに絶体絶命の窮地に陥っている。

「これは、まぎれもない戦争だ」

桂は静かに語った。

「我々が想像すらしていなかった強敵との戦争だ。まずは、それを理解しなければならない。今回のオファーを引き受けるに当たって条件がある。事態が無事収束したら関東中央銀行を分離し、私が提唱するSRBとして、その経営をTEFGがサポートすること。いいか？」

全員が頷いた。桂はさらに言った。

「まず臨時取締役会をすぐに招集し、私に市場取引の全権限を与えることを承認して欲しい。私の肩書は特別顧問とし、事態が収束し次第、その任を解いて貰う。新頭取就任はこの事態が収まるまで待ってくれ」

副頭取が真剣な表情で「はい」と答える。

桂は市場担当の常務に命じた。

「ディーリングルームに私専用のデスクを用意してくれ。以前と全く同じ仕様で頼む」

「了解しました！」

次に桂は企画管理部長に命じた。

「スーパー・メガバンクへの過程で獲得した新しい資産、ＳＲＢのそれを徹底的に洗ってくれ。奴らがそこに何か仕掛けている可能性がある」

「承知しました」

戦闘モードに入った元頭取は次々と的確な指示を出していく。

（これだ！　これが桂さんなんだ！）

ヘイジは胸が熱くなっていくのを感じた。佐久間頭取と弓川咲子との関係の隠蔽という闇に光が差しこんだ。

そのヘイジにも桂は指示を出した。

それは意外なものだった。

「頼んだぞ」

承知しましたと力強く応えた。

「いいか！　月曜日まで徹底的に相場で戦う。ここが勝負の分かれ目だ。四万人いや、さらに大きくなったスーパー・メガバンク、ＴＥＦＧだ。その全行員を守る勝負になる。死ぬ気でかかるぞ！」

「はいッ‼」

桂が飛ばした檄に全員が大声で応えた。

# 第十一章　総力戦の行方

東西帝都EFG銀行本店のディーリングルームは日本一の広さを誇る。

最も早く出勤するのは若手の為替ディーラーたちで、シドニー市場がオープンする午前七時に間に合うよう、六時半には集まって来る。

そのうちのひとりがディーリングルームの様子が変わっているのに気がついた。

広大なディーリングルームの中央に近づいていくと、十二面ものディスプレーが配置された特注のデスクが置かれているのだ。

(これは桂頭取が使ってたものじゃないか……)

伝説のディーラー、桂光義は頭取になってもーディーラーであり続けたいとディーリングルームにデスクを有していた。

(誰がこんなもん入れたんだ？)

ぼんやり考えていると後ろから肩を叩《たた》かれた。

「おはよう」

その顔を見て驚いた。

「か、桂頭取！」

桂は笑った。

「もう頭取じゃないよ。これからまた君たちとここでマーケットと格闘だ。詳しい事情については常務から説明がある。とにかくよろしく頼む！」

そう言って右手を出した。

若手ディーラーが呆気《あっけ》に取られながら握手をしていると、続々と出勤してきた市場部門の行員たちが桂に気づいて集まって来た。

「桂さん！」

「頭取ッ！」

戦友が帰ってきたように桂を迎えている。

「LBOを掛けられた時はみんな言ってたんです。桂さんが相手じゃ勝負あったなぁって」

桂は苦笑した。

「申し訳なかったな。あれには深い理由があったんだ」

「いいんですよ。みんな勝負の世界で生きているんですから」

良い笑顔だと桂は思った。

「やっぱりいいなぁ！　ディーリングルームは！」

桂を囲んで、彼らは言った。

「お帰りなさい、桂さん」

その後、市場部門担当常務がディーリングルームに入って来た。

ディーリングルームの全員が中央に集められ、常務の説明を聞いた。

「二兆円の高利回り私募債券にそんな条項が……」

ＴＥＦＧ株が何故《なぜ》三日連続でストップ安になっているのか理解できなかっただけに、一様に納得しているようだった。

「そのことは今日、マーケットがオープンする前に発表する。大荒れになるぞ。桂さんと一丸となって戦ってくれ」

桂は挨拶《あいさつ》をしてから皆に告げた。

「相手はまだ分からないが、我々の想像を超えるような存在だと思われる。ＴＥＦＧというスーパー・メガバンクを手に入れるため周到に準備をしてきているんだ。ここからまだ何が起こるか分からない。覚悟してくれ。だが我々には日本最大の銀行としての力がある。何度も危機を乗り越えた経験がある。我々は強い！　絶対に負けることはない。死ぬ気でやるぞ！」

その言葉に全員が声を上げると同時に眼を輝かせた。

桂は株式、為替、国内債券、海外債券の各課長を集めた。

「今日からの三営業日、つまり月曜日まで当行の株価を上げられるだけ上げる。その為《ため》に俺のストレート・トレードに加えてアルゴリズム・トレードを併用する」

アルゴリズム・トレードとは、Aという銘柄の株価を上昇させるため、Aの株価に影響を与えるX、Y、Zなど全く別のものをトレードするというもので、超高速演算を行える大型コンピューターを有するTEFGならではの取引手法だった。

桂の専務時代にそれは開発されていた。

東西帝都EFG銀行が保有する株、債券、貸出資産の価値の変化を瞬時に把握しながら、どのような株や債券を売買すればTEFGの株価を上げることが出来るかが同時に示され、それを基にトレードを行うのだ。

「俺の相場観とアルゴリズムの掩護《えんご》射撃、その二つで総力戦を行う。この相場で俺に与えられている元本は三兆円だ」

「さ、三兆円。ひとりのディーラーが三兆円を動かすのか……」

若手ディーラーが呟《つぶや》いた。

皆の顔を見回して桂は宣言した。

「この相場、絶対に取る！」

ディーラー全員の血が滾《たぎ》った。

八時三十分。東京証券取引所で東西帝都ＥＦＧ銀行副頭取が発表を行う。

「当行が発行した私募債、二兆円の契約にはデット・エクイティ・スワップ条項が含まれており……」

株式、債券市場の先物の気配値が一斉に下がり、為替が五十銭円高に飛んだ。

「さぁ強烈な大波がくる！　やるぞッ！」

桂は声をあげた。

九時、地合いの悪さの中、市場が開いた。

まだ動くつもりはない。その隣にはアルゴリズム・トレードのオペレーターが控えていてコンピューターからの指示を伝えてくれる。

九時十五分。東西帝都ＥＦＧ銀行本店のディーリングルームは異様な雰囲気の中で沈黙を続けていた。広大な一室で誰もが息を潜めている。

「ＴＥＦＧ株の売り極大化、ストップ安をつけます！」

その株式課長の言葉で桂が動いた。

「行くぞ！　株式指数先物に一千億の買い物を入れろ！　敷島近衛とやまと両スーパー・メガに百億ずつ売り物を浴びせろ！」

次に為替課長に叫んだ。

「円を売れ！　対ドルで五千億だ！」

「ウオォ！」

ディーリングルームに地鳴りのような声が響いた。

「アルゴリズム・トレードのリストを教えてくれ」

隣のオペレーターに命じた。

「これだけ出してきています」

桂はディスプレーを覗《のぞ》き込んだ。

そこには百銘柄近い株と国債を含む様々な内外の債券が示されている。

「よし、このまま全《すべ》て総額で三千億円の買いになるように実行しろ」

オペレーターは頷《うなず》いて迅速に処理を行った。

「静かなものだな。コンピューターでの取引は」

桂はその様子を見ながら笑った。

「実行されました」

オペレーターの言葉を聞いて桂は叫んだ。

「ＴＥＦＧ株に一千億円の買い物を入れろ！　急速浮上だ！」

「ウオオォォ！」

再びディーリングルームに地鳴りが起こった。

一日目はこうして始まった。


正午、桂は一人で有楽町にあるスパゲティ店、ニッポン屋でナポリタンのジャンボに食らいついていた。大相場の時のルーティンだ。

前場《ぜんば》のトレード結果について考えている。

（おかしい……何かがおかしい）

その言葉が脳内で繰り返される。思うように株価が上がってゆかない。

違和感を覚えながら後場《ごば》に入った。

それを拭《ぬぐ》えぬまま、その日の相場は終了した。

ＴＥＦＧの株価はストップ安は免れたが、上昇していかない。

（特別大きな売り物に押されている訳でもないのに、なぜだ？）

桂の疑問に、アルゴリズム・トレードのオペレーターがその日全てのトレードをチェックした後で答えた。

「大変です。この結果から類推するに、当行の資産内容が筒抜けになっている可能性が高いです。それを基に誰かがカウンター・アルゴリズム・トレードをぶつけています！」

桂は拳《こぶし》を握りしめた。


午後五時。

「ルビコン計画」のメンバーが桂の前に集められた。

「いや、それは絶対にあり得ないです。我々がＴＯＢの時に使っていた隔離部屋はセキュリティーシステムが極めて厳密になされていて、イントラネットからも隔絶されたサーバーを使っていましたし、データのダウンロードも不可能でした。アウトプットは紙にしか出来ませんでしたし、毎日シュレッダーに掛け、溶解処理していました」

桂がＴＥＦＧの資産内容が洩《も》れた可能性を質《ただ》したことへの回答だった。

あることを思い出した。

（アメリカや中国は、シュレッダーに掛けられた書類を完全回復して解読する技術を持っている）

桂は訊ねた。

「シュレッダーに掛けた書類は誰が溶解処理していたんだ？」

「うちの部の弓川さんが毎日やってくれていました」

「何だと！」

◇

ニューヨーク、マンハッタン。

メトロポリタン美術館内にある、シュナイダー・ギャラリー。

ヘレン・シュナイダーの収集した現代美術の寄付を受け、展示されているコーナーだ。

ギャラリーの目玉ともいえる作品、マーク・ロスコの黒と灰色で描かれた抽象画、世界の終わりの扉を想起させるその作品の前に、ひと組の男女が立っていた。

「私はこの作品がとりわけ好きでね。よくこれだけを観《み》にくるんだ」

呉欣平がそう言った。

「本当に凄《すご》い作品です。こんなものを描いてしまったら、後は死ぬしかないでしょうね。それが理解できる。人間にはこの世に産みだしてはならないものがあるように感じます」

作者のマーク・ロスコが自殺したことを知っている湯河原早紀はそう言った。

「この世に産みだしてはならないものか。だがこの世には現に善悪あらゆるものが存在しているし、それぞれに存在理由がある。かく言う我々もそうだ」

「やるべきことは全てやりました。『T計画』での私の役割は果たしました」

早紀の言葉に呉欣平は頷いた。

「東西帝都ＥＦＧ銀行の内部深くに入り込み、爆弾を仕掛ける。見事にやってのけてくれたな」

呉欣平に早紀は笑いながら言った。

「それにしても桂光義という男、本当に面白いですね」

「ああ。日本人離れ、いやかつての戦国武将のような男だ。だが、あの男のお陰で手間がひとつ省けて助かった」

早紀は薄く笑った。

「ＴＥＦＧに対するカウンターＴＯＢとしてのＬＢＯ。あれで内部が大混乱になったために、全く疑われる事なく私募債券の発行が出来ましたから」

呉欣平も皮肉めいた笑みを浮かべた。

「あそこではシンガポールのアクティビスト・アルファをもう一度登場させるシナリオだっ

たのだが、それ以上の役者が出て来てくれた。あんなに有難いことはなかったな」

「ここからの勝負は？」

「ヘレン・シュナイダーが頑張ってくれている。それによって我々のアドバイス先が二兆円の高利回り私募債券を株転、発行済み株式の三割超を握り、舞台上に主役として現れる」

早紀は不敵な笑顔で訊ねた。

「登場した主役はその後、私が仕掛けた二つ目の花火を派手に打ち上げる訳ですね？」

「そう、それで決まりだ」

湯河原早紀も頷いた。

「スイスの君の口座には五千万ドルを振り込んでおいた。どうするんだね、これから？　范《はん》楊姫《ようき》に戻るのかね？」

范は笑った。

「さぁ、それは仕事次第ですね。ぜひ、またのオファーをお待ちしています。五……いや、呉先生」

呉欣平は頷いた。

同じマンハッタンのアッパー・イースト・サイドにあるコンドミニアム。

夕刻の午後五時三十分、ヘレン・シュナイダーはベッドから出てシャワーを浴びた。野菜中心の食事をとり珈琲《コーヒー》を飲む。

昼夜逆転は日本時間のトレードに合わせて生活のリズムを変えるためだった。

珈琲の入ったマグカップを手にヘレンは自宅内のディーリングルームに入り、あらゆる指標をチェックしてゆく。

全て順調に進んでいる。

(最初の二日間は楽勝、三日目にようやくアルゴリズム・トレードで株価を上げようとする相手が出て来たけれど、こちらのカウンター攻撃が効いてダウン。さぁ、あと二日。まあ、勝負の行方は見えているけれど)

呉欣平の依頼を受け、高利回り債券の株式への転換価格が決まる五営業日に、東西帝都EFG銀行の株価を徹底的に下げるトレードを行っていたのだ。

「まさか、桂光義がまた出て来るとは。でもこれで本当のリベンジが出来る!」

ヘレンはオメガ・ファンドによるTEFG乗っ取りをかけた勝負で一敗地に塗《まみ》れ、その後インサイダー取引で逮捕されて大きな挫折《ざせつ》を味わった。

「桂に必ず煮え湯を飲ませる!」

ヘレンがTEFG株を下げるために使っているのが、カウンター・アルゴリズム・トレードという最先端の手法だ。

オメガ・ファンドは世界で最も優れたアルゴリズム・トレードのプログラムを持つヘッジ・ファンドとして成功していた。しかし、それでは飽き足らず、ヘレンはインサイダー情報を利用して莫大《ばくだい》な利益をあげたのである。

「世界一のトレーダーがヘレン・シュナイダーだということを見せてあげる」

ヘレンは勝利を呼び込む情報を獲得していた。呉欣平からTEFGの詳細な資産内容を得ているのだ。

TEFGの株価を形成する要素、金利、為替、株式指数、金融商品の値動き、経済指標――その全てを把握した上に、TEFGの資産をガラス張りにしての売り仕掛けなのだ。

「私に敵《かな》う筈《はず》がない」

ヘレンは四日目のトレード、日本時間、金曜日の朝に備えた。


桂光義はアルゴリズム・トレードのオペレーターと徹夜で対策を練った。

湯河原早紀と弓川咲子によって東西帝都EFG銀行の資産内容が詳細に敵の手に落ちていると想定し、全てをチェックし直したのだ。

「プログラム修正でやれることはやってみました。ただ、実際にトレードしてみないと結果は分かりません。こちらの致命的情報を相手に握られてのことですから」

自信なげに答えるオペレーターに桂は笑顔で言った。

「今日と月曜、まだ二日ある。君はやれるところまでやってくれ。あとは俺が力勝負で打開する」

そうして四日目、金曜のトレードが始まった。

「駄目だ……ことごとく潰《つぶ》されてしまう」

オペレーターがトレードの結果を見ながら呟いた。

桂は桂で必死にトレードを続けていた。

「荒れた相場だが、一円でも多く稼いでおこう」

為替や債券、株式市場で、桂は鬼神のごとく売買を行った。だが、TEFGの株価は下がり続け、TEFGのディーリングルームは静まり返っていく。

その日もストップ安近くまで売られた。

「あと月曜日一日しかありません……」

オペレーターが項垂《うなだ》れて言った。

「敵のカウンター・アルゴリズム・トレードは、完全にウチにロック・オンしています。完敗です。ただ敵のプログラムについてだけは、本日のトレード分析で分かりました」

数学的なことやプログラムの詳細を話されてもさっぱりわからない。

「シュナイダー方程式を使ったアルゴリズムのＹＳバージョン、別名〝ワルキューレ〟。オメガ・ファンドが使っていたプログラムです」

（まさか!?　ヘレン・シュナイダーだというのか！）

心底、まだ見ぬ敵が恐ろしくなった。

「だが、どうなんだ？　プログラムが分かったのなら、それを潰すアルゴリズムに修正出来ないのか？」

オペレーターは項垂れる。

「プログラムを作成した人間ならいざ知らず、それは不可能です。何故なら――」

アルゴリズムの数学的説明が延々と続き、しまいには頭が痛くなってしまった。

「すまん。頭を冷やして来る」

そう言って立ち上がり、ディーリングルームの出入口まで来た時だった。

桂はあることに気付き、突然踵《きびす》を返してオペレーターに走り寄った。

「さっき、さっき何と言った？」

オペレーターは何のことか分からないという顔をしている。

「敵のプログラムの名前だよ」

「〝ワルキューレ〟ですが？」

「その前だ！　何の何バージョンと言った？」

オペレーターはあぁという風になった。

「シュナイダー方程式アルゴリズムのＹＳバージョン……ですが？」

桂の顔が輝いた。

「いける！　いけるぞ！」


翌日の土曜日。

桂は湘南《しょうなん》海岸沿いをクルマで飛ばした。

着いたのは北鎌倉の森の中だった。

◇

月曜日を迎えた。

午前七時、アルゴリズム・トレードのオペレーターがディーリングルームに出勤した。

目を疑った。

自分のデスクに見知らぬ熟年女性が座って作業をしているのだ。

長い髪に端整な面立ち、ビジネススーツがピタリと決まるその姿は、ウォール・ストリートのインベストメント・バンカーのようだ。

女性はオペレーターに気づくと笑顔になって言った。

「あなたのプログラムを昨日のうちに修正させて貰《もら》ったの。勝手なことをしてごめんなさいね」

「ちょっと待って下さい！　どういうことですか？　あなたは一体どなたです？」

そこへ桂がやって来た。

「俺が頼んだんだ。許してくれ」

桂が紹介する前に女性は自分から名乗った。

「鎌倉《かまくら》と申します。鎌倉暁子《あきこ》です」

桂がくすりと笑った。

「鎌倉暁子か……」

オペレーターは語気強く訴えた。

「桂さん、どういうことです？　最も重要な最終日なのに、何故こんなことを？」

すると修正されたプログラムのチェックを勧められた。彼女から席を譲られたオペレーターは怒りを押し殺して調べていった。

「まさかこんなことが……敵のプログラム〝ワルキューレ〟が丸裸にされている！　凄《すげ》え！」

振り返ると、桂と女性が顔を見合わせて微笑《ほほえ》んでいた。

土曜日、桂が愛車を駆って訪れたのは北鎌倉にある尼寺、慈暁寺《じぎょうじ》だった。

寺の庭を見ながら待っているとその尼僧《にそう》は現れた。

「ご無沙汰《ぶさた》しております。桂さん」

仏門に入った佐川瑤子《さがわようこ》だ。綺麗《きれい》に剃《そ》り上げた頭が清々《すがすが》しい。

ヘレン・シュナイダーのかつての恋人であり、ビジネスパートナーとしてオメガ・ファンドを動かしていた女性だ。外務官僚だった父が五条健司の謀略で自殺に追い込まれたことを知り、五条と共謀してのＴＥＦＧ乗っ取りを土壇場《どたんば》で阻止してくれた桂の恩人である。

「尼さんにこんなことを言うのはどうかしているが、相変らず綺麗だね。佐川くん」

瑤子は笑った。

「駄目ですよ。色を断っている身ですから」

二人で笑った。

「今日はどうされたのですか？」

桂は手早く要点を説明し、最後に付け加えた。

「五条は生きている。この裏には絶対にあの男がいる。俺の勘は百パーセントそう言っている。その証拠にヘレン・シュナイダーも出てきた。間違いないんだ」

瑤子は庭に目をやっている。

「頼む、佐川くん。もう一度、ＴＥＦＧを五条から守ってくれ！」

瑤子は向き直り、ゆっくりと頷いた。

「分かりました。義を見てせざるは勇なきなり。五条さんへの私怨《しえん》は消えておりますが、今回は桂さんの義に従いましょう。庵主《あんしゅ》様に一時還俗《げんぞく》のお許しを得て参ります」

こうして桂は佐川瑤子を得たのだった。

〝ワルキューレ〟――ペガサスに乗って飛翔《ひしょう》する女神たちの軍団の名を冠したプログラム。ヘレン・シュナイダーが創《つく》り上げた方程式を基に、佐川瑤子が完成させたアルゴリズム・トレードのための最強プログラムである。〝シュナイダー方程式アルゴリズム・ＹＳバージョン〟――ＹＳが佐川瑤子のイニシャルだということに桂は気がついたのだった。

月曜日のトレードが始まった。

「これまでとは全く違います！　どんどん嵌《はま》っていく！」

オペレーターはそう声を上げた。

ＴＥＦＧの株価は、その日も寄り付き前は大量の売り物でストップ安の気配だったが、どんどん気配値を切り上げていた。


異変に真っ先に気づいたのは、ニューヨークでトレードを行っていたヘレン・シュナイダーだ。

（一体どうしたの？）

アルゴリズム・トレードが上手《うま》く流れてゆかない。

ヘレンはトレードを解析した。

（私のカウンター・アルゴリズムに誰かがクロス・カウンターを仕掛けている？）

信じられない状況だった。

「ありえない！　絶対にありえない！」

そう叫びながら何度もトレード結果を解析したが結論は同じだ。

「こんなことが出来るのは、まさか！」

ヘレンの脳裏に元恋人、佐川瑤子の顔が浮かんだ。

（ヨーコが、ヨーコが私に戦いを挑んでいる？）

自らの心に火が点《つ》くのを感じた。物凄い勢いでキーボードを叩き、プログラム修正を行っていく。数学とプログラミングの天才、ヘレン・シュナイダーの真骨頂だ。

「さぁ、ついて来れるものならついて来なさい、ヨーコ！」

午前十時過ぎ、ＴＥＦＧのディーリングルームでは、アルゴリズム・トレードのオペレーターがディスプレーを見ながら表情を変えていた。

ＴＥＦＧへの売り物が吸収され、株価が上昇を見せていた矢先だった。

「おかしい……おかしいです」

オペレーターは桂に呟いた。

「またアルゴリズム・トレードが潰されています。でも、こんな短時間で敵がプログラムを修正出来るとは思えません」

それを聞いた鎌倉暁子が落ち着いた調子で言った。

「ごめんなさい。私にやらせて貰える？」

オペレーターは桂を見た。桂は頷いている。

鎌倉暁子は席に着くとすさまじい速さでキーボードを叩き、トレードとプログラムのチェックを行っていった。

オペレーターはそのスピードにただただ驚嘆していた。

佐川瑤子はトレードを解析しながらヘレンの存在を確かに感じていた。

(ヘレン……やはり、あなただった)

瑤子はプログラムを修正しながら、大量のトレードを同時に行える者はヘレン・シュナイダーしかいないと確信した。

(ヘレンとの一騎打ちが出来るなんて)

佐川瑤子はかつてない興奮を覚えていた。

それはプログラムを共同で作った二人の天才だけに可能な戦いだった。

ニューヨークと東京、TEFGの株価を巡り、究極の頭脳戦が戦わされているのだ。

全身全霊で臨んでいる佐川瑤子にはもう何も聞こえない。

桂は相場師としてそれが分かった。

(佐川くんは今、しんと静まり返った世界にいる筈だ。完全にゾ、ー、ン、に入っている)

桂には見えた。大きな翼のペガサスに乗った二人の女神が、大空高く剣を交えている姿が。

佐川瑤子が大きな声を出した。

「桂さん、今です！　株式指数先物を五百億。債券先物を一千億。それぞれ買い物を入れて下さい！」

それを受けて命じた。

「株先物五百億！　債券先物一千億の成行き買いだ！」

株式デスクと債券デスクが一斉に動く。

「TEFGの株価が上がっていきます！」

株式トレーダーが叫ぶと、ディーリングルームにどよめきが起こった。

「来た来た来たぁ！　ついに来たぞッ！」

TEFG株の上昇をこれほど嬉しく感じることはなかった。

前場《ぜんば》、ヘレンと佐川瑤子の戦いは拮抗《きつこう》していたが、後場《ごば》、二時以降から完全に佐川瑤子が優位に立った。

「やった、完全にこちらのアルゴリズム・トレードが嵌っている！」

オペレーターが歓声を上げた。

その時、桂は佐川瑤子が何やら呟いているのに気がついた。

「……無《む》眼界《げんかい》乃至《ないし》無《む》意識界《いしきかい》無《む》無明《むみよう》亦《やく》無《む》無明《むみよう》尽《じん》乃至《ないし》無《む》老死《ろうし》……得《とく》阿《あ》耨《のく》多《た》羅《ら》三《さん》藐《みやく》三《さん》菩提《ぼだい》故《こ》知《ち》般若《はんにや》波羅蜜多《はらみつた》……羯諦《ぎやてい》羯諦《ぎやてい》波羅《はら》羯諦《ぎやてい》波羅《はら》僧羯諦《そうぎやてい》菩提《ぼじ》薩婆訶《そわか》……」

般若心経《はんにゃしんぎょう》だった。

その佐川瑤子がまた声を上げた。

「円を一千億対ドルで売って下さい！　同時に株式指数先物に五百億の買い！　その後すぐ、当行株に一千億の買い物を入れて下さい！」

桂がオーダーを入れる大声がディーリングルームに響く。

三時五分、場が完全に引けた。

「やった、TEFG株をストップ高に持って行けたッ！」

ディーリングルームは大騒ぎだった。

「ありがとう！　ありがとう！　さが……いや、鎌倉さん！」

そういって右手を差し出した桂の握手に応じながら、佐川瑤子は微笑んでポツリと言った。

「二円行って来ます」

ディーリングルームをすっと出て行く。

オペレーターが首を傾《かし》げつつ訊ねてきた。

「何ですか？　ニエンって？」

笑って言った。

「昔のディーリングルームの符丁でトイレに立つ時に言うんだ。トイレにいって戻ったら円ドルが二円動いていたっていう逸話から来てる」

株式売買担当の女性行員はようやく場が引け、トイレに駆け込んだ。

「!!」

驚きのあまり危うくその場で失禁するところだった。目にした光景がホラー映画の一場面のようだったからだ。

長い髪が洗面台から垂れ下がり、その隣で坊主頭《ぼうずあたま》の美しい女性が日本手拭いで頭を拭いている。

凍ったように立ちつくすその行員を見て彼女は言った。

「ごめんなさいね。驚かせちゃって。汗かいちゃったのよ」

そして、茶目っ気たっぷりに笑った。

◇

弓川咲子がそこに連れて来られて、一週間が過ぎていた。

(あの人から連絡があって、全てを終える準備をしろと言われてから……もう十日)

窓から見える午後の海を見ながら呟いた。

伊豆高原にある邸宅のような別荘に咲子はずっと滞在していた。いや、軟禁されていた。

「全てが終わるまでここにいて頂く」

そう指示され、監視が付けられていては散歩すら出来ない。

食事は三食、ケータリングで運ばれてくる。

根津のマンションに銀行への退職届と「ご迷惑をお掛けして申し訳ありません。捜さないで下さい」と書いたメモを残し、迎えに来た二人の男と共にクルマに乗った。

男の一人には見覚えがあった。

「ルビコン計画」プロジェクト・ルームのハウスキーピングを担当していた時は毎日、シュレッダーされた紙屑を秘《ひそ》かに別の紙屑と取り換えて、溶解作業所に持って行っていた。そして、実際に隔離部屋から出たものは自宅に持ち帰っていたのだ。

(私が帰宅するのを見張っているかのように、あいつはすぐにそれを取りに来た)

咲子はその男が何者なのか全く知らない。

(全て、あの人の指示通り)

やがて咲子を乗せたクルマは伊豆高原の別荘についたのだ。

それからは、次の指示が来るのを待つしかなかった。

(あの人に十一年……そう、十一年従って来た。それもあと少しで終わる)

火曜日の夜、テレビのニュースで咲子は佐久間の自殺を知った。

「あぁ……死んだんだ」

そう呟いた。

(全てが終わるってこういうことなんだ……)

弓川咲子は十一年前を思い出した。

「私、部長みたいな人と結婚したいなぁ」

部長の佐久間均に忘年会の後に連れていって貰ったバーで甘えてみた日から、佐久間の不倫相手となった。

普段はラブホテルを利用し、佐久間の出張の際には豪華なホテルに一緒に泊まり、経験したことのない贅沢《ぜいたく》を味わった。佐久間に夢中になった。身体《からだ》を貪《むさぼ》り合うことに無上の悦《よろこ》びを感じた。佐久間にはケチな面もあるが、それすら可愛いと思えていた。心から好きだったのだ。

そんな関係になって三ヵ月目、咲子のアパートに大きな封筒が匿名《とくめい》で送られて来た。

「なにこれ？」

開封した咲子は声が出せなくなった。

自分と佐久間がラブホテルから出て来るところが鮮明に写されている。それだけではない。リゾートホテルで共に朝食をとっている写真もある。

(誰がこんなものを?)

そこには手紙が入っていた。

「この件は誰にも話さず、次の日曜日、午後二時に帝都ホテル三〇六号室に来い。もし佐久間に話したり、来なかったりしたら、お前の実家と銀行の人事部にこの写真を送る」

そう書かれていた。

咲子は従うしかなかった。

約束の時間に弓川咲子は帝都ホテル三〇六号室のドアベルを鳴らした。

ドアが開けられた時、部屋を間違えたかと思った。

品の良い中年女性が現れたからだ。

「入って頂戴《ちょうだい》」

そう言われてソファに座らされた。部屋にはその女性しかいないようで、少しほっとした。

しかし、女性の言葉が咲子を凍りつかせた。

「あなたを訴えます。既婚者と知りながら佐久間均を誘惑して不倫関係を持ち、佐久間と私の幸せな結婚生活を壊した。一億円の損害賠償請求訴訟を起こします。ここに関係書類は揃《そろ》えてあります」

一億と言われて目の前が真っ暗になった。

「ま、待って下さい！　部長の奥さまなんですか？」

「妻の佐久間瑛子です」

そう言って彼女は何故か笑顔を見せた。

「申し訳ありません！　で、でも……部長から、そう、部長から誘われたんです」

瑛子は黙っていた。そして、拍子抜けする様な軽い調子で咲子に訊ねた。

「話は長くなるわ。何か飲む？」

ルームサービスの珈琲が運ばれて来た。

弓川咲子は懸命に自己弁護した。

瑛子は珈琲を品良く口に運んでから、こう告げた。

「では、取引しましょう。あなたを訴えない代わりに、今後、私の指示に従って貰う。そうすればあなたに想像も出来ない金額のお金をあげる」

「どういうことでしょうか？」

「まず、これまで通り、佐久間との関係を続けて頂戴」

「はぁ？」

理解が出来ない。

「私は佐久間に復讐《ふくしゅう》したいの。その為にたっぷり時間を掛けるつもり。だから、あなたに力になって貰いたいのよ」

「私と部長は……今まで通りで……いい」

「ええ。徹底的に佐久間を骨抜きにして欲しいの。そうすればあなたは莫大なお金を手にすることが出来る」

「どういう意味でしょうか？」

そこで一転、厳しい口調になった。

「あなたにはやるかやらないかのどちらかしか答えはないの！　今日にでも提訴されるか、それとも、今まで通り、いえ今まで以上の深い関係を築くか！」

咲子は提訴するといわれ、また怖くなった。

「分かりました。いえ、お話は良くは分かりませんが……奥さまのおっしゃることに従います。本当に部長とお付き合いを続けてよろしいんですね？」

瑛子は頷いた。

「そうすれば何年か経《た》った後で、一億円を必ずあなたにあげる。私が資産家だということは佐久間から聞いているでしょう？　だから嘘《うそ》じゃない。その為に守って貰いたいことは、たったの二つ。絶対に佐久間にこのことを悟られないこと。そして私から指示があった時には、どんな内容であれ、必ず従うこと。この二つが守られなかったら、あなたを直ちに提訴するからそのつもりで」

こう命じられ、弓川咲子は佐久間均と不倫関係を続けた。

不思議なことに、次第に面白くなってきた。

黒い企《たくら》みを含んだ情事というものが咲子には合っていたのだろう。性技を磨き、佐久間をどんどん夢中にさせていった。

年月を経てゆくうちに愛情は失われ、弓川咲子は佐久間を道具としてしか見なくなった。

「必ずあなたには一億円をあげるわ」

瑛子の言葉が自分の中で大きくなっていく。

佐久間は不思議なほど出世していった。そのことで、さらにいい思いをさせて貰うことも出来た。しかし、一億円の先物契約にはとても敵わない。

そして、あの日がやって来る。

佐久間瑛子から電話が掛って来たのだ。

「いよいよあなたが一億円を手にする時が来たわ」

そこで命じられたのが、暴行傷害事件のでっちあげだったのだ。

シナリオは瑛子から渡されていた。それは恐ろしく上手く進行した。

TEFGが全てを隠蔽《いんぺい》してくれたことで、弓川咲子は特別な存在になった。自分でも意外なほど佐久間への罪悪感は覚えなかった。咲子は一億円の示談金を手にした上、佐久間を通してメガバンクを意のままに動かせるようになったことに大きな喜びを見出《みいだ》した。

(ゲームをもっと楽しんでやる)

性と心理学に関する本を読みあさり、佐久間を倒錯の深みに引きずり込むことに成功した。

(一億円をむしり取った悪女に大企業のトップが尻尾《しっぽ》を振って従う。こんな面白いゲームがこの世にあるなんて)

徹底的に楽しんだ。そこへ瑛子は新たな話を持ち込んで来たのだ。

「やって貰いたいことがあるの。これが成功すればあなたにもう一億あげる。それで契約終了。解放してあげる」

そうして瑛子から派遣された男たちが、弓川咲子の部屋に隠しカメラを仕掛けて行った。

その後、瑛子に指示された通り佐久間を動かして自らを企画管理部へ異動させ、そこでも指示された通りに動いたのだった。

「？」

玄関が騒がしいと思ったら見知らぬ男たちがどっと入って来た。

「弓川咲子さんですね？」

◇

ニューヨークの呉欣平は、上海の中国投資銀行総裁の崔華鳳と電話で話していた。

「ヘレン・シュナイダーは詰めを誤りましたが、想定内です。申し上げた通りプランBでお願いします」

呉欣平は落ち着いて言った。

崔華鳳も冷静な声を発した。

「上手《じょうず》の手から水が漏れたということですな。まぁ、こうなった方が我々の土俵で戦いやすい。世界に派手に公表されることなく、秘密裡《り》に進める方がいい」

「さすがは崔総裁、近い将来、北京《ペキン》で最高権力者になられる方だ。大人《たいじん》の器を備えておられる」

崔華鳳は鷹揚《おうよう》に笑った。

「世辞は結構。では直ちにTEFGに秘密会談を申し込もう」

「シナリオ通りにTEFGにおっしゃって頂ければ、全て上手く行きます。国家的な脅しと隠蔽——日本の金融機関にとって最大の弱点を突くのですから、何の問題も起きません。念のため、私もその会談には総裁のアドバイザーとして同席させて頂きます。今からそちらに飛びます」

そう言って電話を切った。

呉欣平の脳裏に桂光義の顔が浮かんでいた。

「あの男は日本の金融機関のアウトサイダー、相場師だったな。いや大丈夫だ。今回は私が勝利を得る」

桂光義は連絡を受けた時、やはり来たかと思った。

（中国投資銀行、どでかい奴が現れたな）

佐川瑤子の活躍でTEFGは株価を上昇させ、二兆円の高利回り債券が株転されても、発行済み株式数の三割には届かない。

（一気にTEFGを手に入れることは無理としても、大量保有者には違いない。秘密会談の要求と来やがったか）

桂の体からは蒼白《あおじろ》い炎のようなものが放たれていた。相場師、桂光義もまたゾーンに入っていた。

木曜日、日本時間午前十時五十分。

東西帝都ＥＦＧ銀行の役員会議室には主要役員が揃っていた。

特別顧問の桂光義、副頭取、二人の専務と市場担当の常務。そして、総務部長の二瓶正平が、ある男と同席していた。

定刻になり、ビデオ会議が始まった。

役員会議室の大型ディスプレーに中国投資銀行総裁の崔華鳳が映し出された。

崔華鳳は流暢《りゅうちょう》な英語で挨拶すると即座に本題に入った。

「我が中国投資銀行傘下《さんか》の米国投資会社、ＣＩＣ（China Investment Co., Ltd.）は御行の発行された、高利回り私募債券、額面で日本円にして二兆円の全てを保有しています。ご存知の通り、この債券にはデット・エクイティ・スワップ条項が付いております。我々が株転を宣言しそれを実施すれば御行の発行済み株式数の23％となり、単独で最大株主となる。それをまずご認識頂きたい」

　そう切り出した崔華鳳に対して桂光義も英語で答えた。

「交渉の全権を委任されている桂光義です。崔総裁のご発言内容、承知しました。単刀直入にお訊《たず》ねします。そちらの要求とは」

「中国投資銀行によるＴＥＦＧへの経営参画です。まずは当方より取締役三名を派遣します。その後、出資比率を上げ、我々が経営権を掌握します」

　眉《まゆ》ひとつ動かさずにきっぱりと言い切った。

「お断りします」

　崔華鳳は苦笑する。

「状況が分かっていらっしゃらないようですな。素直に従って頂いた方が御行の為ですよ」

「お断りします。高利回り私募債券は速やかに償還します。それに同意頂きます」

　崔華鳳はやれやれというように首を振ってから言った。

「この会談を秘密会談としたのには訳があります。それは――」

　そう言いかけたところで桂が封じた。

「当行が買収したスーパー・リージョナル・バンク、関東中央銀行。その前身のひとつである北関東銀行が子会社とした鉱山採掘会社の件ですね？」

　崔華鳳は驚いている。桂は続けた。

「その採掘会社が中国での採掘で土壌汚染を起こし、多数の被害者が出た。地元政府から多額の損害賠償を請求された同社の肩代わりをした北関東銀行は年間二十億円もの支払いを五年間続けた。全てはデリケートな日中関係に配慮するという理由で隠蔽され、秘密裡に行われて来た。そうですね？」

崔華鳳は黙っていた。

「次はこうおっしゃる筈だった。土壌汚染はまだ広がっており、被害も拡大している。数兆円の被害額が想定されるため、今の親会社であるＴＥＦＧに損害賠償を求めたいが、そうはしない代わりに速やかにＴＥＦＧへの経営に参画させろ。そうですね？」

焦《あせ》りを見せた崔華鳳に桂がたたみかける。

「そちらに、あるファイルを送信します。ご覧下さい」

崔華鳳は手元のＰＣを操作した。ファイルを開いた途端、驚愕《きょうがく》を露わにする。

桂は戦いが始まった時、ＳＲＢ関連で問題がないかを調べさせた。

その時に企画管理部長から聞かされたのが北関東銀行にまつわる噂《うわさ》だった。

(確かに辻褄《つじつま》が合わない。これは裏があるぞ)

桂は、中国にいるＴＥＦＧ総研の山下一弥と下山弥一に早急な調査を依頼した。

「桂さん、でっちあげや！　地方政府の役人どもがつるんで企業にたかっとんのや。北関東銀行は『日中の外交問題になりますよ』と脅され、自分らでちゃんと調べもせんとまんまと引っかかっとる。実は同じようなことがアメリカの企業でもあって、あちらからも調査が入っとったんや。アメリカさんはＣＩＡの息の掛った連中みたいやで。連中はこの事実を近々全米のマスコミに流す言うとる。それらをまとめたファイルを送りまっさかい、上手いこと使《つこ》てくださいや！」

調べ終えた山下は電話口でそう言った。

崔華鳳が見ているのはそのファイルなのだ。

「総裁、シンガポール経由で北関東銀行から送られた百億円が、あなたの支配する組織に入っているようですね」

崔は冷たい汗をかいていることだろう。

「北京がこれを知ったら、あなたはどうなるんでしょう？」

一気に攻めかかった。

崔華鳳が隣の人間に何やら相談しているのが画面から分かった。隣に誰が座っているかはこちらからは見えない。

「この文書は出鱈目《でたらめ》だ。このようなことで我々が引き下がると思っているのか？　我々はＴ

ＥＦＧ株の23％を既に手にしている。これを基にただちにＴＥＦＧにＴＯＢを掛ける手続きに入る。恩情で秘密裡に処理してやろうと思っていたのに残念だな」

「総裁にお話ししたいという方が二名いるのですが。お二人とも日本ではなく今、海外にいらっしゃいます。このビデオ会議に参加して頂きますが、よろしいですね？」

怪訝《けげん》な顔つきになった。そして、最初に画面に現れた人物を見て崔華鳳は目を見開いた。

「エドウィン！」

アジア最大のヘッジ・ファンド、ウルトラ・タイガー・ファンドを香港で動かし、中国本土でも著名なエドウィン・タンこと塚本卓也だった。塚本は亡くなったデビッド・タンの遺言で、グループ全資金の運用責任者になっていたのだ。

塚本は訛《なま》りのない北京語で言った。

「崔総裁、香港にある中国投資銀行の子会社、中華投資公司に対し、ウルトラ・タイガー・ファンドはＴＯＢを掛けます」

「な、何だと！」

ウルトラ・タイガー・ファンドの規模と恐ろしさを崔は熟知している。

茫然《ぼうぜん》としている崔華鳳に追い打ちをかける。

「もうひとかた、お話ししたいという方がいらっしゃいます」

画面に現れたのは白人の老人だ。

桂以外、誰もそれが何者かを知らない。

「ミスター・崔《ツィ》、お初にお目に掛る。ジャック・シーザーだ」

「ジ、ジャック・シーザー。嘘だ！　そんな筈はない！」

慌てふためく崔華鳳にシーザーは静かに言った。

「そうおっしゃるのも無理はなかろう。名刺代わりに私が投資資金を置くスイス・クレジット・ユニオン銀行の残高証明書をメールさせて頂く。とくとご覧あれ」

崔華鳳は送信されて来たファイルをあわてて開いている。その天文学的数字を見て顔色を失った崔にシーザーは言い放った。

「そちらの傘下の米国の投資会社、ＣＩＣ（China Investment Co., Ltd.）に対し、私はＴＯＢを掛ける。宣戦布告だ」

崔華鳳がすがるように隣の人物と話している様子が分かった。

五分後、崔華鳳は告げた。

「完敗だ……。高利回り債券は早期償還に応じる」

桂は間髪を入れず言った。

「では、今から送る書類に署名をお願いします」

送信した償還承認書に崔華鳳は放心した顔で電子署名を行った。

確認した桂は力強く宣言した。

「ダン（決まり）！」

崔華鳳が項垂れた時、ひとりの男が英語で毅然《きぜん》と言った。

「崔総裁、日本の公安を舐《な》めてもらっては困る！」

発言したのはヘイジの隣に座していた、警察関係顧問の二階堂和夫だった。

「汝官窯。崔総裁、汝官窯の壺《つぼ》の件はどうする！」

崔華鳳が息を呑んだ。

◇

ヘイジは桂光義が戦闘モードで指示を出していた最中、意外なことを頼まれた。

「二瓶君。当行の警察関連顧問、二階堂さんはよく知っているな？」

「はい、色々と助けて頂いています」

「二階堂さんに協力して貰って、亡《な》くなった佐久間頭取の夫人を調べてくれ」

「どういうことでしょうか？」

桂の目が光った。

「俺の勘が正しければ、佐久間夫人が鍵《かぎ》を握っている」

ヘイジは驚いた。

「二階堂さんはただの退職警官ではない。彼を信頼して、君の持っている情報を全て伝えて協力を頼んでくれ」

「承知しました」

その週末。

ヘイジは二階堂和夫と共に島津山の佐久間邸を訪れた。

その威容に圧倒された。

「あれ？」

掲げられている立派な表札の名前が「星野」となっている。

「二階堂さん、ここが佐久間頭取のご自宅なんですよね？」

「間違いありません。報告によると先週まで表札はなかったそうです」

瑛子は佐久間が死去してまもなく、旧姓星野の表札を掲げていた。

「佐久間さんが気の毒になりますね。こんな立派なお屋敷にご家族がいるのに、葬式もちゃんとして貰えなかったなんて……」

「はい。ただし、現象には必ず真実が隠されています。今から、それを摑《つか》みましょう」

二階堂の言葉に彼の自信を感じた。

洋館の応接室で瑛子と対面した。

「どのようなご用件ですの？　佐久間のことがあって大変疲れておりまして」

「大変申し訳ございません。奥さまに直接お話ししたい件がございまして、当行顧問の二階堂と共に参上した次第です」

ヘイジがそう言った後で、二階堂はお初にお目に掛りますと名刺を出した。

「顧問の二階堂さま……どういうご用件？」

二階堂はにこやかに言った。

「実は、頭取がお亡くなりになって、国税庁がそのご遺産に興味を持って動いているという情報を摑みました」

瑛子は驚いている。そこにヘイジが重ねた。

「二階堂さんは裏の情報に長《た》けた方でして、役員の皆様の税金対策にも力を貸して頂いております」

それを聞いて、にこやかな表情になった。

「そうでしたの。でも佐久間には何の財産もなかったんですのよ」

二階堂はその言葉に頷いて言った。

「仮にも東西帝都EFG銀行の頭取です。国税にそれは通りません。奥さま、必ず国税はこのお屋敷に査察に入ります。トラブルを避けるためにも、私どもにお屋敷内をご案内願えませんか？　どこか他へ移動させた方がよい物があればアドバイスさせて頂きます」

そう言って微笑んだ。

「そうね……国税は恐《こわ》いと聞きますものね」

こうして瑛子は二人をまず洋館内に案内し、次に隣の別邸である日本家屋の中国陶磁器の展示室に連れて行った。

「全て私のコレクションですの。大丈夫かしら？」

中央の最も目立つところに美しい壺が置かれていた。

「こちらは？」

瑛子が何とも嬉《うれ》しそうに二階堂に答えた。

「汝官窯ですのよ。私のコレクション中で最高のもの」

二階堂が笑顔で訊ねた。

「日本橋の物春堂から購入されたものでしょうか？」

「あら、良くお分かりになるわね。さすがは税金対策の専門家でいらっしゃる」

次の瞬間、二階堂は表情を変え、内ポケットから携帯電話を取り出した。

「物《ブツ》があった」

電話を切ってから一分も経たないうちに男たちが現れた。

「何ですの？　あなたたちは？」

男の一人が瑛子に書類を見せた。

「佐久間瑛子、外為法違反容疑で逮捕する」

彼らは警視庁の刑事だった。

「亡夫、佐久間均氏への恐喝容疑もある。じっくり調べさせて貰うぞ」

瑛子は抵抗の甲斐《かい》なく連行されて行った。

その姿を見送ってから二階堂はヘイジに言った。

「かなり前から公安は、佐久間瑛子と物春堂の関係に内偵を進めていたようです」

「公安が？」

二階堂は頷いた。

「物春堂は崔華鳳が影響力を持つある組織の日本での活動拠点だったようです。長年に亘《わた》り経済関係を中心に、我が国で様々な工作を行っていた」

ヘイジは驚いた。

「頭取夫人がそのターゲットだったんですか？」

「そうです。佐久間夫人の父親が日中友好議員連盟の会長だった関係から、彼女は若い頃から中国とは様々な人脈を持っていたそうです。そこには組織の工作員たちもいた」

「組織は何をしようとしたんですか？」

「まずは、彼女の夫が帝都銀行で偉くなっていくところに目をつけたのでしょう。やがて帝都銀行は日本最大のメガバンクに化け、夫の佐久間均氏は頭取にまで昇り詰めた。組織にとって彼女の価値も上がっていった」

「それで、彼女は何をしたんですか？」

「これからの取り調べで明らかになるでしょうが、夫の均氏や弓川咲子を操ってＴＥＦＧ内での工作を行わせていたのでしょう。その見返りとして門外不出の汝官窯を手に入れた。日本でいえば国宝級の美術品です。国外に持ち出すのは重罪ですし、日本の法律でもそれを手に入れることは犯罪になる。本国から持ち出せたのは崔華鳳の力があったからです。しかし、それが北京に知れれば、崔は終わりでしょうね」

◇

「汝官窯の壺の件はどうする！」

二階堂和夫の言葉に崔華鳳は虚を突かれたようだった。

桂が言った。

「崔総裁、ＴＥＦＧを北京への手土産に出来なかったみたいですね。中南海がこれからあなたをどう処するか。残念だがこれでもうお目にかかることはなさそうですね」

崔華鳳は小刻みに震えながら押し黙っていた。

桂は崔が狼狽《ろうばい》するさまをじっと見据えてから言った。

「総裁の隣にいる方に申し上げる。あなたが私の知っている方なら、ぜひ会ってお話がしたい。連絡を待っています」

向こうからは何の返事もなかった。

「こちらで必要なことは全て終わりました。失礼します」

上海との回線を切った。

「やったァ！」

ヘイジが静寂を破った。

会議室のそこここから歓声があがる。

「終わった……」

桂はそう呟いて大きく息を吐いた。

真っ先に、ディスプレーに映るジャック・シーザーに礼を言った。

「ミスター・シーザー。本当にありがとうございました。お陰で我々は救われました」

「なかなか面白かったよ。レイズの金額で度肝を抜かれてしまった後は、ブラフと分かっても恐ろしくて勝負は出来んものだ。崔の顔は見ものだったな」

シーザーは肩を揺らして笑った。

「マイク。さっき、崔華鳳もあの音を聴いただろうか？」

「聴いたとしても……もうこの世界には戻って来れないでしょうね」

「そうだろうな。マイク、私が生きているうちにまた会おう！」

そう言い残してシーザーは画面から消えた。

続いて桂は塚本卓也に礼を述べた。ヘイジも続いた。

「塚本、ありがとう。本当に助かった！」

塚本はヘイジに笑って言った。

「オメガ・ファンドの時は下手こいたからな。その借りを返しただけや」

そして、桂に対して宣言した。

「桂さん。今回は桂さんに頼まれて味方になりましたけど、いつもそうやとは思わんといて下さいよ」

「分かっている、エドウィン・タン。お互い相場師同士だ。いつか必ず雌雄を決する時が来る。楽しみにしてる」と答えた。

「桂さんとはこれから、色んな勝負をせんといかん。俺はそれに全部勝つつもりですよ」

珠季のことを言っているのだ。

「ああ。望むところだ。だが、今回は本当に感謝している。ありがとう」

塚本は頷いた。

「ヘイジ。またあの湯島のバー行こな。ソルティー・ドッグの味が忘れられん」

「あぁ、いつでも待っている。助かった。本当にありがとう」

塚本は右手を軽く振って画面から消えた。

桂は会議室にいる全員に礼を述べた。

「何とかＴＥＦＧを守ることが出来た。皆の協力と頑張りのお陰だ」

そして副頭取と二人の専務に告げた。

「この役を引き受ける時の条件とした、スーパー・リージョナル・バンクの育成。必ず実行してくれよ」

副頭取と二人の専務は頷いた。

「はい。関東中央銀行は『グリーンＴＥＦＧ銀行』という名称として切り離し、桂さんの提唱されるスーパー・リージョナル・バンクを目指した経営を行うつもりです」

副頭取は桂に誓った。

「いい名前だ。よろしく頼む！」

そうして全てが終わった。

「この相場、取った」

桂は静かに呟いた。


桂はヘイジと二階堂和夫を別室に呼んだ。

「今回はありがとうございました。お陰でこの銀行は助かりました」

二階堂は小さく頷いた。

公安のエースであったと後に聞いた。その経歴を知るのはＴＥＦＧの役員のごく一握りの者だけだった。

「これが私の仕事ですから。でもＯＢとしてもっと早く公安情報を摑んでいれば、佐久間さんはあんなことにはならなかった……それを思うと残念です」

「佐久間くんには気の毒なことをした。それにしても、浮気をした夫に対して妻はあれほど徹底的に復讐を考えるものなのでしょうか？」

「分かりません。桂さんのご明察通り、部長時代の写真は夫人が探偵に依頼して撮らせたものでした。例の組織が絡んでくるのはその後です。つまり十年に亙って夫人は佐久間さんへの復讐を行っていたことになる。取り調べで事実関係は明らかになってゆくでしょうが、夫人の心の裡《うち》がどこまで判明するかは分かりませんね」


瑛子は警察の取り調べに対し自供を始めた。彼女の供述をもとに伊豆高原にいた弓川咲子が逮捕された。

公安部は佐久間瑛子に関する様々な証拠を収集すると共に、物春堂のスコット・チャンら工作員の身柄を確保、外交ルートで北京に抗議した後、国外退去処分とした。

湯河原早紀はインターポールを通じて国際指名手配された。

その後、中国投資銀行総裁・崔華鳳の解任が突然発表され、彼は表舞台から姿を消した。


警視庁内で佐久間瑛子は全てを自供した。

まるでそれが自分の美意識であるかのように綺麗に喋《しゃべ》った。ある一点を除いて……。

瑛子に弁護士は言った。

「警視庁での取り調べが全て終わったら、あなたはここから小菅にある東京拘置所に移送されることになります」

瑛子は弁護士の言葉に悲しげに呟いた。

「お兄ちゃん……」

「瑛子、駄目よ。天沼先生のことは先生って呼ばないと！　あなたのお兄ちゃんじゃないのよ」

十歳の星野瑛子は母親から、そう叱《しか》られた。

「いいんですよ、お母さん。瑛子ちゃんがそう呼びたいんだったら、そうさせてあげて下さい」

「そうですかぁ。申し訳ありません。この子、天沼先生には甘えてばっかりで」

算数が苦手な瑛子は家庭教師をつけられていた。東帝大学薬学部の大学院生、天沼聡は優しい人柄で、一人っ子の瑛子は彼を慕っていた。

「瑛子、大きくなったらお兄ちゃんのお嫁さんになるの！」

天沼に教わるようになって、たちまち算数が得意になった。大好きなお兄ちゃんに褒められたい一心で勉強に励んだからだ。

天沼は星野製薬の研究室にインターンとして出入りしていた人物で、優秀で人柄も良いと部下から聞いた星野製薬社長の父が家庭教師を頼んだのだった。

しかし、やがて大変な騒動が起こる。

丸の内企業連続爆破の犯人として彼が逮捕されたのだ。

爆弾の原料の化学物質を父の会社の研究室から盗んだのだ。

（お兄ちゃんが捕まった……）

瑛子は大きなショックを受けた。

愛するお兄ちゃんが悪いことをする筈など絶対にない。この事件は正義にもとづくものだ。

しかし、天沼は裁判で極刑を言いわたされる。

「被告人、天沼聡を死刑に処す」

天沼はその後、獄中で自殺した。

瑛子は裁判官を恨んだ。幼い恋心は黒々とした沼と化した。お兄ちゃんを殺した判決を下した裁判官の名前を脳裏に刻み込んだ。

成人した瑛子には幾度も見合いの話があった。

「佐久間均さん。最高裁長官、佐久間勲さんの一人息子で帝都銀行にお勤めだ。どうする？

また断るのか？」

何度も良い条件の見合いを断わり続ける気難しい娘に、父親は手を焼いていた。彼は娘が天沼に恋していたことを知らなかったのだ。

「佐久間勲の一人息子」

瑛子はにっこりと父に答えた。

「お会いします。その人なら私の夢が叶《かな》えられそうだから」

父は驚いたが先方も乗り気で、トントン拍子で結婚に至った。

新婚生活が始まってまもなく、舅《しゅうと》の勲が死んだ。自宅の居間で突然死したのだ。倒れている彼を発見し一一九番通報したのは嫁の瑛子だ。死因はハッキリしなかったが、病死とされた。

舅の葬式を終えた時、瑛子は夫の均を眺めながら心中で呟いた。

（お兄ちゃん。次はこいつよ）

それから長い年月をかけ、練りに練った方法で復讐を成し遂げた。

夫である佐久間均の骨を汝官窯の壺に入れ、展示室の最高の場所に飾った時、瑛子は人生最大の喜びに浸ったのだった。

# エピローグ

全《すべ》てを終えて再び東西帝都ＥＦＧ銀行を離れた桂光義は、珠季を連れアメリカに飛んだ。

トム・ステイラーの妻、メアリーが放射線治療に成功し見事に生還していた。それでボストンを訪れたのだ。

ニューイングランドの森の中のステイラー家では手厚い歓待を受けた。

英語が堪能《たんのう》で機転の利《き》く珠季は、たちまちメアリーのお気に入りになった。

「テレサは頭も良いし性格も素晴らしい。マイク、絶対に離しては駄目よ」

そう忠告するメアリーに桂は言った。

「こっちが離して貰《もら》えないんですよ」

それを耳にした珠季が日本語で怒った。

「桂ちゃんみたいなお爺《じい》ちゃん、私以外誰も世話してくれないわよ。よく言うわ！」

メアリーは桂に彼女が何と言っているのか訊《たず》ねた。

「私の大人の色気からは逃げられないと言っています」

「ノー・キディング!!」

珠季が言い、一同で笑った。

ステイラー家を去る時、メアリーに忠告された。

「マイク。絶対にテレサと結婚なさい。テレサを幸せにしなければ私たちは許しませんよ。これからは自分の人生よりも彼女の人生を考えてあげなさい」

桂は何も言わず頷《うなず》いた。

二人はこれからニューヨークへ向かう予定となっている。

「素敵なご夫婦ね」

シャトル便の機内で、珠季がそう言った。

「古き良きアメリカ人だよ。彼らと会うたび、結婚はいいものなのかなと思わされる」

「たとえ、そんな結婚であっても望まないの？」

「ああ。俺はやはり結婚には向いていない。それは身にしみて分かっている。だが、結婚をしなくてもテレサを幸せにしてやろうという気持ちはずっと持っている。それはハッキリと言わせてくれ」

「分かってる。それでいいの……いいのよ」

桂は少し間をおいてから言った。

「夫婦って一体なんなのだろうな？」

珠季が首を傾《かし》げている。桂は続けた。

「自殺したＴＥＦＧの佐久間頭取のことを考えていたんだ。仮面夫婦という言葉があるが、彼らはその典型として何十年も一緒に生活を続けていた。なぜ、そんなことが出来るのか俺には理解が出来ない」

「私にも理解出来ないわ。結局、何を大事に考えて生きるか、なんじゃないのかな。そこに夫婦という器を必要とするかどうか」

しばらく考えてみた。

「そうだな。夫婦というものを幸せの器だと思えるかどうか。そこがポイントなんだろうな」

そう言う桂に珠季が身体《からだ》を寄せてきた。

「いいのよ。私は今の桂ちゃんとの関係で。それで幸せだから」

桂は深い感謝を込めてありがとうと言った。

ラガーディア空港からタクシーでマンハッタンに向かった。

午後四時に五番街、セントラルパーク・イーストにある瀟洒《しょうしゃ》で小ぶりなホテルにチェックインし、部屋でくつろいでいると電話が鳴った。

珠季が出ると桂への電話だという。

「誰も知らない筈《はず》なのに……どこからだ」

そう言いながら電話に出た。

「三十分後、メトロポリタンのマーク・ロスコの前で」

それだけ言うと相手は電話を切った。

「どうしたの？」

顔色を変えている桂に珠季が訊ねた。

「ちょっと出掛けて来る。古い友人が近くに来ているそうなんだ」

珠季からは「気をつけてね」とだけ言われた。


メトロポリタン美術館のシュナイダー・ギャラリーには誰もいなかった。

桂はマーク・ロスコの前に立って絵を見つめていた。

無限への入口にも究極の闇《やみ》にも見えるその作品を眺めているうちに、全てを忘れ、引き込まれていた。

隣に人の気配を感じる。

「おっと、こちらを見ないでそのまま絵を見ていて下さい。桂さん」

日本語だ。聞き覚えのある男の声だった。

「やはり、あなただったんだな。崔華鳳を操っていたのは……いや、崔華鳳だけではない。工藤進もあなたが描いた壮大な青写真の構成要素《ピース》に過ぎなかった。そうですね？」

「さぁ。私はもうこの世にはいない人間だ。いない人間がなにをしようが誰にも分からない。私にすら分からないんですよ。だが、私をこうして存在させているものは確かにある。そう、永久にあり続ける。そう申し上げに来ました」

桂はふっと笑ってから言った。

「あなたを『魔術師』に、工藤を『砂漠の狐《きつね》』に仕立てあげた存在はあるということですね？」

男が頷くのが桂には分かった。質問を重ねた。

「その存在は何をしようというのです？　今回、工藤は無傷で温存された。彼を使って次にどうしようと考えているんですか？」

男は静かに答えた。

「永久運動機械なんですよ」

「永久運動機械？」

男は「ええ」と言った。

「人間社会がある限り官僚組織はなくならない。それは永久運動機械としてあり続ける。『何』をするではなく、常に『ある』ということなのです」

桂は笑った。

「循環論法じゃないですか？　存在は存在のために存在するというようなものだ」

「その通りです。いつもこの絵を見ると思うんですよ。まるで我々のようだと……」

そう言われ、また絵を凝視した。

気がつくと男は消えていた。

「桂ちゃん！」

振り向くと珠季がいた。

「心配になって追いかけて来たの。さっきの男は？　遠くて分からなかったけど……どこかで見たような気がした」

「いや、気のせいだろう」

それからしばらく桂は黙っていた。

そして、意を決して言った。

「俺は戦う。徹底的に戦うぞ」

珠季は笑った。

「またあなたの相場が始まるのね」

「ああ」


日曜日、ヘイジは舞衣子の病院を訪れた。

妻はヘイジを見た瞬間、驚いて言った。

「平ちゃん！　どうしたの、凄《すご》く明るい感じがする！」

「うん。ずっと抱えていた嫌なものが消えたんだ。それでだと思う」

舞衣子は喜んだ。

「良かった！　私、平ちゃんの後ろにずっと暗いものを感じてて不安で仕方なかったの！」

妻の肩を抱いた。

「もう大丈夫だよ。実は今度、異動することになったんだ」

「どこに行くの？」

「全く新しい仕事のトップなんだ。『グリーンＴＥＦＧ銀行』推進本部長……これが取締役なんだ。ついに役員になったよ」

舞衣子がわっと叫んだ。

「おめでとう！　凄い！　凄いよ、平ちゃん！」

二瓶正平は桂が提唱する真の地域密着型銀行、スーパー・リージョナル・バンクＴＥＦＧ版を推進する役員に任命されたのだった。

「次期頭取に君を本部長として推しておいた。これは役員の仕事になる。頼んだぞ！　二瓶君」

桂からそう力強く言われたのだ。

「やっと僕らしい仕事が出来るように思うんだ。本当に、自分が人のために役に立っていると思える仕事が」

その言葉に舞衣子が笑顔で言った。

「平ちゃんらしい仕事だよ。その銀行……とてもいい銀行になる気がする」

舞衣子の言葉に大きく頷いた。

「必ずいい銀行を創《つく》る。銀行は本当は良いものなんだ。僕は理想を取り戻すよ」

ヘイジの顔は輝いていた。

# 解　説

春風亭昇吉

著者である波多野聖さんに、初めてお会いしたのは二〇一三年。出演していたフジテレビの番組のプロデューサーに紹介してもらった。経済のみならず、日本文化にも精通しておられて、お話は大変面白い。人柄の印象は、「よくしゃべる」方だった。

私は勤め人になったことがない。落語家を生業にしており、口座＝高座を大切にするのは共通しているが、この物語の舞台である金融業とは程遠い業種である。

落語をテーマにした小説や映画には、楽屋内の作法や心的態度を戯画化したトンチンカンな描写が多々ある。絶対使わないような符丁を使ったり、特定の根多を神格化したり。仲間うちでは笑いの種になるが、知らない人は信じてしまう。

波多野さんは、長年ファンドマネージャーとして活躍されていた経験をもつ。それゆえ、物語の舞台となる金融業界のリアリティには、信頼がおける。ディーリングルームで売り買いの指示を出す場面は、経験した者でないと描写できない呼吸だ。

波多野さんとの会話同様に、彼の小説も絵画、料理、音楽、歴史と、話題が多岐にわたっており、どの頁にも発見がある。映画のようにBGMが聴こえ、美味しそうな料理からは匂いまで漂ってくる。

また、現実に報道されるニュースを想起させる場面がいくつもある。現実の人物をモデルにしたキャラクターが随所に登場する。

これから、銀行業務は劇的に変化するだろう。キャッシュレス化が急速に進み、日頃の買い物では現金を使うことの方が稀になってきている。銀行の受付業務も変わるだろう。物語の中にアルゴリズムで対決する描写があるが、金融市場へのAI導入はもっと深化してゆくだろう。クラウドファンディングが、銀行融資の現状を相対化する未来があるかもしれない。

しかし、時代は移り変わっても、そこにあるのは人間の感情だ。

弓川との倒錯した関係によって、後半「奇妙なエネルギー」が湧いてくる副頭取の佐久間は、まさに歌舞伎の半道敵《はんどうがたき》で、私にとって一番の愛すべき人物だ。

古今東西、吝嗇は笑いの種になる。モリエールの『守銭奴』、噺で言えば『味噌蔵』『片棒』『始末の極意』。

お金に鷹揚なら、事件は起こらないはずだ。ケチだから喜劇になる。落語でしみったれのことを「六日知らず」と言う。一日、二日……と指折り数えていくと、六日目には指を広げないといけない。握ったものはどんなことがあっても離したくないから、「六日知らず」。くだらない。

かの立川談志は落語の本質は「業の肯定」だ、と喝破した。佐久間は、法曹界のトップという良家に生まれ、行内では毛並みだけの人物だと陰口を叩かれ、密会のホテル代をケチって、虎の子の一億円を奪われ、それでも弓川のもとに通い続けた。この物語の「六日知らず」は、まさに人間の業を体現している。

そんな佐久間のことを、弓川が最初は本当に可愛いと思って愛していたのが興味深い。お金が欲しいとか、佐久間が憎くて陥れたんじゃない。佐久間の父である最高裁判所長官の勲が、伏線回収に深くかかわっているのも面白い。刑に処された工藤の兄は、獄中で『太平記』を読んでいる。これもまた因果応報の物語だ。

私個人としてのこの小説の大きな魅力の一つは、大人の慣習や空気が学べる点だ。言葉の端々、理解の仕方から、大人の適切な振る舞いとはそういうものなのかと納得する。

作法を知らない自分を恥ずかしく思いながら読み進めた。大人の世界に触れられる。といっても、小生ただいま四十歳。ちょうどヘイジと同じ年頃。

リアルな小説は、現世で味わえなかった、別の人生を歩む喜びを与えてくれる。

――落語家

この作品は二〇一七年二月新潮文庫に所収された
『メガバンク絶体絶命』を改題したものです。

# メガバンク絶体絶命《ぜったいぜつめい》

## 総務部長《そうむぶちょう》・二瓶正平《にへいしょうへい》

波多野聖《はたのしょう》

令和2年9月10日　初版発行
令和3年4月10日　6版発行

発行人——石原正康
編集人——高部真人
発行所——株式会社幻冬舎
〒151-0051東京都渋谷区千駄ヶ谷4-9-7
電話　03(5411)6222(営業)
03(5411)6211(編集)
振替00120-8-767643
印刷・製本—株式会社 光邦
装丁者——高橋雅之



幻冬舎文庫

ISBN978-4-344-43019-8　C0193　は-35-3

幻冬舎ホームページアドレス　https://www.gentosha.co.jp/
この本に関するご意見・ご感想をメールでお寄せいただく場合は、
comment@gentosha.co.jpまで。